한유머 연애소설

사랑 느낌

사랑 느 낌 1

한유머 연애 소설

초판 1쇄 찍은 날 § 2004년 3월 24일
초판 1쇄 펴낸 날 § 2004년 4월 4일

지은이 § 한유머
펴낸이 § 서경석

편집장 § 문혜영
편집 § 이종민 · 신혜미
마케팅 § 정필 · 강양원 · 이선구 · 김규진 · 홍현경

펴낸곳 § 도서출판 청어람
등록번호 § 제1081-1-89호
등록일자 § 1999. 5. 31
어람번호 § 제4-0036호

주소 § 경기도 부천시 원미구 심곡1동 350-1 남성B/D 3F (우) 420-011
전화 § 032-656-4452 팩스 § 032-656-4453
http://www.chungeoram.com
E-mail § eoram99@chollian.net

ⓒ 한유머. 2004

ISBN 89-5831-039-1 (SET)
ISBN 89-5831-040-5 04810

사랑 느낌 1

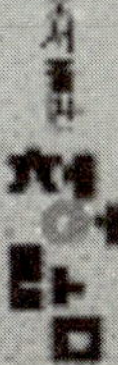

이렇게 두 번째 책을 내게 된 한유머입니다.

'눈부처'에 이어서 나온 '사랑 느낌'인 이 글을 원래 제가 인터넷 소설로 내었던 첫 번째 글이었습니다. 아시는 분들은 다 아시겠지만. ^0^ 그래서 더 뜻깊은 느낌이 들기도 하고, 뿌듯하기도 하고 그러네요. 수정하는 동안 '사랑 느낌'을 다시 그려보는 마음이 들었어요. 예전 생각이 많이 나더라고요. 전에 많이 모자랐던 문장들을 지금도 역시 모자란 능력으로 수정을 하려고 하니 여간 힘든 게 아니었지만, 뿌듯했습니다. '사랑 느낌'이 이렇게 책으로 나올 수 있게까지 많이 도와주신 청어람 출판사에 감사해요~

그리고 여전히 저의 든든한 버팀목이신 아빠, 엄마, 너무 감사합니다. 아프신 엄마가 얼른 조금이라도 나아지셨으면 하고 '사랑 느낌' 수정하는 내내… 빌었습니다. 이 책을 보고 많이 기뻐해 주시리라 믿어요. 엄마, 아빠, 사랑해요~ 그리고 '눈부처'를 보시고 굉장히 멋진 감상을 주셨던 제주도에 큰 아빠! 정말 감사합니다. 저를 사랑해 주시는 모든 저희 친지 분들께 감사의 말씀 전해요~

늘 제 곁에서 응원 아끼지 않고, 수정하는 내내 걱정해 주던 모든 분들 고마워요. 이 책의 이름처럼 사랑 느낌을 지금 팍팍 느끼고 있는

친구들아! 까맣지만 예쁜 내 친구 선혜야, 잘생긴 영민이랑 계속 행복해라~ 드디어 낭만적인 남자 친구 리현이 오빠와 만나게 된 애교덩어리 유리야, 올해는 더 많이 사랑할 수 있기를 바라. 아직은 혼자지만 더 멋진 남자를 만날 거라는 생각이 드는 소희, 그리고 윤정아, 올해는 더 예뻐져. 우리 오라버니 창호 선배랑 귀여운 민수도 예쁘게 사랑하길 바라요~ 정세 선배, 혜진 언니랑 꼭 결혼하길 바라요~ ㅎㅎㅎ 난 혜진 언니가 너무 좋아. >_<)b 현철 선배랑 승희 언니도 200일 날 실수를 사과드리면서 300일, 400일 계속 행복하시길. '사랑 느낌'을 수정하는 동안에는 연인들을 많이 만나왔었습니다. 모두들 '사랑 느낌'의 결말만큼이나 행복한 연인들이 되시기를 간절히 기원합니다.

그리고 우리 사플 가족들… 은희, 민정 언니, 뢴느 언니, 훈정이, 영실이, 수현이, 하하, 행복한 꼬마님, 키키님, 비령님, 세영님, 얼음마녀님, 챵님, 그리고 많은 가족 분들 사랑해요!

그리고 한 번 본 슬비 양, 오랜만에 본 호러, 팬 사인회에 와줬던 승규, 우리 사돈 유진님 모두모두 건강하고 행복해야 해요~!

마지막으로 늘 유머 옆에서 사랑으로, 그리고 아낌없는 관심으로 저를 행복하게 해주는 찬호 선배. 올해는 정말로 오빠라 불러줄게요. 히히~ 건강하고요. 올 한 해는 좋은 일만 가득하세요. 노력하는 연인이 되도록 할게요.

고마운 분들이 너무 많아서 열거하기가 힘이 들어요. -_-; 그러면 이만 여기서 줄이고… 늘 사랑하는 사람이 되시길 바라요. 올 한 해 사랑하는 사람이 꼭 생기셔서… 그 사람을 위해서 그와 그녀가 그랬듯이 서로에게만 보일 수 있는 최고의 행복한 미소를 선물해 주시기를…….

많이 웃어주세요. 사랑하는 사람에게 가장 큰 선물은 '나는 지금 당신과 있어 너무도 행복하다' 는 미소일 테니까요.

—사랑하고 있는 날 한유머 올림.

만남

1

만남

성화고등학교의 건물은 남쪽을 향하고 있어서 오후의 좋은 볕이 잘 드는 곳이다. 들리는 소리라고는 열심히 강의하시는 선생님들의 트인 목소리와 흑판을 두드리는 분필의 소리가 전부인 시간. 다른 모든 것들은 오후의 나른한 시간 속에 묻혀 버린 듯 고요하기만 하다.

종종걸음을 걷듯 태양이 조금씩 서쪽을 향해 자신의 몸을 옮기고 있을 때, 성화고등학교의 고요함을 깨는 요란한 슬리퍼 소리가 시작된다. 바닥을 요란하게 차며 걸어가고 있는 듯한 소리의 주인공은 이제 복도 한쪽 모서리를 지나서 2학년 복도로 모습을 들어낼 것이다. 경쾌한 발걸음이 점점 더 가까워지고 드디어 감색 슬리퍼의 주인이 모습을 나타냈다. 바지 주머니에 두 손을 푹 찔러 넣고 뭐가 그렇게 흥겨운지 엷은 콧노래까지 불러가며 나타난 사람은 다름 아닌……

"김유민!!"

그렇다. 김유민이다. 황량한 복도에서 누군가에게 호되게 불림을 당해도 저렇게 여유있게 돌아볼 수 있는 사람은 아마도 성화고교에서 한 사람밖에 없을 것이다. 돌아본 유민의 얼굴이 자신을 부른 선생님의 얼굴을 향해 익살스럽게 웃음을 짓는다.

"앗, 선생님~"

"놀란 척해줘서 고맙다."

"아녜요~ 정말 놀랐어요. 앞으로는 부드럽게 불러주셔요~"

"능글거릴 거냐!! 너 이 녀석, 지금이 쉬는 시간이야? 왜 복도에서 어슬렁거려?"

"어슬렁이라뇨. 억울해요, 선생님. 저는 그저 잠시 졸려고 했는데 너무 졸아버리는 바람에……."

"네 녀석이 성화고교의 우상이라니… 나는 우리 반 여학생들을 이해할 수가 없구나. 오호~ 통제라~"

"캬~ 역시 국어 선생님다우신 감탄사였습니다. 멋지세요, 샘. 존경합니다!"

"흠흠. 내가 좀 하지."

굽실거리며 선생님에게 아부를 떠는 유민의 말에 자기도 모르게 어깨에 힘이 들어간 선생님. 그런 선생님의 빈틈을 노리며 유민의 말이 이어진다.

"존경하는 선생님, 그런 의미에서 저 그냥 보내주시면 안 될까요?"

슬슬 눈치를 살피는 유민의 눈을 포착한 국어 선생님은 그대로 유민의 한쪽 귀를 잡아당긴다.

"존경은 존경이고, 네 녀석은 신성한 내 국어 수업을 요란한 신발 소리로 망쳤으니 벌은 받고 가야지. 안 그러냐, 친애하는 학생아?"

선생님의 손을 벗어나지 못한 유민은 그대로 여학생의 반으로 들어설 수밖에 없었다.

유민이 갑작스럽게 등장하자 조용하던 3반이 졸던 여학생까지 깨어나서 소리를 질러대기 시작하며 순식간에 아수라장으로 돌변했다. 놀란 국어 선생님은 여학생들을 진정시키려고 열심히 지휘봉을 두드려 보았지만, 조용한 교실로 되돌아가기까지는 무진장 시간이 들었다. 이렇듯 유민의 우상 신드롬은 성화에서 거의 초월적인 힘을 가졌다고 보아도 될 만했다.

털털한 성격에 좋은 성적 덕분에 선생님들의 신임까지 얻고 있는 모범적인 스타일에 반해 중학교 때의 어두운 듯한 뜬소문들이 돌며 거친 반항아적인 스타일까지 가미한 그의 모습은 환상을 가득 가지고 살아가고 있는 성화 여학생들에게는 더없는 스타였던 것이다. 게다가 용모마저 수려하니 누가 아니 반할쏘냐. 흠흠, 아무래도 국어 선생님의 영향을…….

"자자, 조용히 해봐. 유민이 너 이 녀석, 3반에 마음에 찍어둔 처자가 있지?"

"네?"

놀라는 유민이보다 3반 여학생들의 아우성 소리가 더 커지고 있다.

"인마, 이실직고해. 네 녀석이 아까까지 이 반 복도 앞에서 그렇게 신호를 날리는데 내가 모를 줄 알았더냐? 탁탁거리고 갈 때부터 내 알아봤어!"

억울하다는 듯 유민이 고개를 들어 선생님을 바라본다. 선생님의 눈은 장난으로 가득 차서는 유민을 보며 웃고 계셨다. 아무래도 졸린 여학생들의 잠을 유민이 확 깨워주기를 바라고 계신 듯 보였다. 이렇게 되면 이제 유민은 선생님의 주문을 해결할 때까지 이 반에서 나갈 수 없을 듯한 감을 받고 빠져나갈 방법을 궁리하지 않을 수 없게 된다.

난감한 듯 3반을 한번 쭉 둘러보던 그가 갑작스레 얼굴에 화색이 돈다. 그리고는 갑작스레 집게손가락을 꼿꼿하게 들어 보이더니 그대로 한 여학생에게 뻗었다. 농담으로 추궁하던 선생님도, 아우성을 쳐대던 여학생들도 모두 놀라며 유민의 손가락에 지목당한 여학생에게로 시선을 돌리고…… 그 여학생을 바라보던 유민을 제외한 모든 이들이 벙찐 얼굴로 다시금 유민을 바라본다.

"저 애요. 캬~ 역시 국어 선생님 눈치는 탁월하십니다."

"너 이 녀석, 그사이에 저 순둥이에게까지 마수를 뻗히다니. 과연 김유민이다."

모두들 놀랄 수밖에 없는 게 그가 가리킨 여학생은 유민이와는 정반대로 너무도 조용하고, 순진해서 학교 내에 있는지조차 잘 알 수 없는 학생이었기 때문이다. 조용하고 내성적인 성격이어서 선생님들도 제대로 이야기를 나눈 적이 별로 없는 그녀였기 때문에 선생님이고, 학생들이고 고개를 흔들어댈 수밖에 없었다.

　이런 당황스런 상황에서 가장 당황함을 감추지 못하고 있는 것은 다름 아닌 바로 지목을 당한 순둥이라 불리는 그 여학생이었다. 빨개진 얼굴을 어찌하지도 못한 채 그렇게 멀뚱히 유민을 쳐다만 보고 있었다.

　그런 그녀를 유민이 다시 쳐다보고는 찡긋 웃어 보인다. 그런 유민의 표정에 그날의 일들이 떠오르는 그녀였는지 냉큼 고개를 숙여 버렸다.

　"시현아, 유민이 이 녀석 조심하거라."

　"앗, 선생님, 너무하십니다. 아직 작업 시작도 못했는데 벌써 훼방이십니까."

　"시끄러워, 인석아. 얼른 네 교실로 돌아가. 한 번만 더 걸리면 네 녀석 담임한테 바로 일러 버릴 거다!"

　선생의 표정이 다소 엄하게 보이기는 했지만, 여전히 서글서글한 웃음으로 꾸벅 인사를 하며 유민이 재빠르게 3반을 빠져나갔다.

　유민의 모습이 사라지자마자 가장 곤욕스러운 것은 시현이었다. 갑작스런 주목이 유민에게서 시현에게로 옮겨갔기 때문이다. 성화고등학교의 우상으로 불리는 남학생이 지목한 여학생이라고 하기에 그녀는 너무도 평범했기 때문이다. 적어도 그녀를 잘 알지 못하는 이들에게는 말이다.

　한편 교실로 돌아가기 위해서 나왔던 유민은 아직도 얼굴에 웃음을 머금고 있다. 아마도 일주일 전에 그녀와의 첫 만남이 떠올랐기 때문일지도…….

　일주일 전 성화고등학교 교무실.

　소풍에 참여하지 않은 유민은 담임의 호출을 받고 교무실로 향했다. 이런저런 핑계를 다 대어서 겨우 사면을 받고 교무실을 나오던 그의 눈에 교무실 앞에 무릎을 꿇고 두 손을 들고 있는 두 명의 여학생이 보였다.

　늘 있는 벌을 서는 여학생이거니 하고 다시 걸음을 옮기려는데, 덩치 커다란 여학생 옆에 다 가린 여학생의 두 팔이 유독 그의 시선을 끌었다. 바들바들 떨리고 있는 두 팔은 너무도 열심히 벌을 서고 있음을 알려주고 있었다. 조금 고개를 뒤로 빼니 덩치 큰 여학생에게 가려 있던 여학생이 눈에 들어왔다. 바로 그녀가 시현이었던 것이다.

　꽤 장시간 벌을 서고 있었던 건지 그녀의 얼굴은 빨갛게 상기되어 있었고, 이마에는 앞머리를 조금 적실 정도의 땀이 송골송골 맺혀 있었다. 다시금 덩치가 큰 옆 여학생에게로 시선을 옮긴 유민은 너무도 다른 그 둘의 모습에 잠시 놀랐다. 꽤나 날라리를 연상시키는 덩치 큰 여학생과는 달리 시현의 모습은 너무 순진해 보였기 때문이다. 단정한 교복이며 짧은 단발머리, 그리고 심플한 손목시계가 그녀의 죄목을 무척이나 궁금하게 만들었다. 호기심이 한 번 발동하면 멈출 수 없는 유민인지라 거리낌없이 시현의 앞으로 다가가 그녀 앞에 풀썩 앉았다.

　"어이~ 얌전하게 생긴 아가씨, 여기 왜 이러고 있는 거야?"

　순수한 호기심임을 알려주기라도 하고 싶은지 유민의 목소리는 무척이나 애교스러웠다. 하지만 갑작스런 목소리에 눈을 뜬 시현의 반응은 대답은커녕 너무 가까운 유민의 얼굴에 그만 놀라 버렸다.

　"으악!"

　퍽 하는 소리와 함께 시현의 뒤통수가 너무도 강렬하게 벽과 만남을 가지게 되었던 것이다.

　그런 시현이의 행동에 놀라기도 한 유민이지만, 얼굴과 어울리지 않는 괴성과 행동에 그만 웃음이 터져 나오려 했다.

　"푸… 흠흠, 큭큭…… 안 아파?"

　웃음을 힘겹게 참으며 아프지 않냐고 물어보는 유민이 약간은 얄미웠는지 시현은 아픈 머리를 긁적거리며 굳게 입을 다물어 버렸다.

　"미안, 미안. 내가 너무 가까이 있었나?"

　"……."

　묵묵부답인 시현은 여전히 입을 열지 않았다.

　"너 처음 벌서는 거지?"

　"……."

　대꾸가 없는 시현에게 대답을 바라지도 않았다는 듯이 유민은 혼자 다시 말을 하기 시작했다.

　"그렇게 팔을 죽어라 뻣뻣하게 들고 있으면 금방 힘들어져. 그냥 대충대충 해. 벌이라는 건 그러라고 있는 거야."

　말도 안 되는 자기만의 정의들을 펼치며 유민은 더 이상 아무것도 묻지 않은 채로 자리에서 일어섰다. 그리고 뒤돌아 서서 가려는 유민의 뒤로 3반 담임 선생님의 호통이 이어졌다.

"야!! 최주란!! 정시현!! 너희들 또 수업 시간이 도시락 까먹을 거야? 중학생도 아니고 이게 뭐 하는 짓들이야!!"

가던 걸음이 떡 멈춘 유민이 슬쩍 돌아본다. 유민의 눈치를 보며 어쩔 줄 몰라 하는 시현과 눈이 마주치고, 그런 그녀를 쳐다보는 그의 눈이 한번 찡긋하고 새침하게 그의 시선을 피하는 시현의 얼굴이 홍당무처럼 붉어졌다.

"풋~ 하하하."

유민의 웃음소리가 퍼지기 시작하자 더없이 담임 선생님이 원망스러운 시현은 괜스레 호통 치는 선생님에게 입을 삐죽거리기까지 한다. 시현은 늘 옆의 주란에게 유민에 대해 들어서 알고 있었지만, 이런 일로 이렇게 가깝게 마주치게 된 것이 무척이나 부끄러웠다. 늘 주란이의 칭찬 속에 있던 유민이었음에 약간의 관심을 가지고 있었는데, 오늘 일로 인하여 이번 일주일 동안 잊고 싶은 사람에 끼게 되었던 것이다.

그런 유민이가 일주일이 지난 지금 시현을 향해 장난스런 선전 포고를 한 것이었다. 당황스런 그와의 재회에서 시현이 느낄 수 있었던 것은 두근거리는 떨림이었다. 쉬는 시간이 되고 시현이의 회상은 거기서 멈춰야 했다. 갑작스럽게 자신의 자리로 몰려오는 반 학생들 때문이었다.

"정시현!! 너 어떻게 된 거야?"

"유민이랑 정말 아는 사이야?"

“얘기 좀 해봐!”

이리저리 보채기 시작하는 친구들의 얼굴을 쳐다보지도 못하고 그저 말문이 막힌 시현이는 고개만 숙이고 있었다. 그때 그녀들을 비집고 들어서는 한 여학생이 묵직하게 한마디 내뱉었다.

“늬들 적당히 좀 해.”

평소 성화 우상 하면 눈을 반짝이며 너무 좋아라 하던 주란의 등장으로 모두들 시현의 곁에서 조금씩 멀어졌다. 주란의 목소리에 가장 놀란 것은 시현이었다. 가장 친한 친구로 그녀가 유민이를 얼마나 좋아하는지 알고 있었기에 고개를 들기가 미안한 시현이었다. 조심히 고개를 들어 주란을 쳐다보자 조금 굳어 있는 듯했던 그녀의 얼굴이 찡긋거리며 웃고 있다. 다행스러운 마음에 그녀의 눈짓을 따라 함께 웃어 보이는 시현이다.

“주란아.”

“이 응큼한 것아, 언제 유민이 만난 적 있었어? 왜 이 언니한테 아무 말도 안 한 것이야?”

장난스런 주란이의 말이 들려오자 다행이라는 안도감에 눈물이 핑 돌 것 같은 그녀였다. 얼른 주란이의 말에 아니라는 듯 고개를 세차게 도리질을 친다. 좋아하는 친구에게 오해를 받는 것보다 더 싫은 일은 없었다. 그런 시현이의 마음을 아는지 주란은 그녀의 머리를 한 번 쓰다듬어 주면서 웃고 넘겨 버린다.

“유민이 그 녀석이 원래 좀 엉뚱하잖아~”

주위의 주란의 패거리들이 맞다는 듯이 고개를 끄덕이며 시현을 바라보며 웃어주고, 그런 친구들을 바라보며 다시 한 번 안도의 한숨을 쉬는 시현이었다. 앞으로 다가올 진한 사랑 이야기가 자신과는 너무도 무관한 일이라는 듯이 말이다.

#2

다가서기

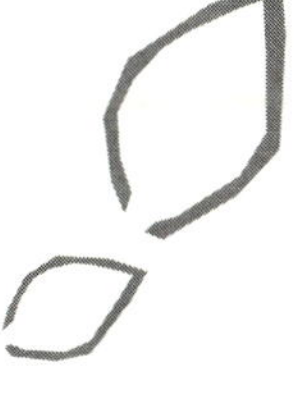

　이런 소동들이 일어난 후 갑작스럽게 성화고교에 시현이라는 존재가 크게 일러지기 시작했다. 다른 빈에서 그녀의 얼굴을 보기 위해 3반으로 직접 찾아올 정도로 난리들이 아니었다. 그런 상황을 더 부추기는 것은 바로 유민의 행동이었다.

　그저 한 번 장난으로 시현을 놀리는 줄로만 알았건만, 그 일이 있은 후로 계속해서 시현의 반에 찾아오는 것이었다. 쉬는 시간이 땅 하는 동시에 화장실 가는 일 빼고 유민의 발걸음은 늘 3반으로 향했고, 처음에 의아해하며 눈길을 모으던 3반 여학생들도 이제는 원래 그러려니 하고 인정을 하고 넘어갈 정도에 이르렀으니…… 시현이의 마음과는 상관없이 그렇게 유민이의 행동대로 되어가고 있었던 것이다.

그렇듯 하루하루가 시현이를 빼놓고는 무척이나 평화롭고 평범하게 지나가고 있던 오후였다. 시현은 점심 시간 후 5교시 수업의 졸음을 이기지 못하고 꾸벅꾸벅 졸고 있었다. 차가운 바람이 휙 하고 불어오자 잔뜩 몸을 움츠리고 열심히 졸아대던 시현이 쉬는 시간 종소리를 듣자마자 책상 위로 쓰러져 버렸다. 코끝이 찡~해질 만큼 춥던 몸이 갑작스레 따뜻해지기 시작했다.

“음…….”

따뜻한 기온이 점점 더 시현의 몸을 부드럽게 감싸고 그 따스함에 기분 좋게 계속 잠을 청해야지 생각하던 시현은 문득 따스한 기운의 정체가 궁금해졌다. 천천히 무거운 눈꺼풀을 들어 올리는 순간!

“악~!!”

괴성을 지르며 몸을 재빨리 일으켜 세웠다. 바로 그 온기의 원천이 유민이었기 때문이다. 그녀가 눈을 천천히 뜨자마자 마주친 것은 자신의 코앞에서 씩~ 웃고 있는 유민의 얼굴이었다. 그가 자신의 교복 재킷으로 자신의 몸과 시현의 몸을 덮고 있었기 때문이다. 이런 엉뚱하고 당황스러운 상황 연출에 어찌 놀라지 않을 수 있겠냐 말이다.

“악!”

덩달아 놀란 듯이 자신의 가슴을 쓸어 내리는 유민. 엉뚱한 녀석이라고 해야 할지 능청스러운 녀석이라고 해야 할지……. 지켜보는 여학생들의 입에서 웃음들이 터져 나왔다.

“야~ 놀랐잖아. 무슨 여자애가 툭하면 악악대며 소리 지르고 그러냐?”

야단이라도 치듯이 투덜대는 유민의 말에 멀뚱히 있던 시현이 사과를 한다.

"미, 미안해."

잘못한 거라고는 하나도 없는 우리의 시현은 오늘도 당한 채 사과를 하고 있다. 그런 그녀가 많이도 귀여운지 유민은 머리를 쓰다듬으며 흐뭇이 말을 던진다.

"아냐, 아냐. 귀여우니까 용서해 줄게."

"큭큭~"

뒤에서 여학생 몇 명이 웃어대자 당한 것 같은 느낌이 이제야 드는 시현의 늦은 사고회로. 이게 아닌 것 같은데라는 느낌으로 시선을 책상으로 옮겼다. 순간 책상 위에 뚜렷하게 그려진 자신의 침의 흔적들이 그녀를 당황스럽게 한다. 애써 흔적을 감추기 위해서 재빠르게 책상 위로 자신의 몸을 날려 엎드려 보는 시현이다. 처음에 그런 그녀의 행동에 이유를 알지 못하던 유민이 갑작스럽게 킥킥거리며 웃어댄다.

"킥킥~ 순둥아~ 가리려고 애쓰지 않아도 된단다. 난 너의 그런 침마저 사랑할 수 있어~"

그렇게 속삭여 대던 유민은 마구 크게 웃어대면서 3반을 나갔다. 그런 유민의 행동이나 말들, 그리고 자신의 침 때문에 너무 부끄러운 시현은 6교시까지 고개도 들지 못한다. 원래 조용하고 순진한 시현이어서 유민의 말에 이렇게 하루에도 수십 번 빨개졌다 당황했다 하는 일들을 반복하였다.

이런 둘의 이야기는 여기저기 다른 반으로 퍼지고 그런 행동들의 진위를 판별하기 위해서 유민에게 면회가 곧잘 들어왔다. 친구들이 찾아와서는 정말이냐고 물어대고, 그 애가 누구냐고 물어대며 그를 귀찮게 했다. 하지만 그럴 때마다 유민은 부정을 하거나 장난이라고 하기는커녕 일일이 그 말들에 한마디로 일관해서 대꾸를 했다. 그것도 여유있게 씩~ 웃으면서.

"킥~ 너무 부담 가게 관심을 가지진 말아줘. 나도 평범하게 사랑하고 싶다고~"

라고 말하는 것 외에는 다른 말을 일체 하지도 않았다.

이제 이런 그들의 행동은 너무도 당연한 것이었다. 주란도 유민이 시현에게 와서 그렇게 행동하는 것을 대수롭지 않게 여기고 있었다. 하지만 그를 좋아하는 주란이의 마음에는 변함이 없다는 것을 알 수 있었던 시현의 마음은 무겁기만 했다. 하지만 자신에게 지속적으로 장난스런 멘트를 날리며 접근해 오는 유민을 강하게 뿌리칠 수 없는 시현이었다. 왜인지 자신조차 알 수 없으면서 주란을 바라보는 마음은 점점 더 답답해져만 왔다.

그렇게 며칠이 지나고 유독 화창한 날 오후, 주란이 움직이지 않으려는 시현을 억지로 끌고 나와 매점으로 향했다.

"날씨 좋~다. 그치, 시현아?"

"응. 그런데 매점이 너무 멀어."

이런저런 이야기를 나누면서 천천히 매점을 향하고 있는 그녀들을 뒤에서 발견하고는 유민의 재빠르게 달려간다.

"수우우운두두웅아~"

어느새 그녀를 순둥이라고 부르게 된 유민의 목소리는 날씨만큼이나 화창하고 밝았다. 하지만 이런 그의 부름에 그 자리에 딱 하고 얼어붙어 버린 시현은 식은땀만 한 바가지 흘리고 서 있다. 걸음아, 나 살려라 하고 도망을 쳐봤자 금방 붙잡혀서는 부비적거리는 시현은 유민을 피할 수 없음을 현명하게 알고 있다. 그래서 이렇게 포기하고 부비적거림을 당할 때까지 얼어서 기다릴 수밖에 없는 것이다. 오호~ 통제라.

아니나 다를까 전교의 학생들의 이목을 싹 무시하고 유민은 달려와서 시현을 덥석 안아보면서 부비적거리며 좋아한다.

"우리 순둥이 어디 가?"

남이 보면 정말 삼류 애교로 오바이트가 쏠리기도 하지만, 우선 성화 우상이고 얼굴이 받쳐 주니까 조금만 참아보도록 하지.

"매점 갈 거야. 너도 가자."

얼어붙은 시현이를 대신해서 주란이가 옆에서 대꾸한다.

"그래, 그래. 그런데 주란아, 넌 그만 먹어야 하지 않을까? 우리 순둥이는 많이 먹어야 해. 내가 맛있는 거 많이 사줄게~"

유민의 팔에 꽉 안긴 시현이 제발 놓아달라는 눈빛을 보내지만 상관없다는 듯이 그저 좋아라 하며 유민이 말하자 기분이 나빠질지도 모르는 성격 좋은 주란이 덩달아 웃는다.

'이걸 놔야 가든지 말든지 하지.'

소심한 시현은 아무 말도 하지 못하고 속으로 웅얼거리며, 그 둘에게 끌려갈 뿐이다. 그런 다정한 셋의 발걸음 뒤로 여러 명의 여학생들이 선다.

"저 애야?"

"응."

"쳇. 소문으로 들었지만 유민이 정말 저럴 줄은."

"몇 반이야?"

제일 가운데 서 있던 여학생이 무섭게 시현의 뒷모습을 노려보며 물었다.

"3반. 3반이라고 들었어."

왠지 모를 긴장감이 그녀들 주위에 돌고 있었다. 하지만 매점을 향하는 셋은 아무것도 모른 채 그저 웃음소리만 클 뿐이다.

졸린 5교시가 되자 시현은 다시 꾸벅꾸벅 졸아댔다. 언제 쉬는 시간이 왔는지는 모르겠지만, 갑자기 웅성대는 소리가 들리기 시작했고, 그런 소리 안에서 쉬는 시간이려니 하고 편안하게 시현이 꿈을 꾸려는 순간 엄청 둔탁하게 문 열리는 소리가 들려왔다. 3반 여학생들 모두가 문 쪽을 바라보고, 시현 역시 엎드렸던 몸을 일으켜 그쪽을 바라보았다. 문이 열리며 대여섯 명의 여학생들이 줄지어 들어섰다. 그녀들은 누군가를 찾는 듯이 서성거리더니 한성질 할 듯이 생긴 여학생이 갑자기 크게 소리를 질렀다.

"정시현 어디 있어!!"

시현이를 찾는 다른 반 여학생들은 보기 드문 일이었다. 고로 때를 지어서 시현이를 찾아왔다는 것은 유민의 광팬, 즉 추종자들인 경우가 99%로 이다. 소문으로 듣자하니 그런 추종자들이 한가락하는 애들이 많다더니 그것이 사실이었나 보다. 그리고 오늘 그중에 제일 엑기스들만 모인 모양이었다. 분위기와 직감으로 좋지 못한 느낌이 시현의 머리를 강타하자 그녀의 몸이 약간 아래로 움츠러들었다. 하지만 움츠러든다고 해결될 문제가 아니라는 것을 알기에 시현은 천천히 자리에서 일어서려 했다. 하지만 그녀의 움직임이 성질 급한 한가닥파 애들에게 너무 느리게 느껴졌는지 한 번 더 소리를 질렀다.

"빨리 안 일어나? 3반인 거 알고 왔어. 씨발, 뒤지기 전에 일어나라!!"

움찔하며 일어서려는 순간 시현의 주위에 앉아 있던 우리의 주란파 애들이 동시에 약속이라도 한 듯이 자리를 박차고 일어나는 것이 아닌가! 얼마나 감격스러웠는지 순간 눈물이 핑~ 도는 시현이었다. 모두들 한번 쳐다보고는 또 약속이나 한 듯이 주란이를 쳐다본다.

"너희 뭐냐?"

주란이 귀찮다는 듯이 비웃음을 띠고 되물어본다.

"최주란, 넌 끼어들지 마. 우린 시현이라는 계집애한테 볼일있어서 온 거야."

갑작스런 주란이의 움직임에 유민의 추종자들이 조금 쫄았는지 상관 말라며 말을 내뱉었다.

"네가 뭔데 내 친구 시현이더러 계집애래!"

"씨발. 네가 그 계집애 보호자라도 돼? 왜 지랄이야!"

아무래도 오늘 3반에서 여학생들 패싸움이 일어날 듯한 분위기다. 시현은 얼른 말려야겠다는 생각에 재빨리 자리에서 일어섰다.

"내, 내가 시현인데."

약간 더듬거리며 자리에서 일어서자 그제야 주란이와 그 추종자파 여두목의 눈싸움이 중단되었다.

"망할! 뭐야, 진작 안 일어나고. 야, 네가 유민이한테 꼬리치고 다니는 계집애냐?"

잔뜩 기가 죽은 시현이는 아무 말도 하지 못한 채 고개를 숙여 버리고 만다. 잔뜩 기가 죽은 시현의 모습을 본 주란이 다시 나선다.

"야, 알려면 똑바로 알고 와. 시현이가 꼬리치는 게 아니라 너희가 그렇게 좋아하는 유민이가 시현이를 쫓아다니는 거야. 어디서 알지도 못하는 것들이 굴러 들어와서 지랄이야!"

자신이 하고 싶었던 말을 서슴없이 내뱉어주는 주란에게 고마움의 눈총을 마구 날리는 시현. 하지만 그런 주란의 모습이 추종자들에게는 꼴 보기 싫은 모습이었으므로 그녀를 노려보기 시작했다.

"야, 늬들이 째려보면 어쩔 거야? 어? 한번 해보자는 거야?"

버럭 화난 목소리로 소리를 지르며 주란의 기선 잡기가 시작된다. 안 그래도 몸집 큰 그녀의 부위 중에서 가장 큰 허벅지가 강하게 책상을 밀어내고 그것이 위협적인 소리가 되어서 그녀들에게 전해진다.

"주, 주란아……."

걱정되는 시현은 얼른 주란의 옷깃을 잡고 늘어졌지만 주란은 시현을 돌아보곤 괜찮다면서 웃어 보인다. 정말 싸움이 시작되는구나 싶어 긴장이 가득한 3반의 교실에 다시 한 번 문이 세차게 열린다. 추종자파와 주란파들, 그리고 시현이 모두 쳐다본 곳에는 3반의 소동 소식을 듣고 미친 듯이 달려온 유민이 헉헉거리고 서 있다.

"야! 진유리, 너 뭐 하는 거야. 당장 나와!!"

가운데 서 있던 한성질 할 거 같은 여학생의 이름인 모양인지 그녀의 몸이 움찔한다. 얼른 사라지기를 바라는 시현의 마음이 원망스런 눈길이 되어서 유민을 바라본다. 갑작스러운 유민이의 등장으로 싸움이 날 것 같은 분위기가 사라지고, 유민의 추종자들이 하나둘 3반을 빠져나갔다. 모두 빠져나갔는지를 확인한 후에 유민이 재빠르게 달려들어 와서는 시현의 어깨를 강하게 잡았다.

"억!"

"괜찮아? 어디 안 다쳤어?"

아주 많이 놀랐다는 것을 둔한 시현이마저 알 거 같았다. 그의 까만 눈동자가 불안하게 흔들리고 있었기 때문에……. 시현은 그런 그의 진지한 모습에 놀라서 그저 가만히 고개만 끄덕였다.

"주, 주란이 덕분에……."

겨우 조그맣게 주란의 이야기를 꺼내어보는 시현을 자리에 앉히고는 유민의 주란을 향해 말한다.

"이야~ 뚱띠, 너도 쓸모가 있구나."

언제 분위기가 이상했냐는 듯이 유민이 금세 얼굴을 바꾸며 장난스럽게 겁없는 말을 던지더니 주란을 지나쳐 가며 다시금 작게 속삭여 준다.

"멋지다, 너."

그의 말 한마디에 아까까지 호랑이 같던 그녀의 얼굴이 얌전한 여학생이 되어 붉게 물든다. 그런 주란을 얼굴을 바라보는 시현의 마음이 오늘은 더없이 무겁기만 하다. 이렇게 자신을 위해서 나서서 궂은 일을 해주는 좋은 친구인데… 자신으로 인해서 좋아하는 사람에게 상처를 받고 있지는 않은지 하는 마음 때문이다. 하지만 불편하기만 한 마음속으로 계속해서 비집고 들어오는 유민을 거부할 수만은 없기에… 시현은 조용히 한숨만 내쉬어볼 뿐이다.

엇갈림 #3

3

엇갈림

외진 곳에 자리한 성화고등학교에는 세 개의 건물로 나뉘어져 있는 성화기숙사가 있었다. 이곳에서 많은 학생들이 동고동락하면서 지내고 있는 것이다. 세 개의 건물이 정삼각형을, 그리고 자리 잡은 것 중 아래의 두 개는 남학생들을 위한 기숙사로 성화관으로 불리었고, 남은 하나인 여학생의 기숙사는 백합관이라고 명명되어 있었다.

백합관의 작은 정문에서 시현이가 서서히 걸어나오고 있다.

"순둥이, 학교 가는 거냐?"

수위 아저씨가 반갑게 시현이에게 인사를 건넨다. 순둥이라는 말에 깜짝 놀란 시현이 수위 아저씨를 쳐다보곤 이내 못내 아쉬운 듯 웃어 보이곤 고개를 끄덕이며 얕게 목례를 건넨다.

"아니, 왜 이렇게 기운이 없어 보이는 거냐? 선상님께 꾸중이라도 들은 거여?"

"아, 아니에요."

고개를 크게 저으며 시현이가 대꾸하고 있는데 언제 나왔는지 주란이가 그녀의 목을 잽싸게 감으며 수위 아저씨에게 대꾸한다.

"아저씨, 우리 순둥이가 낭군님 얼굴 뵌 지가 하도 오래되어서 그런 거예요!"

"주란아!!"

"엥? 낭군이라니?"

"아니에요. 아니에요, 아저씨. 최주란, 정말 그럴 거야?"

"킥킥~ 뭘 발끈하고 그래. 아니면 아닌 거지."

장난스럽게 시현을 놀리는 주란이 토라져 버린 그녀의 팔을 재촉하며 끈다.

주란의 말대로 유민이의 추종자들이 3반을 다녀간 후로는 그의 발길이 뚝 끊어져 버렸다. 처음에는 이제 오지 않는구나 하는 안도감으로 마음을 쓸었던 시현이었지만, 어느새 그의 그림자를 눈으로 좇고 있는 자신을 알게 된 것이다. 주란의 눈치를 보며 유민의 행적을 살피는 것이 그녀에게는 여간 피곤한 일이 아니었다. 하지만 그녀의 아침이 우울해 보일 만큼 그는 꼭꼭 숨어버린 듯이 그녀의 눈에 띄지 않은 지 벌써 일주일이 되었던 것이다.

푹 하고 한숨을 내쉬는 시현의 앞에서 갑자기 주란이 소리를 지른다.

"아아아악!"

"주란아, 왜 그래?"

"젠장. 내가 웬일로 이렇게 일찍 나올 수 있었나 했다."

"훗, 또 뭐 빼먹고 온 거야?"

싱긋 웃어 보이는 시현을 야속하다는 듯이 살짝 째려보던 주란이 대꾸도 않고 다시 백합관 쪽으로 달려갔다. 뒤뚱거리는 듯 보이면서도 제법 빠른 주란을 경이롭다는 듯이 바라보던 시현은 다시 학교로 발걸음을 돌렸다.

기숙사와 학교의 경계를 알려주는 잔디 언덕에 다다랐을 때 갑작스레 떠오르는 유민의 생각을 조금 눌러보며 발걸음을 재촉하던 시현의 시야에 누군가가 잡혔다. 그는 하얀 담배 연기를 내뿜으며 여유롭게 잔디에 누워 담배를 피우고 있었다.

'물에다 간을 3박4일 불리기라도 했나? 벌건 대낮에 누가 교복까지 입고 저런 짓을……!'

순간 그녀의 뇌리를 스치는 것은 그였다. 그런 간 큰 짓을 할 사람이 하나뿐임을 직감으로 알아차린 것이다. 그녀의 예감대로 더욱 가까워진 간 부은 녀석의 얼굴은 유민이 확실했다. 그를 피해야 한다는 머리의 지시와는 다르게 그녀의 발걸음은 그에게로 향하고 있었다.

'…이제 내 몸마저 나를 무시하네. 아흑.'

인기척에 놀랐는지 가만 누워 있던 유민이 다급하게 일어나서 시현이 서 있는 쪽을 바라본다. 그리고는 다행인지 불행인지 감을 잡을 수 없다는 듯한 표정으로 한참 시현을 쳐다보더니 다시 털썩 주저앉는다. 먼저 자신을 알아보고 이렇게 다가와 준 적이 없는 시현이었기에 반가운 나머지 그녀의 머리칼이라도 헝클며 인사하고 싶지만, 얼마 전의 일이 그의 행동을 제어한다.

시현이 역시 한 번도 먼저 가까이 다가가 보지 못했기에 머뭇거리며 그 자리에 멈춰 서버렸다.

'날… 못 알아본 건가?'

자신을 보고도 시선을 돌리는 유민의 낯선 행동에 놀란 시현은 돌아서지도 못하고 그저 유민을 쳐다만 보고 있다. 오른손에 살짝 끼워진 담배가 연기를 천천히 내뿜고, 피어오른 연기는 유민의 얼굴 선을 따라 그의 긴 속눈썹에서 흩어져 날아가고 있었다. 별다른 표정을 짓고 있지 않은 유민이었지만 어느 때보다 쓸쓸해 보이기도 하고, 슬퍼 보이기도 했다.

그런 그의 표정 때문이었을까. 쉽게 돌아서지 못하던 시현이 처음으로 먼저 용기를 내어서 그의 곁으로 더 가까이 다가간다. 잔디 위에 그를 지탱하고 있는 왼손 옆에 선 시현이 조심스레 얼굴을 붉히며 말을 건넨다.

"저… 무슨 일 있어? 여기서 담배 피우다가 서, 선생님이라도 보시면 어쩌려고."

왜 그렇게도 떨리는지 자신의 목소리를 가다듬으려 애쓰는 시현의 모습이 안쓰럽다. 그런 더듬거리는 그녀의 모습을 올려다보고는 픽 웃어 보이는 유민이다. 갑작스런 유민의 웃음 때문이었을까, 시현도 그를 따라 웃어버린다.

“바보.”

따라 웃는 시현의 얼굴이 유민의 말 한마디에 금세 굳어버려서는 제자리를 찾지 못하고 실룩거렸다.

“…….”

시현의 얼굴이 금세 달아오르려고 하자 유민이 재빨리 입을 열었다.

“아냐. 순둥이, 학교 가는 길이야?”

오랜만에 들어보는 유민의 순둥이라는 부름이 다시 그녀를 더듬거리게 한다.

“어? 어… 어. 넌 안 가?”

“보시다시피 이 녀석이 나를 너무 유혹해서 말야.”

담배를 그렇게 사랑스럽게 바라보는 남자가 또 있을까. 그렇게 담배를 가리키며 웃어 보이던 유민이 시현의 어정쩡한 자세를 바라보며 한마디 덧붙인다.

“야, 언제까지 그렇게 어정쩡하게 서 있을 거야? 앉아.”

“어? 아아, 그, 그래.”

학교를 가야 한다는 사실을 까맣게 잊어버린 사람처럼 시현은 유민의 말 한마디에 얼른 그의 옆 자리에 아무렇게나 앉아버린다. 그런 그녀의 모습이 담배만큼이나 사랑스러웠는지 가만 쳐다보던 유민이 시선을 학교 건물로 옮기며 한마디 툭 하고 묻는다.

“나 안 보고 싶었냐?”

“…….”

　순간 정적이 찾아왔다. 시현은 마음을 들켜 버려 놀랐는지 굳어서
는 유민을 쳐다보지도 못한 채 그렇게 대답도 아니하고 있다. 그런
그녀의 얼굴이 무척이나 당황스럽게만 보였는지 유민이 그녀의 대답
이 채 있기도 전에 고개를 저으며 말을 가로막는다.

　"아냐. 됐어, 대답 안 해도. 훗, 그래도 순둥아, 그렇게 노골적으로
나 안 보고 싶었다는 표정 하지 마. 너무 섭섭하잖아."

　뭐랄까, 섭섭하다는 말이 그의 입꼬리에서 흘러나오는 듯한 느낌.
그렇게 그의 입가에서 배어 나오는 쓸쓸함이 시현의 말문을 트이게
한다.

　"아니… 흡."

　아니라고 말을 꺼내려는 자신의 입을 다급하게 막는 시현이다. 하
나, 그 말이 유민의 귀에는 작게나마 들려 버렸나 보다. 활짝 웃으며
장난기 서린 유민의 눈이 그녀를 다시 곤란하게 한다.

　"어? 뭐라고? 그럼 내가 보고 싶었다는 거야? 야~ 역시 남녀 관계
는 고무줄 놀이라더니! 우리 순둥이가 반응이 오는데!!"

　갑작스런 유민의 장난에 더 곤란해진 듯한 시현이 그를 한번 째려
본다. 하지만 그녀의 눈총이 무섭지 않다는 듯 유민의 장난스런 말투
는 끊이질 않는다.

　"순둥아, 표정 관리해야지. 이마에 힘줄 잡히고 장난 아니다. 킥
킥."

　일주일간 내심 시현의 마음을 어지럽히던 유민이 지금만큼 미워
보일 수 있을까. 괜히 아는 척을 했다는 생각이 든 시현이 자리를 박

차고 일어섰다. 하지만 그 자리를 떠나려는 시현의 발걸음을 유민의
무거운 한마디가 부여잡았다.

"미안해. 그날… 무서웠지? 나도 그 애들이 찾아가서 그렇게까지
할 줄은 몰랐어. 미안해. 내가 경솔했다."

장난스러움은 언제 다 감추었는지 한없이 무거워진 유민의 목소리
가 시현의 마음을 흔들어놓는다.

"앞으로는 그런 일… 없을 거야. 안심해."

유민의 말이 끝나기가 무섭게 시현의 심장은 무거운 망치에 맞은
듯이 아파오기 시작한다. 앞으로 그런 일이 없을 거라니… 그가 자신
에게 한 행동들이 다 그만두겠다 하면 그만둘 수 있는 장난이었다
니……. 자신의 반응이 너무 재미있어서 장난치는 거라고 늘 되새기
던 시현이었지만 그것이 정말이었다는 확인에 갑자기 너무 슬퍼져
버린다.

미안함을 고백하던 유민이 고개를 들었을 때 이미 시현의 얼굴은
하얗게 질려 버린 채 눈물이 가득 고여 있었다. 그녀의 눈물은 그를
당황스럽게 하기 충분한 것이었다.

"어… 시, 시현아?"

하고 유민의 입속에서 처음으로 시현이라는 이름이 불리어진다.
처음 그에게 불리는 이름이어서일까? 그녀의 감정은 컨트롤할 수 없
을 만큼 격해졌고, 이내 한가득 고인 시현의 눈물이 말없이 주르륵
하고 볼을 타고 흘러 버렸다. 그도, 그녀도 많이 놀랐나 보다. 시현도
흐르는 눈물을 추스르지 못하고 뒤돌아 뛰어가 버렸고, 유민도 달아

나는 시현의 손을 잡을 생각도 못하고 그저 그녀의 뒷모습을 바라만
보았다.

그대로 기숙사로 돌아와 버린 시현은 자신이 왜 울고 있는지 생각
해 보지도 못한 채 침대에 누워 이젠 흐느끼기까지 하며 울어버린다.
뭐가 그렇게도 서러운지…….

그렇게 그들의 하루가 지나 버렸고, 둘을 마주치게 해주지도 않고
무심히 다음날이 밝았다. 어제 그렇게 울며 뛰어가 버린 시현의 모습
을 잊을 수가 없던 유민은 아침 체조 시간에 이른 발걸음을 옮긴다.

성화고등학교에서는 학교 일과가 시작되기 전에 기숙사에서 일과
를 먼저 시작하는 것이다. 모두들 서서히 기숙사 건물에서 빠져나오
고 있었다. 하나같이 일어나기 싫었던지 인상을 구기며 운동장을 향
하고 있었다. 그런 그들 사이를 유심히 바라보며 일찍 나온 유민이
시현을 찾기 시작했다. 줄이 세워지고 체조 음악이 흘러나오고 있었
지만, 유민은 어디에서도 시현이의 모습을 찾을 수 없었다.

'어떻게 된 거지? 설마 어제 일로 아직도 울고 있는 건가…….'

체조하는 내내 여학생들 줄을 바라보며 건성으로 체조를 마친 그
였다. 하지만 해산할 때까지도 시현이를 찾을 수가 없었다.

학교 일과가 시작되고 쉬는 시간이 될 때마다 유민은 3반 복도 앞
을 일부러 왔다 갔다 했다. 하지만 역시나 시현의 자리에서는 그녀를
찾아볼 수가 없다. 계속되는 그의 훔쳐보기에 보다 못한 주란이 튀어
나온다.

"김유민!"

뭔가를 훔쳐 먹다가 들킨 아이마냥 유민의 얼굴이 굳었다.

"어? 어, 왜?"

"시현이 보러 온 거야?"

"아냐. 그냥 지나가는 길이야."

능청스럽게 대꾸하지만 그런 유민의 말을 듣고 있지도 않다는 듯 주란이 대꾸한다.

"나도 지금 기숙사에 다시 가보려던 참이었어. 아직 시현이 안 왔……."

그러나 주란의 말이 끝을 맺기도 전에 유민은 그 자리를 박차고 나가 어느새 건물 밖 운동장을 미친 듯이 뛰어가고 있다. 그런 그의 모습을 창문으로 바라보는 주란이 혼잣말로 중얼거린다.

"휴~ 이걸 보면서 슬퍼해야 하나, 부러워해야 하나……."

운동장을 재빠르게 가로질러 백합관에 도착한 유민은 그 앞에서 저지당한다. 백합관의 수호천사인 수위 아저씨가 그를 가로막은 것이다.

"어이, 학상, 이게 뭐 하는 짓이여?"

"아, 아저씨! 저 급해요, 급해."

"어허~ 급허먼 화장실로 가야지 왜 일로 오고 그려?"

"아, 아저씨! 정말 볼일이 있어서 그런다니까요."

"아, 그러니께 볼일은 화장실에서 봐야제 왜 이리로 오고 그려?"

"우씨!"

말이 통하지 않는 수위 아저씨를 상대하고 있자니 유민의 인내심에 금이 가는 것이다. 그렇다고 여기서 시현의 안위를 포기할 수 없는 그였다. 상황이 이렇게 되니 급한 유민은 갑자기 수위 아저씨를 번쩍 들어버렸다.

"아이고, 아이고! 이게 뭐 하는 짓이야!"

"아저씨, 죄송해요."

번쩍 수위 아저씨를 들고 몇 바퀴를 횡~ 돌고는 아저씨를 내려놓는다.

"아이고, 아이고."

어지러움에 이기지 못하고 수위 아저씨가 주저앉아 버리자 기회다 싶은 유민이 백합관 안으로 달려들어 간다.

"아이고~ 저놈 잡아라!!"

수위 아저씨의 고함 소리를 뒤로하고 열심히 달리던 유민은 시현의 방 호수를 모르는 관계로 모든 방의 문을 부서져라 두드려 대기 시작했다.

쾅쾅쾅!!

미친 듯이 두드려 대도 모두들 등교한 후라서 그런지 방 안쪽에서는 대답들이 없었다. 한참을 그렇게 두드려 대며 유민은 빠르게 발걸음을 옮기며 건물 위로 올라가고 있었다.

한편 방문 두드리는 요란한 소리에 놀라 눈을 번쩍 뜬 시현은 일어났다. 그때까지 늦잠을 자고 있던 시현이었지만 자신의 룸메이트 역시 잠을 자고 있었기에 늦잠을 자고 있다는 사실을 알아차리지 못한 채 겁먹은 채 친구를 깨우기 시작했다.

"야야, 일어나 봐."

"아응. 왜 그래?"

잠이 덜 깬 친구는 시현의 손을 피해 이불 속으로 파고들며 묻는다.

"이게 무슨 소리야?"

두드리는 소리가 점점 가까이 들려오고…….

"음. 어… 몰라. 누가 문 두드리는데 우리 방은 아니야."

그때까지도 시계는 볼 생각도 않은 채 시현은 그 소리를 무서워하고만 있고, 친구는 다시 이불 속으로 파고들고 있었다. 소리가 점점 다가오자 시현은 확인을 해봐야겠다는 듯이 서서히 문 가까이 다가가기 시작했다. 그리고 빼꼼히 방문을 연 순간 그 자리에 얼어버릴 수밖에 없었다. 내다본 밖에는 유민이 옆의 방문을 마구 두드리며 자신의 이름을 부르고 있었기 때문이다.

"유… 민아."

"뭐?? 누구? 유민이??"

귀찮은 듯이 대답하던 친구도 시현의 말에 놀라서는 그 자리에서 벌떡 일어나 앉았다.

잠옷 차림의 시현이 자신의 방으로 다시금 숨기도 전에 유민의 손길이 이제 그녀들의 방문을 활짝 열어버렸다. 그리고 셋은 순간 모두 얼어버린 채 움직이지도 못하고 있다. 경직되어 버린 셋은 가만 서로의 눈동자만 굴리며 상황을 파악하고 있었다.

제일 맨정신인 유민이가 상황이 빠르게 파악되고 늦잠이라는 결론
에 다다랐다. 빠직!! 하고 유민의 인내심에 드디어 금이 가버린다.

"야!! 너 지금 몇 시인데 아직까지 자빠져 자고 있는 거야!! 네가 신
생아냐, 하루 종일 자빠져 자게!! 이런 젠장!"

너무 어이가 없는지 어디다 화풀이를 해야 할지 모르겠다는 듯이
유민이 허공에 버럭버럭 소리를 질러대더니 문을 쾅 하고 닫고 나가
버렸다.

갑작스럽게 왔던 유민이 또 그렇게 나가 버리자 둘은 잠시 멈춰진
채로 가만 문을 바라보고 있다가 어느 순간 동시에 탁상시계로 눈길
이 향한다.

"꺅—!!"

이제 와서 소리를 질러봐야 두 사람에게 달라지는 건 없었다. 그
둘은 엄청난 잠대장이라는 피켓을 하루 종일 들고 벌을 서는 것으로
도 모자라서 청소까지 담당하게 되었다.

고단한 화장실 청소 덕분이어서인지 잠시 유민의 생각을 잊고 있
던 시현이 땅이 꺼져라 한숨을 쉬며 종례 때가 다 되어서야 교실로
들어왔다. 아직은 추운 날씨여서인지 차가운 물에 땡땡 얼어버린 손
이 아픈가 보다. 손을 마구 비비며 자리에 앉는 시현의 모습을 본 주
란이 킥킥거리며 다가온다.

"그래~ 우리 순둥이 유민이 자상하게 깨워주던?"

"그만 해, 주란이 너. 안 그래도 겨우 잊고 있었던 일을 왜 다시 꺼
내는 거야!"

“왜에~ 킥킥킥.”

주란이 상기시킨 덕분에 다시 유민이 생각이 난 시현이 골이 단단히 난 얼굴로 대꾸한다.

“이제 그만 그 애랑 나 연관시켜! 내가 걔랑 사귀는 것도 아니고. 걔도… 장난이라고 그랬단 말이야.”

어제 유민이와의 만남을 상기시키던 시현의 얼굴이 이제 다시 우울해진다.

“뭐? 유민이가 그래, 장난이라고?”

“…몰라. 더 이상 묻지 마. 그리고 나도 유민이… 안 좋아해.”

좋아하지 않는다고 자신에게 다짐하듯이 말하는 시현이의 표정이 무척이나 안쓰럽다. 어쩌면 저리도 마음에 없는 거짓말을 할 때면 ‘나 이거 거짓말이오~’ 하는 것이 다 표가 나는지……. 저리도 사람 냄새가 물씬 나는 사람도 드물 것이다.

“쿡~ 계집애. 누굴 속이려는 거야. 귀신은 속여도 난 못 속여.”

“아니야. 정말이야.”

무언가를 들키기라도 한 듯이 시현이가 정색하며 주란이를 바라본다. 그런 시현의 머리를 쓸어주며 주란이 다정하게 그녀에게 다시 말한다.

“걱정 마. 나 때문이면… 좋아해도 되는 거야. 바보야, 그렇게 순하고 착해서 어쩌냐.”

놀라서 멈춰 버린 시현의 눈이 주란의 얼굴을 빤히 바라본다. 이렇게 자신을 생각해 주는 주란의 마음을 누구보다 잘 아는 시현이었다.

그녀가 얼마나 유민이를 좋아했는지… 항상 주란 곁에 있던 시현이기에 얼른 속으로 자신의 고개를 도리질한다. 저렇게 자신을 쓰다듬는 주란의 마음이 얼마나 아플지 걱정이 되기 때문에…….

"아냐, 아냐. 주란아, 나 좋아하는 사람 따로 있어!!"

시현이 그녀의 마음을 한시라도 빨리 풀어주고 싶은 마음에 크게 소리친다.

"뭐?!"

이번에는 주란이 역시 놀랐다. 시현이의 입에서 저렇게 누군가를 좋아한다고 크게 소리가 나올 줄은 예상하지 못한 일이었기 때문이다. 시현도 예상대로 주란의 반응이 오자 늦추어서는 안 되겠다는 생각이 들었는지 냉큼 상대를 생각해 내어서 대꾸한다.

"나 실은… 정… 우 좋아해."

"뭐?! 정우? 1반에 손정우?!"

시현에게 지금 당장 떠오르는 인물은 중학교 동창으로 그저 서로 짧은 인사 정도만 건네는 정우뿐이었다. 입학식 때 같은 학교 졸업생이라는 이유만으로 같이 서 있었고, 때문에 기숙사 가는 길도 같이 간 기억 외에는 거의 없는 정우였지만, 지금은 그런 것을 따질 때가 아니었다. 그가 눈에 잘 띄지도 않는 성격이라서 그런지 너무 의외라는 주란의 표정은 의심스럽다. 그리고 그런 남자가 성화 우상을 제치고 시현의 관심을 받고 있다니……. 그런 정우가 좋다니 주란은 이해할 수가 없다. 흔들거리는 주란의 고개지만, 시현의 말을 무시하거나 하지는 않는다. 그리고 언제나처럼 시현이의 머리를 쓰다듬어 준다.

그런 주란의 행동이 무척이나 마음이 편안했는지, 아니면 이제 주란의 상처를 덜어주었을 거라는 혼자만의 생각 때문이었는지 시현이 방긋 웃으며 시선을 밖으로 돌렸다.

그때 앞문 쪽에 서 있던 그림자 하나가 슥 하고 스치더니 위 창문 쪽으로 짧은 스포츠 머리가 지나가는 것이 보인다.

'아, 설마 유민이……?'

왠지 지나가던 이가 유민이일지도 모른다는 불안한 생각이 시현이의 머리를 스친다. 그리고 자신의 이야기를 듣고 있었을지도 모른다는 걱정이 그녀의 마음 한구석에 자리 잡기 시작했다. 하지만 이내 도리질을 친다.

'뭐 어때. 남의 마음 가지고 장난만 치던 애인 걸. 들었으면… 오히려 잘되었을 수도 있지.'

시현이 스스로 자신을 달래어보지만 위로가 되지 않는다. 그런 그녀에게 엉뚱한 생각이 엄습한다. 얼굴이 붉으락푸르락해지는 시현의 표정에 이번에는 주란이 놀라 묻는다.

"시현아, 어디 아파?"

"아… 아니야."

얼른 뒤돌아 서는 시현의 마음이 영 불안하다.

'이런……. 그러고 보니 유민이도 1반이잖아. 어떻게 해. 어쩌지 유민이가 소문이라도 내면… 아, 이를 어째. 아흑, 나는 왜 이 모양이지.'

그녀의 예상은 그를 너무 가볍게 보았다. 그녀가 생각하는 만큼 그는 그렇게 입이 가벼운 사람이 아니다. 그는… 매우 유치한 남자다.

유민은 자신의 자리인 맨 뒷자리에 걸터앉아서는 다리를 꼬아 책상 위에 익숙하게 얹는다. 그리고 자신보다 앞쪽에 앉은 손정우를 주시하기 시작했다. 시현이와 주란이의 이야기를 그녀의 예상대로 들었던 것이다.

'제길. 저런 자식이 뭐가 좋다는 거야. 멍청하게만 생겼구만.'

짜증나는 생각을 해서인지 저절로 유민의 미간에 주름이 잡힌다.

한참을 그렇게 정우의 행동을 바라보다 유민의 시야와 정우 사이에 누군가가 껴들었다. 정우가 그의 시야에서 가려진 것이다. 차가워진 유민의 눈길이 막아선 누군가에게로 향한다.

"좋은 말 할 때 둔한 몸뚱어리 치워라."

입학 이전의 무성했던 나쁜 소문들과는 달리 친구들과 너무도 잘 지내던 유민의 목소리가 처음으로 무시무시할 정도로 차갑게 튀어나왔다. 그의 냉기를 느낀 주위의 학생들은 그 한마디에 반경 3m 내에서 멀어진다. 그때 정우도 유민의 목소리에 놀라서는 잠시 뒤돌아보다가 유민과 정확하게 눈길이 마주쳤다. 그가 알 수도 없는 적의의 시선을 보내고 있다는 것을 안 정우는 재빨리 시선을 다시 앞으로 돌렸다.

잠시 후 방송 수업 시간이 되고 모두들 앞쪽에 놓인 TV로 시선을 고정했다. 하지만 유민은 여전히 정우를 쳐다보고 있다.

"야야, 오늘 망보는 사람 누구야? 지찬이 너 아니야?"

“아씨, 오늘이야?”

성화고등학교에서는 방송 수업을 하는 날이 정해져 있는데 이때 유민의 반은 한 사람을 망보게 하고 수업을 듣는 대신에 다른 프로그램을 보는 일을 즐겨했던 것이다. 이때 망을 보는 사람은 유민과 학급의 문제아로 찍힌 준서를 제외하고 돌아가면서 하고 있었던 것이다. 지찬이 투덜대면서 뒷문으로 향하고 있을 때 조용히 침묵만 지키고 있던 유민이 한마디 던진다.

“오늘은 정우가 해라.”

“……”

순간 싸해지는 1반의 분위기는 어느새 시선이 되어서 모두들 유민을 향한다.

“뭘 봐. 야, 손정우, 하기 싫으냐?”

위협적인 유민의 목소리가 이번에는 모두의 시선을 정우에게로 향하게 한다. 뒤돌아보는 정우의 눈에 겁이 잔뜩 실린다.

“내… 내가?”

조심스레 묻는 정우의 머리 속은 소문으로 무성한 유민의 과거가 마구 돌아다니고 있다. 남녀노소 가리지 않고 주먹을 휘둘렀다는 유민의 소문이 정우를 겁에 질리게 한 모양이다. 유민의 대답을 듣기도 전에 정우가 알아서 벌떡 일어서서 뒷문으로 간다. 그런 정우의 모습과 유민을 번갈아 바라보던 준서가 픽 하고 비웃음을 흘린다.

그렇게 정우는 유민의 따가운 시선을 벗어나지 못한 채 하루를 마쳐 가고 있었다. 드디어 유민의 시야에서 벗어날 수 있는 마지막 종이 울리고 정우는 기쁘다 못해 눈물이 날 거 같다. 약간 긴장이 풀린 듯 다시 교실로 들어오는 정우를 유민이 뒤돌아본다. 하지만 정우는 미처 유민을 보지 못한 듯하다.

냉큼 일어서는 유민의 손에는 자신의 책 한 권이 들려져 있다. 서서히 정우와 가까워지는 유민의 입가에 싸한 비웃음이 걸린다. 그의 기분이 더블엑스만큼 좋지 않다는 것을 감지한 정우는 얼른 옆으로 비켜서려고 하지만 그와 부딪치기를 작정하고 다가가는 유민을 피하지 못하고 그대로 정면으로 부딪쳐 버린다.

팍 하는 부딪침과 동시에 유민의 손에 들려 있던 그의 책이 바닥으로 떨어져 버린다. 순간 너무 놀란 정우는 그 자리에 뻣뻣하게 굳어 버렸다. 아무래도 김유민이라는 녀석은 질투를 하고 있나 보다. 그녀… 시현의 예상보다 어쩌면 유민은 더 유치할는지도…….

"뭐야."

유민의 냉기 어린 말투가 정우를 더욱 굳어버리게 했다. 하지만 이렇게 굳어 있을 수만도 없는 정우다.

"미, 미안해. 일부러 그런 건 아니…….".

"주워."

정우의 말을 듣고 있지도 않다는 듯이 유민이 자신의 책을 향해 약간 고갯짓을 하며 짧게 말한다. 책을 내려다보고는 정우가 유민의 눈치를 살핀다. 하지만 유민은 이제 정우를 보고 있지 않았다. 정우는 얼른 엎드려서 그의 책을 집어 들었다.

정우의 행동은 전혀 관심이 없다는 듯 창밖을 쳐다보던 유민이 흠칫 놀란 듯한 눈빛으로 변한다. '창밖에는 기숙사로 가려고 발걸음을 옮기던 시현이가 놀란 모습으로 1반을 보고 있었던 것이다. 그녀의 갑작스러운 등장에 어찌할 바를 몰랐는지 유민이 잠시 굳어 있더니 다시 정우를 내려다보고는 입가에 비웃음이 걸린다. 그런 유민의 행동을 하나라도 놓치지 못하고 쳐다보는 시현의 발걸음은 이제 아주 멈춰 버렸다. 그런 그녀를 알고 있는지 유민은 더 굳은 얼굴로 변하더니 책을 집어 들고 있는 정우의 손등을 발로 밟아버린다.

"악!"

지켜보던 모든 이들의 이마에 주름이 잡힌다. 하지만 아무도 함부로 나설 수가 없다는 듯이 입에서는 아무 소리도 내지 않고 있다. 들리는 소리는 정우의 고통스러운 소리밖에 없었다.

"눈을 어디 달고 다니냐? 재수없게. 똑바로 못 보고 다녀?"

그의 말이 내뱉어지는 순간 시현의 머리는 백지상태가 되어버린 듯하다. 아무렇지 않은 듯 서슴없이 남학생 반인 1반으로 성큼 들어서는 그녀였다. 그리고 유민의 앞으로 다가온 그녀가 있는 힘껏 유민의 뺨을 때렸다.

짜악 하고 호된 마찰음이 들린다. 어찌나 세게 때렸는지 유민의 고개가 돌아가 버리고 그 상태로 움직이지를 않는다.

"김유민, 지금 뭐 하는 짓이야. 너, 이런 애였어?"

무슨 이유에서인지 몰라도 시현의 눈에는 눈물이 그렁거리고 있었다. 그런 그녀를 바라보는 유민의 눈에는 약간 원망의 기운이 서려 있는 듯도 하다.

“빌어먹을……..”

그 녀석이 그렇게도 좋으냐는 듯이 정우와 시현을 번갈아 보던 유민이 화가 난 듯 한마디 내뱉고 반을 나가 버린다. 순간 시현도 자신이 유민을 모두가 보는 앞에서 때렸다는 생각이 갑자기 엄습하자 다리가 후들거리기 시작했다. 그녀도 유민의 소문을 들을 대로 들어서 알고 있는 상황이었고 게다가 지금은 남자 반인 데다가 모두가 자신을 쳐다보고 있다는 것을 알았기 때문이다.

내려다본 정우는 벌써 일어서서 그 자리를 벗어나고 있었다. 물끄러미 아래를 내려다보던 시현은 잠시 이 상황을 어떻게 모면해야 하나 하는 고민에 고개를 들 수가 없었다. 남자애들 앞에서 이렇게 유민을 망신 줬으니 난감하기도 했거니와 이렇게 불쑥 남자 반에 들어와서 평소 자신의 행동과는 너무도 다른 엄청난 행동을 한 것도 너무 당황스러웠다. 붉어진 얼굴을 그대로 가진 채 시현은 도망이라는 것밖에 생각이 나지 않는 상황이다.

“시현아!”

때마침 구세주처럼 주란의 목소리가 복도에서 들려오고 이때다 싶은 시현은 얼른 책을 집어 들더니 1반을 쏜살같이 달려나가 버렸다. 그런데 유민의 책은 왜 들고 나갔는지…….

그렇게 기숙사로 급히 돌아온 시현은 주란의 부름에도 대꾸하지 않고 자신의 방으로 들어가 버렸다. 머리가 복잡한 시현이다.

‘아무래도…… 유민이가 그날 이야기를 들은 것 같은데…….’

자신이 정우를 옹호하는 것처럼 보이는 행동마저 해버린 지금 자신이 했던 거짓말은 완벽해져 버렸던 것이다. 너무도 빠르게 가까워져 버렸던 유민이와의 관계가 이제야 시현의 마음속에 꾸역꾸역 밀려들어 왔다. 자신의 감정이 그저 유민에 대한 관심이었을 거라고 다그치던 시현은 갑자기 눈물이 난다. 지금도 여전히 그녀의 마음은 복잡하지만 그래도 그렇게 나가 버리던 유민의 뒷모습이 너무 가슴이 아프게 다가왔다. 어쩌면 이제 정말 그와 마지막일 듯한 느낌이 든다. 하긴 어차피 시작도 하지 못한 일인 것을……

조금 안정이 되었는지 한숨을 몰아쉬며 눈물을 닦은 시현이 침대 위에 풀썩 주저앉는다. 그런 그녀의 손에서 책 한 권이 떨어진다.

"흐억!"

자신도 모르게 유민의 책을 가지고 와버렸다는 생각이 그녀를 다시 한 번 당황하게 한다.

"아, 난 왜 이러지. 어떻게 해. 유민이에게 다시 되돌려 줄 수도 없고."

막막해진 시현이 책을 주워서 가만히 만져 본다. 그리고 망설이는 얼굴로 천천히 책장 하나를 넘긴다. 또박또박 적힌 김유민이라는 이름이 보인다. 유민의 글씨인 모양이다. 갑작스레 모든 걱정이나 고민들이 사라져 버린 듯한 시현의 얼굴이다. 살포시 웃어까지 보이는 그녀다. 천천히 책장을 넘기는 시현의 눈가에 유민의 흔적들이 하나하나 들어오고 있다.

"훗~ 공부 열심히 하네. 필기도 깨끗하게 잘하고. 의외다."

무엇이 그리도 신기한지 시현의 눈이 열심이다. 그리고 다시 한 장

책장을 넘겼을 때 한 글귀가 다급하게 시현의 눈길을 잡아끈다. 그것은 시현… 자신의 이름이었다.

"엇! 김유민, 내 욕 한 거 아냐? 딱 걸렸어~!"

보물이라도 발견한 듯 반짝거리는 눈으로 시현이 소리를 높인다. 하지만 그녀의 예상과는 너무도 다른 내용들이 그곳에 적혀 있었다. 누군가와 대화를 나눈 듯한 글들이었다. 수업 시간이라서 말을 하지 않고 글로 쓴 듯한 내용인데 질문만 있을 뿐 대답은 없었다. 아마 상대방은 자신의 책에다가 대답을 적은 듯했다.

[골대 옆에 있는 애야.]
[이름은 알아서 뭐 하게, 짜샤!]
[시현이야, 정시현. 이름도 예쁘지?]

예쁘지라는 말을 내뱉으며 웃었을 유민의 얼굴이 눈앞에 선한 시현이다.

[죽을래??]
[글쎄, 귀여워. 조금만 놀려도 금방 얼굴이 빨개지는 게 반응이 좋다니까~!]

아마도 시현이네 반이 체육 시간이었을 때 보고 쓴 모양이다.

[처음에는 그랬는데…… 그런데 지금은 아닌 거 같기도 해.]

[그럴지도……. 야야, 봐봐. 우리 시현이 넘어졌다. 어쩜 넘어지는 것도 귀엽냐. 큭큭.]

귀엽냐는 말을 읽을 때는 마치 자신의 옆에서 유민이 속삭여 주기라도 하는 것처럼 느끼는지 시현의 얼굴이 무척이나 붉어진다. 무슨 이야기들이 오갔는지 정확히 알 수는 없었지만 자신의 이야기를 이렇게 자신이 모르는 곳에서 보고 해준다는 것이 왠지 그녀의 마음 한 구석을 따뜻하게 한다. 그의 책이 골칫덩어리에서 한순간에 기분 좋은 것이 되어버리다니 시현도 신기한 모양이다. 그리고 며칠 동안 순둥이라는 말을 못 들어서 그런지 시현이라고 또박또박 적힌 글자가 너무도 마음에 와 닿는다. 순간 다시 와 닿는 괴로움에 시현은 자신의 손바닥을 물끄러미 내려다보았다. 얼마나 세게 때렸는지 시현도 그제야 깨닫는 거 같다. 빨개진 손바닥이 맞은 유민만큼이나 아픈 모양이다. 눈물이 다시금 글썽거리는 시현이 조그맣게 중얼거린다.

"흑… 나 유민이 좋아하는 건가? 그건 싫은데. 그렇게 자기 마음대로인 사람은 싫은데. 주란아……."

복잡한 마음에 주란이마저 시현의 마음을 괴롭힌다.

그렇게 엉망인 마음으로 아침을 맞이한 시현이 천천히 교실로 들어선다. 그녀가 들어서자 걱정이 많이도 되었던지 주란이 성큼 다가선다.

“괜찮아?”

그저 고개만 끄덕거리는 시현의 얼굴이 어둡다.

하루 종일 멍하기만 한 시현이 걱정이 되었는지 계속 그녀를 쳐다 보던 주란이 이것저것 챙겨주기 시작한다. 그럴 때마다 시현의 마음 이 무겁기만 하다.

“시현아, 책 펴, 책!”

수업이 시작되어서도 멍한 기색이 여전한 그녀였다. 그런 그녀를 지켜만 보기에 답답함의 극치에 다다랐는지 주란이 쉬는 시간이 되 자 벌떡 일어나 시현에게로 온다.

“정시현, 일어나.”

다급히 그녀를 끌고 뒤뜰로 데리고 가는 주란이다.

“주란아.”

“너, 무슨 생각 하는지 알아.”

“…….”

“나한테 거짓말한 거 알아.”

“미안해.”

“당연한 거야.”

잠시 둘 사이에 침묵이 흐른다. 하지만 이내 주란이 웃어 보이며 시현의 어깨를 한 대 툭 쳐본다.

“바보같이 또 울려고 한다. 야, 정시현. 너, 나 바보로 아냐? 성화 우상이 좋다고 난리인데 그런 정우가 눈에 들어온다고 하면 내가 믿 을 거 같아? 앙?”

“…주란아.”

“큭~ 우리 시현이 아무래도 나 때문에 마음고생한 거 같은걸. 그치? 괜찮아. 내가 유민이와 사귀길 했냐? 응? 으이구, 순둥아~ 유민이는 나한테 동경의 대상이었어. 신경 쓰지 마.”

활짝 웃어주는 주란의 모습이 시현의 답답한 한쪽 구석을 조금은 풀어준다.

“으앙~ 주란아.”

다시 울먹거리는 시현을 따뜻하게 안아주며 주란이 위로한다.

“어휴~ 이 울보야, 유민이는 너 이렇게 울보인 거 알아? 어떻게 감당할지 내가 조언이라도 해줘야겠다.”

“힝~”

“쯧쯧. 유민이한테 가서 전해. 너 울리면 내가 가만 안 둘 거라고. 알았지? 훗~ 난 아무래도 유민이 녀석보다 우리 시현이가 더 좋은 거 같아.”

“주란아…….”

“유민이가 좋아하는 사람이 너라는 게 너무 안심이 되는 거 있지? 내 말 무슨 소린지 알지?”

“미안해. 주란아, 미안해.”

어제의 일들이 마구 머리 속을 휘젓고 다니는 탓에 속상한 시현이 고개를 마구 저으며 대꾸한다.

“뭐가 미안해. 아니라니까.”

“아니, 그게 아니라 이제 안 돼. 다 끝났어.”

"바보야, 어제 일 때문에 그런 거야? 걱정하지 마. 나도 어제 일 들었는데 그 녀석이 아마도 우리 이야기 듣고 질투한 거 같으니까. 응?"

"하지만… 하지만 나 너무 세게 때려 버렸는걸."

그녀의 볼을 세게 양쪽으로 잡아당기는 주란의 눈에 웃음이 가득하다.

"맞아도 싸지 뭐. 누가 우리 순둥이 마음 가지고 장난치래? 안 그래? 웃어, 웃어야 예쁘지. 그리고 사내 녀석이 고작 여자한테 뺨 한 대 맞은 거 가지고 뭐라고 그러겠어?"

"……."

풀이 죽은 시현에게 용기를 북돋아주듯 주란이 덧붙인다.

"둘 다 바보 같은 짓 하기는. 으이구~ 바보들. 시현이 너라도 네 마음 정확하게 알았으면 이제 지체하지 말아. 네 마음 알았을 때 한시라도 빨리 만나 전하는 게 좋잖아. 응?"

쉽지 않을 거란 걸 잘 아는 시현이지만 이렇게 응원해 주는 주란의 말에 고개를 끄덕이지 않을 수 없다. 그제야 싱긋 웃어 보이는 그녀에게서 너무도 따뜻한 사람 내음이 난다.

한편 유민은 어제의 일에 마음이 많이 상했는지 수업도 들어가지 않고 준서와 함께 체육관에서 뒹굴거리고 있다. 텅 빈 체육관에 준서가 튕기는 농구공 소리만 들려온다. 멋지게 3점 슛을 날리고 돌아온 준서가 가만 누워 있는 유민에게 말을 건넨다.

"뭐야? 왜 또 저기압이야? 어제 일 때문에 그러냐?"

"……."

대답이 없는 그의 표정을 살피며 준서가 그의 옆에 누워본다.

"뭔 일이야? 답답해. 말 좀 해봐. 시현이랑 아직도 잘 안 풀린 거야?"

"뭐가?"

"네가 시현이 울렸다면서, 이제까지 장난쳐서 미안하다고 해서. 어제 분위기는 장난 아니더니 아직도 화해 안 했냐?"

"시끄러. 그 애랑 나랑 사귀냐?"

"킥~ 웃긴 자식. 완전 사귀는 것처럼 군 게 누군데?"

준서의 말에 발끈했는지 유민이 벌떡 일어나 앉더니 준서를 한번 흘기다. 하지만 부정하지 못하고 조용히 대꾸한다.

"장난이라고 얘기할 수밖에… 없었어. 너도 알잖아, 진유리가 어떤 애인지. 괜히 다치게 하기 싫었어. 일이 복잡해지기도 싫었고……."

유민의 마음을 알긴 하지만 이해할 수는 없다는 듯이 고개를 흔들어 보이는 준서가 농구공을 그에게 던지며 말을 함께 내뱉는다.

"네가 지켜주면 되지. 간단하잖아. 이 자식 영~ 빵점이네."

"내가 어떻게 지켜주냐? 내가 볼 수 없는 시간이 하루 반나절이 넘어. 학교에서는 내가 보호해 줄 수 있다고 쳐. 하지만 기숙사에서는 나도 어쩔 수 없다고. 그리고 진유리 그 계집애도 같은 기숙사잖아. 제길."

"얼씨구~ 퍽도 많이 생각해서 그랬냐? 네가 장난이라고 해서 울었다면 그 애도 마음 있었던 거 아냐? 그건 왜 생각 못하냐?"

"……"

"나란 놈은 그렇게 생겨먹어서 그런지 모르겠다마는 육체적인 고통보단 정신적인 게 더 괴롭더라. 그리고 좋은 친구들 많이 있다며."

잠시 주란이 떠오르던 유민이 고개를 설레설레 흔들며 다시 자리에 누워버린다.

"왜? 진유리만 못하나 보지?"

"아니… 그게 아니라 이제 다 소용없어. 걔 좋아하는 애 있어."

"뭐? 누구? 이햐~ 빅뉴스인데. 천하의 김유민이 실연이라니. 켓켓."

실실 웃으며 유민을 재촉하는 준서다.

"…손정우."

"뭐? 큭큭~ 김유민답다. 그래서 너 어제 그렇게 손정우 녀석 못살게 군 거야?"

"시끄러!"

"큭큭~ 그런데 시현이라는 애도 참 취향 독특하다."

더 이상 유민은 대꾸하지 않는다. 그저 씁쓸하게 웃으며 눈을 감아버릴 뿐. 그런 그를 보며 준서도 더 이상 말을 묻지 않는다. 유민의 마음이 정말 오랜만에 진심이었음을 알고 있기 때문에……

그 시간 어김없이 시현이도 답답한 속마음을 안고 있다. 5교시가 끝나고 시현은 지친 마음으로 책상에 엎드려 버렸다. 유민에게 사과를 어떻게 해야 할지를 고민하던 그녀는 어제 잠을 설쳐서인지 어느새 잠이 들어버렸다. 창가 자리의 차가운 바람이 날아들고 바람의 스산함에 시현의 몸이 움츠러든다. 순간 차가움을 모두 차단해 버리듯이 따뜻한 온기가 시현의 등을 감싼다.

'음… 따뜻하다.'

따뜻한 느낌에 익숙하게 파묻히던 시현이 순간 정신이 번쩍 든다. 전에도 그랬듯이 유민이 그녀를 따뜻하게 안아주고 있는 듯한 느낌에 잠시 경직되어 버린 시현이었다. 얼른 일어나서 그 온기를 확인하고 싶지만, 만약 유민이라면 어떤 얼굴로 그를 보아야 할지 막막하기만 한 그녀는 잠시 동안 눈을 뜨지 않고 망설인다. 이내 굳은 결심이라도 한 듯이 살포시 눈을 뜨는 시현. 그녀의 큰 눈동자가 커다란 실망감을 안고 멍하니 허공만을 바라본다. 왜냐하면… 자신이 생각하던 그 온기는 유민의 것이 아닌 웅크린 그녀를 안쓰럽게 바라보던 주란이 덮어준 옷이었기 때문이다.

이내 정신을 차려보는 시현이 얼른 주란을 향해 미안한 듯 웃어 보인다. 하지만 역시나 주란을 속일 수는 없나 보다. 안타까운 표정으로 시현의 등을 쓸어주며 주란이 말한다.

"바보야, 속앓이 그만 하고 이제 가서 만나봐. 그렇게 바보처럼 기다리기만 하다가 그 날라리 계집애들한테 유민이 빼앗기면 어쩔래? 응?"

부드럽게 달래주는 엄마 같은 주란의 말투가 시현에게 와 닿고 고

마음에 그저 고개를 주억거리는 시현. 하지만 그런 물음에 대답만 할 뿐 너무도 소심한 성격의 시현에게 먼저 다가서기란 힘든 일이었다. 그저… 다시 한 번 유민이 먼저 장난스레 자신에게 다가와 주길 바라고 있을 뿐 할 수 있는 것이 아무것도 없는 그녀다.

그렇게 둘의 망설임은 길게 2주라는 시간을 끌고 간다. 이런 시현의 마음을 전혀 알지 못하는 유민은 계속해서 그녀를 피하기만 하고 행여나 그를 볼 수 있을까 하는 마음에 유민의 반을 흘끔거리는 버릇이 생겨 버린 시현이었다. 하지만 둘 중 먼저 보는 것은 늘 유민이기에 계속 엇갈리기만 한다.

시간이 흘러 보름이 되어가고 그렇게 흐른 시간들만큼이나 시현은 이제 유민이 보고 싶어 죽을 지경이다.

"체육 운동장이래!!"

3반 반장의 목소리가 크게 들려오고 여학생들이 웅성거리며 체육복으로 갈아입고 반을 나선다. 얼굴이 하얗게 질린 듯한 시현이의 모습에 주란이가 걱정되어 다가온다.

"괜찮겠어?"

"응?"

"너, 안색이 너무 안 좋아. 선생님한테 말씀드릴까?"

"아냐, 괜찮아. 나 체력 빼면 시체잖아!"

"야! 그건 나지."

"풋~"

아직은 장난칠 정도는 되니 다행이라는 생각에 주란이 조금은 안도한다.

운동장으로 나가기 위해 1반 앞을 지나던 시현이 오늘도 어김없이 유민을 찾으려고 들여다본다. 몇 주 동안 보지 못했기 때문에 멀리서나마 보고 싶을 정도로 마음이 많이도 깊어져 버린 탓이었다. 마침 유민도 복도로 나서려 자리에서 일어나다 시현을 발견했다. 창문가를 슬쩍 기웃거리는 그녀의 빼꼼한 눈동자가 보였다. 체육복을 입은 시현을 잠시 보고 있던 유민이 정우의 모습을 찾기 시작한다. 앞 자리에서 엎드려 잠을 자고 있는 정우가 보였다.

'저 자식, 왜 하필 자는 거야.'

시현이 정우를 보려고 기웃거리는 거라고 생각한 유민이 원망스럽게 정우를 쏘아본다. 갑작스런 시현의 등장에 나가려던 걸음을 포기하고 자리에 앉아버린 그가 눈을 감는다. 보지 않으면 가볍게 시작했던 장난처럼 시현이 잊혀질 줄 알았나 보다. 하지만 감고 있는 눈 밖으로 느껴지는 온몸의 신경이 시현에게로 쏠리고 있다는 것을 이제 유민도 알고 있다.

그런 유민의 마음을 알지도 못하는 시현은 가만 눈을 감고 앉아 있는 유민을 바라보고 있다. 못 본 사이에 퍽도 많이 자라난 앞머리가 그의 눈가를 간질이고 있었다. 마주치고 싶었던 유민의 눈을 보게 된 것은 아니지만 그래도 이렇게 오랜만에 그의 얼굴을 볼 수 있었다는 생각에 시현이 작게 웃어 보인다.

"들어가 볼래?"

“아니. 여길 어떻게 들어가.”

정색하는 시현에게 주란이 장난스럽게 웃으며 대꾸한다.

“전에는 잘만 들어가 놓고선.”

“최주란, 너 정말!”

주란은 성큼거리며 시현의 옆을 떠나서 운동장을 향한다. 그런 주란의 뒤를 따라 달리는 시현이 조금은 편안해 보인다.

‘쳇, 자는 녀석 얼굴을 그렇게 오래 들여다보고 가냐. 지극정성이다.’

슬며시 눈을 뜬 유민의 눈가에 아직 시현이의 잔상이 남았다. 걱정스러운 듯 유민이 작게 내뱉는다.

“그런데… 조금 야윈 거 같은데……..”

“뭐?”

“아니, 아니야.”

졸던 준서가 부스스 고개를 들며 물었지만 다급히 입을 다무는 유민이다.

수업이 시작이 되었지만 여전히 속이 상하는 유민은 자리를 박차고 일어선다. 계속해서 밖에서 들려오는 3반 여학생들의 목소리가 유민을 혼란스럽게 하기 때문이었다. 이제 좀 차분해지나 싶더니 자신도 모르게 운동장의 시현이 모습을 찾는 행동에 화가 난 것 같기도 하다.

“왜? 무슨 일이야?”

요즘 갑자기 침울해진 유민이 갑작스럽게 일어서자 선생님도 놀라

셨는지 하시던 수업을 멈추고 물으신다.

"저 몸이 안 좋아서 양호실 좀 다녀오겠습니다."

선생님의 대답도 듣지 않고 교실을 나가 버리는 유민의 뒷모습에 나른함이 한껏 배어 나온다.

천천히 양호실에 들어선 유민은 창가의 침대에 누워 잠을 청했다.

한편 운동장에서는 피구가 한창이었다.

"시현아, 피해!!"

주란이 다급히 시현에게 날아오는 공을 잡으러 갔지만 뚱띵이 몸보다는 공이 빨랐다.

"악!"

갑자기 풀썩 쓰러지는 시현을 보고 모두들 놀라서는 쳐다보고 있다.

"정시현, 괜찮아?"

웬일인지 시현이는 정신을 차리지 못하고 놀란 주란이 얼른 시현을 들쳐 업고 양호실로 달려간다. 남은 학생들은 공을 던진 여학생에게 파워 우먼이라며 난리가 났다.

살짝 잠이 들려고 하는 유민의 귀에 굉장한 발걸음 소리가 들려온다.

'아, 진짜. 오늘은 되는 일 하나도 없구만.'

"선생님! 양호 선생님!"

하지만 이내 유민의 귀가 번쩍 뜨인다.

"왜 그러니?"

“체육 시간에 쓰러졌는데 정신을 못 차려요.”

“어머, 시현이 아니니?”

“어떻게 해요!”

걱정스러운 주란의 목소리와 시현이라는 이름에 유민의 심장이 갑작스럽게 크게 고동치기 시작했다. 당장이라도 옆의 커튼을 젖히고 그녀를 확인하고 싶어 죽을 지경이다.

“흠. 어디 아픈 곳은 있었어?”

“그런 것보다 요즘 잘 못 먹고, 잠도 잘 못 자는 것 같았어요.”

“그래? 아무래도 잠시 정신을 잃은 것 같구나. 안정을 취하면 괜찮을 거야. 주란이 너도 얼른 수업에 들어가 보거라.”

“네, 선생님. 나중에 제가 데리러 올게요.”

“그래.”

정신을 잃었다는 말에 유민은 이제 아예 간이침대를 박차고 일어나 앉아 있다. 곧 주란이 나가는 소리가 들려왔고 한참이 지나서야 양호 선생님이 자리를 비웠다.

탁.

문이 닫히는 소리가 들리자마자 유민은 재빠르게 옆의 커튼을 젖혔다. 역시 멀리서 본 것처럼 창백하고 야윈 시현이 조용히 숨을 내쉬며 잠들어 있었다.

“시현아…… 왜 이렇게 야윈 거야.”

2주 동안… 그 잠깐 동안에 이렇게 야위어 버린 그녀의 얼굴이 유민에게 너무 크게 다가왔다. 그와 그녀의 숨소리 이외에는 아무것도

들리지 않는 정적이 흐르고… 유민은 하얗고 조그만 그녀의 얼굴에
가만히 자신의 손을 대어본다. 살짝 매만지는 그의 손끝이 떨리고 있
었다. 유민은 살짝 고개를 숙여 그녀의 얼굴 가까이 다가간다. 그의
길어버린 부드러운 앞머리가 그녀의 코끝을 간질였는지 시현의 얼굴
이 잠시 움직이다가 다시금 부드러운 표정을 지으며 잠 속으로 빠져
드는 듯했다. 시현의 움직임에 잠시 머뭇거리던 유민은 이제 조금 더
가까이 다가가 시현의 조그만 입술에 살짝 자신의 입을 맞춘다.

\#4

재호

놀란 듯 시현이 눈을 뜬다. 분명히 자신은 운동장에서 피구를 하고 있었는데 웬 침대에 편히 누워 있는지… 하는 생각에 놀랐던 것이다. 얼른 주위를 살피는 시현은 자신이 있는 곳이 양호실이라는 것을 확인하고는 안도의 한숨을 내쉰다. 훤하게 젖혀져 있는 옆의 커튼 뒤로 오후 햇살이 붉게 비춰지고 있었다.

"후~ 꿈이었나?"

시현은 좋은 꿈을 꾼 듯했다. 포근한 유민이의 향기가 났었고, 어디선가 날아온 그 향기는 곧 유민에게 포근히 안겨 있는 듯한 꿈을 꾸었던 것이다. 그리고 유민의 따뜻한 입술이 자신의 입술로 다가오면서 그 온기에 놀라 눈을 뜬 것이었다. 하지만 이내 그 모든 것이 자신의 꿈이었다는 생각에 부끄러워지는 시현이 혼자 몰래 얼굴을 붉힌다. 곧 양호 선생님이 들어왔다.

"일어났니?"

"아, 선생님."

"많이 피곤했던 모양이더라. 곤히 자길래 안 깨웠어."

"네? 지금 몇 시예요?"

"지금 6교시 끝났어요. 잘도 자더라."

"네?? 벌써요? 이런, 죄송합니다. 그럼 전 이만……."

"그래. 주란이가 아마 네 가방 들고 이리로 오고 있을 거다."

"네, 감사합니다. 수고하세요."

얼른 교실을 향해 뛰어가는 시현의 머리 속에 자꾸만 아까의 꿈이 생각난다.

'후, 안 되겠어. 내일은 유민이를… 한번 만나볼까? 근데 날 안 만나주면 어떻게 하지…….'

"시현아!!"

"응."

주란의 부름에 조심히 생각을 접는 시현이었다.

한편 벌써 기숙사로 돌아온 유민은 침대에 누워서 계속 잠들지 못하고 뒤척이고 있었다. 그런 유민의 행동이 이상했는지 준서가 농구공으로 그의 배를 가격한다.

"윽."

"야, 뭘 그렇게 고민하고 있는 거야. 잠을 자던지!"

"아파, 자식아."

"왜 그러냐?"

"……."

그러나 대답이 없다.

"너, 요즘 정상이 아니다."

"……."

"아우!! 답답해. 야, 내가 그 애 한번 만나볼까?"

"네가 시현이를 왜?"

드디어 입을 연 유민은 시현이라는 이름에 다시 눈을 감아버린다.

"왜긴, 친구가 사랑에 슬퍼하는데 내가 도와줄 수 있는 일이 없어서 괴로우니까 그러지."

시현이라는 이름이 자연스럽게 나오는 것을 확인한 준서는 그를 바라보며 연신 웃어대면서 말을 이었다. 하지만 유민은 무뚝뚝하게 한마디로 잘라 버린다.

"관둬."

다음날이 되었고, 3반은 전에 진유리 패거리가 찾아온 날만큼이나 난리가 나버렸다. 그 난리의 원인은 준서였고, 이번에도 시현을 찾았기 때문이다. 준서는 유민이와 다르게 이 학교에서 매우 질이 좋지 않은 것으로 평이 나 있었다. 그는 유민이 이외의 다른 사람과는 말도 잘 나누려 하지 않았고, 웃는 것은 비웃는 것밖에 모른다며 모두들 입을 모으기 일쑤였다. 유민과 함께 중학교에서 무척이나 난동을 피우기 좋아했던 준서는 고등학교에서도 여전히 그런 일들을 일삼고 있었기 때문에 소문이 좋지 않았던 것이다. 그런 그가 와서는 시현을 찾아왔다는 것은 무척이나 특이한 일이었다.

그의 방문이 모두에게 의외였듯이 시현도 놀라서 얼어 있다. 그런 그녀를 먼저 알아본 준서가 성큼 3반 안으로 들어서는 시현에게 다가왔다. 하지만 코앞에서 준서의 걸음이 저지당했다.

"뭐야?"

기분이 몹시 상한다는 듯이 준서가 막고 나선 주란을 노려보며 한 마디 내뱉는다.

"시현이한테 무슨 볼일이야?"

"아~ 네가 그 의리파 친구냐?"

약간 비꼬는 듯한 준서의 말투가 마음에 들지 않았는지 주란이 준서를 노려본다. 그리고는 짜증이 한껏 묻어난 말로 대답한다.

"꺼져. 시현이한테 무슨 볼일로 왔는지는 모르겠지만 너 같은 애랑 시현이가 연관되는 일은 없을 테니까 말이야."

단호한 주란의 경고에 준서의 입가에 비웃음이 띤다.

"어지간한 계집애군."

"뭐라고?!"

준서가 혼자 툭 내뱉은 말에 광분한 주란이 발끈해서 소리친다. 하지만 준서는 이제 주란에게서 관심을 놓은 듯했다. 그녀를 무시하며 시현을 물끄러미 쳐다보던 준서가 다시 말을 잇는다.

"어이~ 정시현, 나랑 이야기 좀 할까? 좀 중요한 이야기가 있는데
말야."

웃으며 말을 꺼내고 있는 준서지만 시현이에게는 아직도 무서운
상대일 뿐이었다. 하지만 계속 이 상태를 유지하면 주란에게까지 피
해가 간다는 것을 알 수 있는 시현이기 때문에 어쩔 수 없이 고개를
주억거린다.

"시현아, 가지 마."

"괜찮아, 주란아. 고마워. 난 언제나 너한테 감동받아. 알지?"

시현이 애써 웃음을 지으며 주란에게 안심을 시키며 준서의 뒤를
따라나섰다. 뒤뜰로 향하는 둘을 바라만 보고 있을 수 없는 주란이기
에 어쩔 수 없이 1반으로 향한다. 아무래도 이대로 두어서는 안 될 것
같은 그녀만의 육감인 것이다.

한편 뒤뜰로 나온 준서는 시현에게 말을 꺼내기 시작했다.

"유민이 녀석 때문에 보자고 한 거야."

"유민이……?"

유민이라는 말에 고개를 떨구고 있던 시현의 얼굴이 놀라서 들어
올려진다. 궁금한 표정을 감추지 못하고 준서를 물끄러미 바라보자
준서가 당황스러워한다. 아까까지 고개도 들지 못하던 숫기없는 시
현에게서 갑자기 활기가 뿜어져 나와 놀랐던 것이다.

"표정이 자유자재구나."

"응?"

"훗~ 아니다. 그나저나 유민이가 이런 짓 하는 거 반가워할 리는

없겠지만…….”

“뭘?”

“너, 정우 좋아한다면서? 정말 특이하다. 다들 성화 우상 하면 껌뻑 죽는데 넌 어떻게 된 애가 그렇게 취향이 특이하냐?”

갑자기 손정우의 모습이 생각났던지 비웃음을 띠며 싱글거리는 준서의 모습에 시현은 다시 고개를 숙여 버린다.

“내가 누구를 좋아하는지 상관할 것 없잖아.”

작게 중얼거리는 시현에게 그런 말은 아무 상관없다는 듯이 준서가 말을 이어간다.

“취향이 특이한 건 상관없는데 난 내 친구 녀석이 그런 허접한 녀석 때문에 평생 해보지도 않은 질투라는 것도 하고 실연까지 당해야 한다는 게 마음에 안 들어.”

“지, 질투라니?”

“너도 봤을 거 아냐. 그 자식이 괜히 다른 녀석들한테 시비 걸고 짜증 부리는 놈이냐? 네가 그 자식 편들었다고 얼마나 열받아하는지, 시달리느라 내가 고생 좀 했다.”

“하지만… 장난이라고 했단 말야.”

“아~ 장난, 그거 생각하지 마. 뭘 표현해 본 적이 있었어야지. 워낙 할 수 있는 게 그런 장난밖에 없어서 그런 거야. 너무 신경 쓰지 마라.”

갑자기 더 혼란스러워진 시현이었다. 갑자기 질투라니… 그런 시현을 바라보던 준서가 어느새 얼굴을 굳히고 말을 잇는다.

"너를 만날 게 아니라 정우 자식을 손볼까 했었다."

"뭐?"

"난 유민이를 하나밖에 없는 친구라고 생각한다. 그래서 그 녀석이 괴로운 꼴은 못 보는 성격이야. 괜히 그 정우 자식 건드려서 네가 유민이한테 난리라도 치면 곤란하니까. 그래서 너한테 한마디 일러 두려고 불렀다."

"……."

"네가 유민이랑 만날 수 없다면 정우 그 자식이랑도 만날 수 없다는 말이다. 알아들어?"

그의 말을 요약해 보자면 유민이 이외에는 다른 누구도 만날 수 없다는 엄포였다. 어처구니없는 준서의 말에 순간 시현의 입속에서 자신도 모르게 웃음이 나와 버렸다.

"풋~"

그녀의 엉뚱한 반응에 준서가 놀란 눈으로 시현을 쳐다본다.

"야, 너, 내 말이 우습냐? 장난 아니다."

하고 엄포를 놓아보지만 여전히 입가에 놓인 시현이의 웃음을 지우지는 못했다. 이미 시현의 마음속에는 지금 바로 앞에 있는 준서에 대한 두려움 따위는 사라진 지 오래였기 때문이다. 이제 준서는 유민을 무척 아껴주는 게 자신의 친구 주란과 같은 느낌이 드는 그녀였다.

한편, 시현이 걱정되어 유민이에게 달려간 주란은 용감하게 1반의 앞문을 활짝 열고 달려들어 간다.

“김유민!!”

주란의 소란으로 놀란 학생들 사이에서 유민도 놀란 눈을 꿈뻑거리면서 반갑게 주란을 맞이한다.

“헉, 놀랐잖아. 뚱땡아, 웬일이야, 네가 날 다 찾아오고?”

하지만 주란의 얼굴은 무척이나 다급해 보인다.

“어서 일어나, 멍청아. 지금 시현이가 뒤뜰에 개날라리한테 잡혀갔단 말야!”

갑작스런 개날라리라는 말에 유민은 머리를 얻어맞은 듯한 묘한 기분이 들었다. 그의 머리 속에는 개날라리라 함은 진유리밖에 떠오르지 않았기 때문이다. 요즘은 시현이에게 접근하지도 않았는데 왜 갑자기 그녀가 시현에게 찾아갔는지 알 수 없는 유민의 표정이 멍하다.

“김유민!”

주란이 다시 유민을 다그치자 그의 머리 속에 양호실에서 있었던 일이 다급하게 떠오른다. 만 가지 일들이 그의 생각들을 어지럽히고 있었다.

“뭐 해? 안 가볼 거야?”

“어? 어.”

주란에게 거의 끌리다시피 일어선 유민이 이제는 먼저 앞장서서 뒤뜰을 향해 달려가기 시작했다. 드디어 건물 모퉁이를 돌아서 뒤뜰에 들어선 유민의 시야에 잡힌 것은 진유리가 아닌 시현이와 준서였고, 들려오는 그 둘의 대화에 유민과 주란은 우뚝 멈춰 설 수밖에 없었다.

"장난 아니라니까!"

"아, 미안해, 미안. 그런 뜻으로 웃은 거 아니야. 실은 나 정우 좋아한다는 거 거짓말이거든."

"뭐?"

"사정상 그런 거짓말이 유민이 귀에 들어가 버렸지만, 실은 나… 유민이 많이 좋아해."

많이 부끄러워하면서도 준서에게 스스럼없이 말을 꺼내는 시현의 얼굴이 무척이나 붉다. 유민이 없는 곳에서 자연스레 나온 유민에 대한 고백에 정신이 팔려 버린 시현은 유민과 주란이 온 것을 알지 못했지만, 이내 그들의 인기척을 느낀 준서는 그들을 향해 살짝 웃어 보이기까지 한다. 그리고 계속 이어지는 시현의 말을 막지 않는다.

"나도 여러 가지 일이 갑자기 다가오고 겹쳐져서 잘 몰랐어. 그런데 네가 해준 말과 요 몇 주 동안 유민이를 보지 못하면서 많이 정리가 되었거든. 내 마음이 어떤지도 알았고. 그런데 내 성격이 못났다 보니… 유민이에게 먼저 말하지도 못하고 용기가 안 나더라구. 지금 너한테 말하기는 이렇게 쉬운데… 이렇게 쉽게 말하고 있는데 나 왜 이런지 몰라."

어색하게 웃어 보이는 시현이 머리를 긁적이며 덧붙인다.

"아무래도 소심병인 거 같아. 좋은 병원 있으면 소개해 줄래?"

약간 슬퍼진 시현이 고개를 들어 준서를 본다. 하지만 준서의 얼굴이 자신의 예상과는 다르게 웃고 있는 것이 아닌가. 그것도 자신을 보고 있는 것이 아니라 자신의 뒷편을 향해서 말이다. 그런 시현의 궁금증을 풀어주려는 듯이 이제 준서가 말을 한다.

"어이～ 김유민, 이제 다 들으셨으면 화답을 해주셔야지? 킥킥～"

하지만 준서의 말이 시현이는 마음에 들지 않나 보다. 잔뜩 인상을 구긴 시현이 뒤를 돌아보고 이내 홍당무처럼 빨개지더니 그 자리에 주저앉아서는 자신의 무릎에 얼굴을 파묻어 버렸다.

물론 유민도 예상치 못한 시현의 깜찍한 고백에 어찌할 줄 몰라 홍조만 띤 채 가만히 서 있을 뿐이었다. 그런 둘을 번갈아 보던 준서가 호탕하게 웃어 보이며 주란이 쪽으로 다가간다.

"의리파 친구, 우리는 이제 그만 퇴장해 주자고."

하며 주란의 팔을 끌었고 주란은 그런 준서의 손길이 몹시 기분 나쁘다는 듯이 뿌리쳐 버린다. 그리고 얼른 시현이에게 다가가서는,

"바보. 진작에 그렇게 직접 말했으면 이렇게 마음고생 안 하잖아. 괜찮지?"

하며 머리를 쓰다듬어 주고 준서보다 먼저 자리를 떠나 버렸다. 그런 주란의 행동에 준서가 어깨를 으쓱거리더니 자신도 유민에게 한마디 한다.

"어이～ 물 앞까지 인도해 줬으니까 마시는 건 네가 스스로 할 수 있지?"

"이 자식, 너 죽었어. 관두라고 해도……."

실실 웃는 준서를 얄밉다는 듯이 노려보는 유민의 인상은 어둡지

만은 않다. 아니, 오히려 웃고 싶은 것을 억지로 참고 있는 듯한 인상으로 비친다.

"내 덕인 줄도 모르고. 자식, 난 이만 간다."

그렇게 준서마저 사라지자 유민이 천천히 시현이에게 다가갔다. 하지만 여전히 시현은 자리에서 도망가지도 못하고 얼굴은 그대로 아래로 푹 박은 채 쭈그리고 앉아 있다.

"야, 고개 들어봐."

"……."

역시나 대답도 없는 그녀다.

"야, 순둥아, 고개 안 아파? 일어나 봐."

"……."

"…시현아."

여전히 거동을 하지 않는 시현이를 향해 나지막하게 그가 이름을 부른다. 그제야 서서히 고개를 들어 보이는 시현이의 얼굴은… 그래, 여전히 시뻘겋게 달아올라 있었다. 거의 울상이 되어 있는 시현의 얼굴이 왜 그렇게도 유민에게는 귀엽게만 비치는지…… 아무래도 단단히 빠져 버린 모양이다.

그런 유민에게로 시현의 작은 입술이 달싹거린다.

"뭐라고?"

"…두 번째야."

"어? 뭐가?"

"네가… 내 이름 부른 거."

우물거리는 시현의 말을 알아들은 유민이 시현이의 팔을 끌며 그녀를 일으킨다.

"풋~ 그래, 알았어. 이젠 이름 많이 불러줄게. 그러니까 그만 일어나. 다리 아프겠다."

그녀의 수줍은 얼굴에 웃음이 터져 나오려는 것을 참느라 힘이 든 유민이다. 시현은 일어섰지만 여전히 유민의 얼굴을 똑바로 보지 못하고 있다.

"나 봐."

낮은 저음에 따뜻하고 부드러운 유민의 목소리가 시현의 귓가를 파고든다. 그런 그의 목소리에 마법이라도 걸린 듯이 시현의 눈동자가 조심스레 그의 눈동자에 가서 머무른다. 그런 그녀를 바라보는 유민의 얼굴은 너무너무 행복에 겨운 표정이다. 이런 사랑스러운 순둥이를 어떻게 해야 할지 무척 고민하는 듯하더니 이내 입을 연다.

"처음에는 솔직히 장난이었어. 너무 순진해 보였고, 그래서 괴롭히고 싶었었던 기분이 다였어. 그렇게 가볍게 다가갔던 건데……."

그의 목소리가 부드럽게 이어진다.

"그런데 너의 무엇을 봐서 이렇게 되어버린 건지 모르겠지만…… 너의 어떤 점이 좋아져 버렸는지 아직은 잘 모르겠지만 말야. 어느 순간부터 네가 내 눈 안에 없으면 모든 게 다 재미없어져 버리더라. 짜증이 나기도 하고, 불안하기도 하고……."

"……."

이어지는 유민의 말이 시현이는 아직도 믿어지지 않는 모양이다.

"그거 아냐? 다른 어느 사람도 보지 못하는 것을 보는 사람들은 미쳐 버린다더라. 그런데 아무래도 나 다른 누구도 보지 못하는 널 보게 되어버렸나 보다. 지금 나… 미칠 것 같거든……."

유민의 말에 시현은 제자리에 도저히 서 있을 수가 없었다. 마구 뛰어대던 심장의 떨림이 이제 두 다리에까지 번져 버린 탓이다. 하지만 그녀의 그런 상태를 아는지 모르는지 유민의 말은 이어졌다.

"너한테 먼저 그런 말 꺼내게 해서 미안해. 나 아무래도 너 많이 좋아하는 것 같다."

갑자기 시현이가 풀썩 주저앉아 버린다. 유민의 말이 기쁘기만 한 시현이지만 지금은 풀썩 주저앉을 수밖에 없나 보다.

다시 한 번 유민의 고백 소리가 들려오나 싶더니 시현이 재빠르게 눈을 뜬다. 어떻게 된 일인지 시현은 어느새 기숙사의 자신의 침대에 눕혀져 있었다. 창밖에는 아침 햇살이 비춰지고 있었고 이런 당황스러운 상황이 시현의 머리를 어지럽혀 놓는다.

"어… 어떻게 된 거야?"

모든 게 꿈이었을지도 모른다는 생각이 들자 시현의 얼굴이 곧 울상이 되어버린다. 얼마나 힘들게 만난 유민을 이렇게 꿈이었다고 생각해야 한다니 너무 억울한 모양이다. 자신의 머리카락을 마구 쥐어뜯으며 시현이 고개를 베개로 박아버리자 누군가가 시현을 향해 안쓰럽게 말을 내던진다.

"그만 해. 그러다가 머리카락 하나도 안 남아나겠다. 어서 일어나세요, 잠꾸러기 아가씨!"

"어? 주란아?"

"훗~ 지금 니 표정 엄청 웃긴 거 알아? 내가 너 일어나길 얼마나 기다렸는데 일어나자마자 뭐 하는 짓이야?"

"엉? 내가 일어나길 기다렸다고?"

"그래, 이것아. 도대체 어제 유민이가 너에게 무슨 말을 했길래 그렇게 기절을 해버리냐? 그렇게 황홀한 고백을 들려주던?"

"뭐? 정말이야? 정말 그럼 꿈 아닌 거야? 정말이지?"

주란이보다 그 고백이 더 궁금하다는 듯한 표정으로 연신 시현이가 주란이에게 대답을 재촉한다.

"다, 당연하지. 야, 시현아, 왜 그래? 너 어제 머리 다친 거야?"

"아냐, 아냐, 주란아. 꺄악~"

입이 헤벌쭉하게 찢어진 채 웃어 보이는 시현이 기쁨을 감추다 못해 이젠 소리까지 내질러 본다. 그런 시현의 모습이 보기 좋은 주란이지만 괜한 핀잔을 줘본다.

"그만 해, 임마. 입 찢어져. 얼른 일어나, 학교나 가자."

"주란아~ 사랑해~"

"악! 징그러!"

주란의 구박이 이어지긴 했지만 그래도 오늘만큼이나 기분이 들뜬 적이 없는 시현이다. 학교를 향하는 운동장에서도 이제 유민이의 얼굴을 어떻게 대해야 할지가 너무 고민인 그녀. 드디어 학교 건물에 도착하고 벌써부터 유민의 얼굴이 보고 싶어진다.

그런 그녀의 마음을 또 어떻게 알아차렸는지 주란이 은근슬쩍 1반 앞에서 멈춰 선다. 놀란 시현이 주란을 올려다본다.

"왜 그래? 볼일있는 거야?"

괜히 민망해하면서 시현이 주란을 앞질러서 가려 하자 냉큼 그녀의 옷깃을 잡아채는 주란이었다.

"야야, 나중에 그냥 갔다고 공부 시간 내내 안달하지 말고 어서 가서 아침 인사하고 와."

투덜거리는 말투와 행동이었지만 주란의 표정이 싫지 않다. 격려하듯 시현의 어깨를 툭툭 치는 주란의 손길 덕분에 조금 용기를 내어 1반 앞으로 다가가는 그녀였다. 조금 열려진 창문 사이로 유민의 모습이 보였다. 일찍 등교를 했는지 졸린 듯한 얼굴로 열심히 준서와 무언가를 이야기하고 있는 그의 모습이 보였다. 우스운 이야기라도 하는 것일까. 해맑게 웃어 보이는 그의 모습이 빛이 나는 깃만 같다. 그런 그의 모습을 이렇게 멀리서 바라만 보아도 시현의 심장 박동 수는 급격하게 증가한다. 현기증까지 날 것 같은 오버쟁이 그녀.

그런 그녀의 눈길을 느꼈는지 툭툭 장난을 쳐대던 유민이 복도 쪽으로 시선을 옮겼다. 그리고 자신을 넋을 잃고 뚫어져라 쳐다보는 시현을 발견했다. 그런 그녀를 향해 최고의 행복한 미소를 선사한다.

갑작스런 유민의 웃음에 의아해하던 준서도 역시나 시현이를 발견하고는 유민이를 툭툭 치며 한마디 한다.

"아이고~ 웬일로 살인미소가 등장했나 했더니. 저 녀석 완전히 넋 나간 거 같다. 어서 가서 깨워주고 와라."

그런 준서의 말은 들은 척도 않고 달려가던 유민이 어느새 그녀 앞에 섰다. 내내 쳐다만 보고 있던 시현이지만 유민이 자신 앞에 서자 고개를 푹 숙여 버리고 만다. 아직도 많이 수줍은가 보다. 유민은 그런 시현이 귀여워 죽겠다는 듯이 덥석 안아버린다.

"헉! 유, 유민아, 놔줘."

버둥거리는 시현이의 머리를 더 세게 안으며 능청을 떠는 유민이다.

"뭐 어때. 내 애인이랑 아침 인사 나누겠다는데 누가 뭐라고 그래!"

방긋거리며 한참을 그렇게 끌어안고서야 그녀를 풀어준다.

"아주 소름이 팍팍 돋는다, 돋아. 안 그래도 추워서 짜증나는데 이것들이 한술 더 뜨네그려. 늬들 닭장 하나 사주리?"

둘을 내내 지켜보던 주란이 그제야 한마디 한다. 그제야 그 덩치 큰 주란을 알아 본 유민이 묻는다.

"어? 뚱땡아, 와 있었냐?"

"그래. 처음부터 여기 가만히 서서 다 지켜봤다. 네 눈에는 이렇게 큰 덩치가 안 보이더냐?"

뚱땡이라는 말에 발끈한 주란이가 받아치지만 유민은 능청맞게 시현을 끌어다가 어깨에 팔을 걸치며 장난을 계속한다.

"그래, 네 덩치가 크기만 하겠냐만은 우리 시현이의 귀여운 얼굴을 가릴 만큼 대단한 게 아니어서 말이야."

능청도 능청이지만 닭살스러운 멘트의 연발에 빠드득 하고 주란이의 인내심 힘줄이 터져 버린다.

"야! 김유민! 너 이 자식!!"

으드득거리는 주란의 이 가는 소리에 드디어 사태의 심각성을 파악한 유민이 냉큼 문에서 멀어져 버린다. 그러면서도 시현이를 향해 방긋 웃으며 마지막 인사를 잊지 않는다.

"우리 예쁜 시현이, 오늘도 공부 열심히 해~"

"너, 이 자식, 이리 못 나와!!"

그렇게 아침부터 1반 앞에서 난리를 치는 주란은 결국 시현이에게 끌려 자신의 반으로 가야만 했다.

이렇게 아침의 소동이 일어나고 이제 둘의 사이는 교내에 소문이 날 대로 나버렸다. 여기저기서 유민이와 시현이의 이야기로 웅성거리기 시작한 것이다.

"야아, 너 그 얘기 들었어?"

"뭐?"

"유민이 사귀는 애 생겼다는 거."

"당연하지~ 너도 들었구나? 그 애 알아?"

"몰라. 내가 어떻게 아냐?"

"3반이라는데 우리 한번 보러 갈래?"

"유민이한테 모자란 상대면 용서할 수 없어."

"맞아, 맞아. 아우 속상해~"

여기저기서 오가는 이야기들은 부풀려지기도 하고 변색도 되었다.

물론 시현이와 같은 반 학생들도 그녀와 친한 사람들을 제외하고는 몰래몰래 시현이의 험담을 하는 학생들도 있었다. 하지만 그녀들의 째림과 험담을 꿋꿋하게 받고 있는 시현은 행복하다.

그런 시현을 바라보는 주란은 다행이란 생각과 함께 걱정이 조심스레 다가왔다. 전에 그렇게 난리를 쳤었던 진유리가 아직까지 조용한 것이 몹시 신경 쓰였기 때문이다. 그녀의 걱정과는 무관하게 시현이와 유민은 늘 행복하기라도 하겠다는 듯이 닭살스럽기만 하다.

점심 시간 종이 울리자마자 유민은 재빠르게 매점을 향했다. 아니나 다를까 교실에서 볼 수 없었던 시현이가 주란과 함께 있는 모습이 보인다. 갑자기 장난기가 치솟은 유민의 발걸음은 고양이 걸음이 되어서 그녀에게로 다가간다. 조용조용 걸어가던 유민은 벌이 침을 쏘듯이 뒤에서 시현이를 와락 끌어안아 버렸다. 아무래도 김유민의 눈에는 뵈는 게 없는 듯하다. 그 많은 매점의 무서운 눈들을 무시하고 자기 마음대로 행동하는 모습에 경의를 표한다는 듯이 주란이 고개를 절레절레 흔들어 보인다.

하지만 더 기가 막힌 것은 그렇게 안겨 버린 시현이조차 아무런 반응이 없는 것이었다. 반응이 없다기보다는 그저 웃고만 있는 것이었다.

"어라~ 시현이, 너 왜 반응이 없어. 다른 놈이 안았으면 어쩌려고 반항도 안 하는 거야?"

유민이 괜히 성질 내는 척을 해댄다. 그런 그를 수줍게 올려다보며 시현이 하는 말이 더 가관이다.

"넌 줄 알았어. 네 향이 났거든."

"뭐?"

주란은 기절하겠다는 듯이 자리를 박차고 나가려 했지만, 유민은 시현의 말이 무척이나 마음에 들었나 보다.

"풋~ 그래? 우리 시현이 이제 보니 개코구나. 예뻐 죽겠어. 벌써 낭군님 향기를 기억하고 말야~"

더 세게 시현을 안는 유민의 얼굴에 대고 주란이 한심하다는 듯이 엄포를 놓는다.

"야야, 너희들, 적당히 해. 지금 매점에 있는 사람들이 너희 둘만 쳐다보고 있다. 알고는 있는 거냐, 아니면 상관이 없는 거냐?"

"상관없어. 사귀는 사람끼리 안아보는 건데 왜 남의 눈치를 봐야 하냐?"

더 이상 뻔뻔스러운 유민을 보고 있을 자신이 없어진 주란이 다른 친구들이 있는 곳으로 가버린다. 그런 그녀를 향해 웃어 보이는 유민, 그런 그를 향해 주먹을 날리는 시늉을 하는 주란이지만 아무래도 그녀는 불안하다. 너무 조용하기만 한 유민의 주변이…….

그날 저녁이 되어서야 시현은 하루 종일 자신의 곁을 맴돌던 유민에게 벗어나 기숙사로 돌아올 수 있었다. 물론 주란도 해방되었다는 듯한 미소를 띠며 그녀와 동행해서 돌아왔다.

시현이 자신의 방으로 들어서려 할 때 주란이 다급하게 그녀를 불렀다.

"시현아!"

"응? 왜 그래?"

"너 말이야. 유민이랑 사이좋은 건 좋은데… 아무래도 진유리 애들이 걸리니까 장소 가려서 적당히 해. 알았지?"

"홋~ 그래. 알았어. 명심할게요, 엄마!"

"기집애, 농담으로 듣지 마."

주란의 걱정이 듣기 좋기만 한 시현은 고개를 끄덕이며 방문을 열었지만, 주란은 불안한 나머지 다시 시현이를 불러 세운다.

"그러지 말고 시현아, 나랑 같이 자자."

"뭐?"

"사감 선생님한테 말씀드려서 방 바꿔달라고 하자."

"최주란, 너 오버야. 알지? 자기도 쪽수로는 딸리면서 늘 큰소리람. 핏~"

"시현아."

"걱정하지 마. 그리고 무슨 일 있으면 너한테 바로 달려갈게. 설마 한밤에 무슨 일이 나려구."

"후~ 그래. 고집쟁이 같으니. 알았어. 잘 자."

그렇게 주란도 행복해 보이는 시현의 얼굴을 5분이나 더 보고서야 불안한 마음을 떨치고 방으로 들어설 수 있었다.

숨겨야 하는 상처

#5

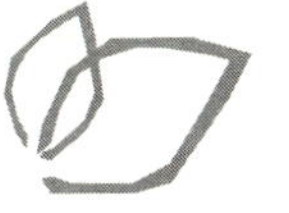

숨겨야 하는 상처

얼마나 시간이 지났을까. 시현의 룸메이트가 곤히 잠든 시현의 어깨를 흔들며 깨우기 시작했다. 그녀의 목소리는 무척이나 떨리고 있었다.

"시, 시현아, 이, 일어나 봐. 시현아……."

"음… 아, 왜? 벌써 아침이야?"

잘 떠지지 않는 눈을 비비면서 일어나 그녀를 본 시현은 잠이 확 달아난다. 자신 앞에 풀썩 주저앉아서 훌쩍이고 있는 진경이 때문이기도 하지만 그런 그녀 뒤로 꽤 많아 보이는 여자애들 때문이기도 했다.

"지, 진경아, 왜 우는 거야? 그리고 저 여자애들은 다 뭐야?"

하지만 진경이는 훌쩍거리기만 할 뿐이었다. 그런 그녀 앞으로 한 명의 여자애가 말을 한다.

"야, 문 잠그고 불 켜."

딱딱한 여학생의 말투는 어디선가 들어본 적이 있던 귀에 익은 말투였다. 누군지 아직은 알 수 없지만 시현의 두 팔에는 소름이 쫙 끼쳤다. 곧 불이 켜지고 깜박이는 형광등 아래에서 시현은 진유리 패거리들의 얼굴을 확인할 수 있었다. 재빠르게 주란의 얼굴이 머리에 스치며 후회를 해보지만 이미 늦은 듯하다.

"너, 너희들이 여긴 왜 있는 거야?"

"왜? 우리가 못 올 곳이라도 왔어? 우리가 왜 왔는지 몰라서 묻는 거야?"

"……."

"야, 끌어 내려."

진유리의 말에 즉각 행동하는 여학생 몇 명이 시현이를 침대에서 끌어 내렸다.

"악!!"

거칠게 끌어 내려진 시현은 바닥에 부딪친 무릎을 감싸며 짧은 비명을 지른다.

"조용히 해."

"왜 이러는 거야!"

"왜 이러긴. 너 지금 얼마나 웃긴 줄 알아? 그 뚱뚱한 년 믿고 까부나 본데 적당히 했어야지. 안 그래? 유민이랑 그 계집애가 여기까지

와서 널 보호해 줄 줄 알았어?”

진유리의 손이 말이 끝남과 동시에 시현의 머리를 후려갈긴다.

“악!”

“소리 내지 말랬지. 얘들아, 얼굴하고 다리만 빼고 밟아버려!”

진유리의 말이 끝나기가 무섭게 뒤에 서서 비웃어대던 여학생들이 그녀의 몸 위로 달려든다. 그리고는 아무런 거리낌 없이 그녀의 몸 구석구석을 차고 밟기 시작하는 것이었다.

“악.”

“한 번만 더 소리 내면 저 계집애도 밟을 거니까 알아서 해라.”

진경을 쳐다보며 진유리가 말을 내뱉자 이제 작게 내던 소리조차 내지도 못하고 시현은 구타를 당하고 있다. 미친 듯이 쏟아지는 발길질들을 받고 있자니 시현은 정신을 차릴 수가 없다. 그런 시현을 보지 못하고 진경은 구석에 박혀서 울고만 있을 뿐 누구에게도 도움을 요청할 수가 없었다.

‘유민아… 유민아…….’

시현의 명치를 향해 날아든 발길질은 마음속으로밖에 부를 수 없는 유민의 이름마저 부를 수 없도록 정신을 혼미하게 했다. 이런 상황이 얼마나 계속되었을까. 한참이 지나서야 진유리가 그녀들의 행동을 정지시켰다.

“그만.”

진유리의 한마디에 시현의 온몸의 아픔들이 사라졌다.

“잘 들어, 정시현. 내가 지금 여기서 헤어지라고 해도 너같이 독한

년이 헤어질 것 같지는 않아. 그리고 이 정도로 날 무시하는 유민이 놈 역시 재수없고."

유민에게까지 악이 찼는지 진유리의 목소리가 날카롭다.

"사겨라. 그런데! 내가 이렇게 개무시당하고 그냥 늬들을 봐주고 있으면 억울하잖아? 안 그래?"

"…으."

"아프지? 그래도 용서 못해, 너희 둘 다. 네 대가리에 똑바로 새겨 둬. 넌 이제부터 우리들 밥이야. 밥 알지? 뭐, 네가 우리한테 밤마다 얻어맞는 게 무서워서 유민이에게 말한다면 그땐 우리한테 맞는 건 풀어줄게. 가서 일러봐. 앵앵거리면서 일러보라고. 그때는 네 친구 년에게 가서 오늘보다 더 심하게 해줄 테니까. 알지? 네 절친한 친구 뚱땡이 말야."

"킥킥~ 나 그년 처음부터 마음에 안 들었어. 덩치만 산만해 가지고."

"훗~ 들었냐? 내 친구들도 네 친구가 마음에 안 드나 봐."

"…안 돼."

겨우 소리를 내어보는 시현이었다. 그런 시현이의 오른쪽 뺨을 톡 톡 치며 진유리가 대꾸한다.

"그래, 안 되는 거 알면 네가 주둥이 단속만 잘하면 되는 거야. 머 리가 그렇게 나쁘진 않을 거라고 생각한다. 오늘은 워밍업이었으니 까 이쯤에서 가지. 내일 보자구~ 얘들아, 가자."

섬뜩하게 낄낄거리며 진유리가 자신의 친구들을 데리고 방을 빠져

나갔다. 그런 그녀들이 나가고 나서야 시현의 곁으로 온 진경이 그녀를 부축한다.

"시현아, 미안해."

"아냐, 진경아. 오히려 내가 미안해. 그리고… 오늘 일……."

"하지만……."

"부탁할게."

그 말을 마지막으로 시현은 더 이상 진경에게 말을 하지 않았다. 욱신거리며 아파오는 곳을 부여잡고 조용히 흐느끼는 것이 다였다. 너무 막막해져 버린 시현이기에… 그렇게 울다가 지쳐 잠이 들어버린다.

다음날, 일찍 눈이 뜨인 시현이었지만 일어나기가 무척 힘이 든 모양이었다. 하지만 이대로 학교에 가지 않게 되면 모든 게 밝혀질 것이다. 아파하는 것이 표가 나면 안 된다는 생각이 그녀의 이를 악물게 한다. 있는 힘껏 아무렇지도 않은 척 등교하고 자신의 자리로 걸음을 옮기는 시현의 등에 식은땀이 배어온다.

하지만 피멍이 들 정도로 맞아서 그런지 견디기가 쉽지 않다. 참지 못한 시현은 주란에게 생리통이라고 둘러대고는 얼른 양호실로 가버린다.

"시현아, 약 줄까?"

"아뇨, 선생님. 조금 쉬면 괜찮을 거 같아요."

"그래, 그럼 조금 자렴."

양호 선생님이 밖으로 나가시자 참고 있던 신음이 시현의 입 밖으로 튀어나온다. 그리고 그 신음과 함께 조용히 흐느낀다. 그렇게 그녀는 혼자 앓고 있는 것이다.

"아파… 너무 아파서 죽을 거 같아……."

혼자 중얼거리고 있는데 갑자기 양호실 문이 세게 열리면서 유민이의 목소리가 들려온다. 아마도 주란에게 자신이 아프다는 소리를 전해 듣고 달려온 듯했다.

"시현아!"

얼른 눈물을 훔치던 시현이 유민을 향해서 뒤돌아 누웠다.

"괜찮아?"

어디가 아픈지 이미 알고 온 그인지 아픈 곳은 묻지 않고 그저 시현의 이마를 짚어보기만 한다. 그런 유민의 행동 때문인지, 아니면 그저 유민을 보아서인지 눈물이 울컥 쏟아지려는 시현이다. 하지만 울어버리면 힘들어질 주란을 생각하며 이를 악물고 눈물을 삼키면서 웃어 보인다.

"부끄럽게… 왜 왔어. 나 괜찮아."

"뭐가 부끄러! 아… 아무튼 내가 나중에 기숙사 데려다 줄 테니까 지금은 푹 쉬어. 알았지?"

부끄럽지 않다며 소리치는 유민의 얼굴이 발그스레 상기된다. 잠시나마 그런 유민을 보며 웃어보는 시현이다.

하지만 낮의 달콤함도 잠시, 밤이 되면 어김없이 진유리 패거리들의 발길질이 계속되었다. 그런 발길질에 한번의 저항도 하지 못하고 미치도록 맞고, 또 맞고 있는 그녀이다. 그 다음날도…… 또 그 다음 날도…….

그렇게 그녀에게, 그리고 그 광경을 보기만 할 수밖에 없는 진경에게 힘들고 긴 일주일이라는 시간이 지났다.

"어쭈, 잘 견디는데!"

이제는 얼굴과 다리 이외에는 멍과 상처가 없는 곳이 없는 시현을 내려다보며 진유리 패거리들이 말을 내뱉는다. 그리고는 확인 사살이라도 하듯 시현의 팔꿈치를 툭 찬다. 그러나 반응이 없다.

"야, 이 계집애 기절했어."

"딴에는 잘 견딘 거지. 맷집은 좋다."

"그만 가자."

그렇게 진유리의 마지막 말이 나오면 늘 그렇듯이 그들은 방을 빠져나갔고, 그런 그녀들이 간 후에는 진경이가 울면서 다가와 시현이를 간호한다.

"시현아, 언제까지 이렇게 당할 거야? 말해. 말해 버려. 선생님들께라도 말하라고."

맞고 있는 시현이보다 진경이가 먼저 지친 듯했다. 하지만 진경의 말에 눈물로 범벅이 된 얼굴을 흔들 뿐 아무런 대꾸를 하지 않는 시현이었다.

그런 그녀들의 밤을 모르는 유민이와 주란이는 요 일주일 사이 시현의 행동이 많이 달라진 것을 의아해하고 있었다. 하지만 그 이유를 시현이에게 물어보아도 시현은 계속해서 아니라고만 말할 뿐이었다. 또한 이젠 주란이가 아닌 진경이와 붙어 다니기만 하고 유민이 달려 와 껴안으려는 것조차 허락하지 않고 몸을 빼기 일쑤였다.

유민은 시현의 그런 행동에 자신이 닿는 것을 무척이나 거북해하는 것처럼 느끼곤 몹시 불쾌해하고 있었다. 그런 일이 계속 되어가자 유민의 신경은 날이 갈수록 날카롭고 사나워지고 있었다. 그런 그의 행동이 싫어서가 아니라는 말을 해주지 못하는 시현 역시 답답함만 늘어가고 있었다. 이제 누군가의 손이 닿는 것조차도 시린 그녀였기 에…….

'잘 참고 있어. 시현아, 너 잘하고 있어.'

그렇게 늘 자신을 다그치고 위로하는 시현은 기숙사로 돌아가는 길에 우뚝 서버린다. 이젠 기숙사 따위는 없어져 버렸으면 좋겠다는 생각을 하는 그녀이다. 가던 길을 멈추고 시현이 앉은 곳은 전에 유 민이 담배를 피우며 누워 있던 잔디 언덕이었다. 가만히 잔디를 매만 지는 시현의 손등 위로 그녀의 눈물이 떨어진다.

"유민아, 미안해……. 네가 싫어서 그러는 게 아닌데… 변명조차 못해줘서 미안해……. 그냥 이대로 죽어버렸으면 좋겠어……."

그렇게 울고 있는 시현을 모른 채 오늘도 예민해져 있는 유민은 가 만 입을 다물고 교실에서 나가지도 않고 앉아만 있다.

그런 그를 말없이 바라보던 준서가 교실 앞을 서성이는 여학생 하 나를 발견하고 다가간다.

“유민아, 저 애가 너한테 할 이야기가 있대.”

그 여학생을 만나고 들어온 준서가 유민에게 말을 전한다. 하지만 예민해진 유민은 준서의 말도 귀에 들어오지 않는지 귀찮다는 식으로 손을 저어버린다.

“가봐, 시현이랑 잘 붙어 다니는 애인 거 같더라.”

그 말에 고개를 든 유민은 자신을 찾아온 사람이 요즘 부쩍 시현이와 함께 다니는 진경이인 것을 확인하고 얼른 앞문으로 향한다.

“무슨 일이야?”

가만히 유민을 쳐다보던 진경이 갑자기 주위를 둘러보더니 유민이게 묻는다.

“나…… 알아?”

조심스러운 말투에 유민마저 주위를 경계하곤 아무 말 없이 자게 고개를 끄덕인다.

“저기… 할 말이 있는데 여기서는 곤란하고…….”

정말 무언가에 쫓기는 사람처럼 진경은 서두르고 있었다.

“시현이 얘기야?”

현재 유민에게 가장 중요한 것은 이것이다. 이 일 이외에는 아무것도 유민의 귀에 들어오지 않았기에……. 그의 표정을 보고는 진경이 고개를 확고하게 끄덕인다.

“따라와.”

진경에게 말을 하고는 유민은 먼저 앞장서서 뒤뜰로 향했다. 그런 그를 진경이 조심스레 거리를 두고 따라간다. 유민보다 조금 후에 도착한 진경을 향해 유민은 서둘러 물었다.

"무슨 일이 있는 거지?"

고개를 끄덕이며 진경은 일주일 동안 있었던 일들을 꺼내놓았다. 그녀의 이야기가 진행됨에 따라 유민의 눈이 무섭게 변하기 시작했다. 특히 그녀가 계속 맞고 있었다는 부분에서는 자신의 두 손을 가만두지 못하던 유민이 이내 떨려오기 시작했다. 떨려오는 자신의 손을 수습하는 유민의 두 눈에는 핏발이 서고 눈물이 고이고 있었다. 하지만 진경의 말을 한 번도 끊지 않고 끝까지 경청하고는 그녀의 말이 끝나자마자 그녀에게 고맙다는 인사를 전한다.

"말해 줘서 고마워. 정말 고맙다."

짧은 목례와 함께 유민은 빠른 걸음으로 자신의 반으로 되돌아갔다. 그리고 교실에 아직까지 앉아 유민을 기다리고 있는 준서에게 다가섰다.

"유민아."

준서는 돌아온 유민의 표정을 올려다보고는 더 이상 말을 잇지 못했다. 그의 표정은 말 그대도 엉망이었다. 움직일 줄 모르는 동상이라도 되어버린 듯이 그는 경직되어 있었다. 그런 유민은 소름이 끼칠 듯한 차가운 목소리로 준서에게 말한다.

"지금 당장 진유리랑 그 나머지 년들 잡아다가 체육관에 모아놔."

단 한 마디를 하고는 유민은 뒤도 돌아보지 않은 채 교실을 나가버렸다. 그런 그의 뒷모습이 사라지자 준서는 식은땀이 흐른다. 그가 유민을 아는 동안 이렇게까지 그에게서 무서움을 느꼈던 적은 없었던 준서다. 그의 화가 극에 달했다는 것을 알려주는 그의 명령조는 준서의 행동을 서두르게 한다.

화가 머리끝까지 차 오른 듯한 유민이 달려간 곳은 주란이 있는 곳이었다. 주란 역시 유민의 처음 보는 표정에 너무 놀라서 인사도 하지 못하고 그를 맞이한다.

"시현이 어디 있어?"

"유, 유민아, 왜 그래?"

"어디 있어?"

주란의 말에 대꾸도 않은 채 유민이 계속해서 묻는다. 여전히 굳어 있는 유민의 얼굴에서 입술만이 따로 떼어져 움직이는 듯한 느낌이었다.

"모르겠어. 기숙사로 간 거 같긴 한데… 요즘 나랑은 말도 안 하려고 하니까."

그녀의 말이 끝나기도 전에 유민은 뒤돌아 나가고 있었다. 어느새 잔디 언덕까지 온 유민은 시현이를 발견하고 더 달리려던 걸음을 멈춘다.

이런 상황을 전혀 모르는 시현은 계속 눈을 감고 누워 있다가 갑자기 불어온 바람에서 유민의 향기를 맡는다. 라일락같이 짙고 따뜻한 향기가 좋았는지 미간에 잡혔던 그녀의 주름이 펴진다.

'아, 유민이 향기인데… 여기 왔나?'

설마 하는 생각과 함께 슬며시 눈을 뜬 시현은 놀랄 수밖에 없었다. 거짓말처럼 정말 그가 자신의 눈앞에 있었기 때문이다. 그것도 어떤 말로도 형언할 수 없을 정도로 무서운 얼굴을 하고서 말이다.

"유…… 민아."

시현의 부름에 대꾸도 하지 않고 유민은 성큼거리며 시현의 곁으로 다가와서 말없이 그녀의 손을 당긴다.

"아야, 왜 그래?"

유민은 팔을 빼려는 그녀를 더 당겨서 갑작스레 소매를 걷어 올린다.

"앗, 이러지 마. 유민아."

시현이의 하얀 팔이 드러나자 굳어 있던 유민의 표정이 너무도 아프게 변해 버렸다. 그 하얗고 여린 팔 위에 여기저기 피멍이 들어 있었기 때문이다. 부들부들 떨리는 유민의 손이 그녀의 멍든 팔을 천천히 쓰다듬는다.

"아, 이건… 유민아… 이건 말이야."

애써 변명을 하려는 시현이었지만 유민은 그녀의 말은 듣고 있지도 않다는 듯 이번에는 갑작스레 그녀의 스커트를 거침없이 올려본다.

"꺅!"

이제 유민의 표정은 완전히 미쳐 버린 듯하다. 새빨개진 유민의 두 눈은 박혀 있지 못하고 튀어나올 것만 같다. 그런 그의 표정을 보고는 시현이 무언가 다시 변명을 하려 한다. 하지만 유민은 그런 시현을 끌어당겨 안아버렸다. 그녀를 안지 않고서는 너무 괴로운 지금의 마음을 다스릴 수가 없을 것 같아서……. 하지만 그의 품에 안긴 시

현은 포근하지만은 않다. 욱신거리는 상처들이 유민의 힘으로 더 아
파오고 있었다.

"…유민아, 나 아파……."

시현의 아파하는 소리에 놀란 유민이 얼른 그녀를 놓아준다. 그리
고 다시 둘의 얼굴이 마주친다. 이제 유민의 눈에는 조금만 건드려도
떨어져 버릴 듯한 눈물이 맺혀 있다. 너무 슬프게 변해 버린 유민의
얼굴을 마주하기가 시현이도 힘이 들었는지 눈물을 글썽거린다.

"바보야… 왜 말 안 했어. 이렇게 아픈데 왜 말 안 했어."

"……."

"이렇게 되면 내가 아무것도 못해준 게 되잖아. 바로 옆에서 내가
아무것도 못한 나쁜 놈이 되잖아."

"아니야… 아니야, 유민아."

"고백할 때 다짐했단 말야. 너 평생 아프지 않게 할 거라고… 내가
꼭 그렇게 해줄 거라고……. 그런데 이게 뭐야! 너 이렇게 아프고 있
었는데… 나는 아무것도… 아무것도……."

고개를 떨구고 말을 하는 유민의 목소리가 심하게 떨려왔다.

이제 시현은 몸보다 마음이… 가슴이 더 아려오기 시작했다. 흐느
끼는 그를 안아주지 않고는 견딜 수가 없는 그녀가 살짝 유민을 끌어
안아 본다. 안겨진 유민의 몸이 흐느끼고 있는 것이 느껴졌다. 그 흐
느낌으로 그가 얼마나 마음을 아파하는지가 그녀에게로 전해져 온
다.

"괜찮아. 유민아, 나 괜찮아. 네가 지금 이렇게 알아주고 아파해

주잖아. 나 이제 하나도 안 아파.”

시현의 어깨도 조금씩 떨려오기 시작한다.

조금 진정이 되었는지 자신의 품에서 시현을 놓아준 유민이 그녀와 눈을 맞춘다.

“잘 들어. 이제 다시 이런 일 생기면 안 돼. 다시 이런 일이 생기면 나 죽어버릴지도 모른다. 이런 일 또 숨기면 나 미쳐서 죽어버릴지도 모른다고. 알아들어?”

가만히 고개를 끄덕이는 시현.

“그것들이 너한테 뭐라고 협박하든 나한테 숨기지 마. 내가 다 해결해 줄게. 내가 너 아프지 않게 지켜줄 테니까. 알겠어?”

그의 단호한 목소리가 시현을 웃게 한다. 방긋 웃는 시현이 고개를 끄덕인다. 하지만 그런 그녀를 보고 있는 유민의 마음은 더 아파만 왔다. 갑자기 시현을 끌어당겨 번쩍 안아 드는 유민이다.

“아, 유민아, 뭐 하는 거야. 내려줘.”

그러나 아랑곳하지 않고 기숙사로 향하는 그에게 시현도 더 이상 무어라 말하지 않는다. 그런 둘을 수위 아저씨도 아무 말 않고 백합관으로 들여보내 주신다.

조심히 침대에 시현을 눕힌 유민이 그녀의 머리맡에 자리를 잡고 앉는다.

“나 잘 때까지 옆에 있어주려고?”

응석과 약간의 두려움이 섞인 그녀의 물음이었다. 유민의 미간이 잠시 찌푸려진다. 이곳에서 그녀가 맞고 있었다는 생각이 갑자기 치

밀어 올랐나 보다. 하지만 이내 시현을 바라보며 다정하게 웃어준다.

"당연하지. 계속 있을 거니까 아무 걱정 하지 말고 편안하게 자."

유민의 따뜻한 목소리가 시현에게 많이 안심이 되었는지 서서히 잠들기 시작한다. 그런 그녀의 얼굴을 물끄러미 바라보던 유민은 다시 한 번 그녀에게 조용히 다짐한다.

"미안해. 시현아, 미안해. 이제 다시는 이렇게 너 혼자 아프게 하지 않을게. 정말 널 괴롭히는 것들은 가만 안 둘 거야. 그게 누구든 간에 넌 웃게만 해줄게."

조용히 속삭이던 유민이 시현의 이마에 살짝 입을 맞춘다.

"사랑해."

조용한 고백과 함께 이제 유민의 얼굴이 다시 굳어져 간다. 그리고 백합관을 나서는 유민의 내딛는 발걸음은 너무도 무섭다. 곧 그의 발걸음이 체육관으로 향하고 체육관과 가까워질수록 그의 얼굴은 얼음장처럼 더욱더 차가워지고 있다.

한편 체육관 안에서는 준서가 몇 명의 친구들과 초조한 표정을 감추지 못하고 있었다. 그런 그들보다 더욱 불안해 보이고 겁에 질려 있는 몇 명의 여학생들이 있다. 오지 않는 유민을 기다리던 준서가 참지 못하고 여학생들 가까이로 갔다. 그리고 화난 듯이 미간을 찌푸리며 손톱을 뜯고 있는 진유리를 부른다.

"진유리."

"……."

하지만 진유리는 무슨 생각에 골똘히 잠겨 있는지 대답을 않는다.

'뭐지…… 혹시 그 계집애가 분 건가? 설마… 그렇게 입을 앙다물던 독한 게……?'

"진유리!"

다시 한 번 강하게 부르는 준서의 목소리에 그제야 놀란 진유리가 고개를 들고 준서를 바라본다.

"…어, 왜?"

"무슨 생각을 그렇게 하냐?"

"상관없잖아. 그나저나 우리를 왜 불러 모은 거야? 정작 당사자는 나타나지도 않고."

"곧 올 거야. 그리고 너도 부른 이유를 모른다는 거야?"

"모, 몰라. 내가 그걸 어떻게 알아? 우리 그렇게 한가하지 않아. 5분 안에 안 오면 갈 거야."

"가긴 어딜 가. 유민이 녀석 엄청 열받았어. 기분 안 거스르는 게 좋을 거야. 너도 그 녀석 한두 해 본 것 아니니 성격 알 거 아니야."

준서의 말에 진유리의 표정은 더 굳어져 간다. 그런 그녀의 표정을 읽었는지 준서가 농담 섞인 말로 다시 묻는다.

"뭐야? 너 일 저지른 거 맞지? 웬만하면 콧방귀도 안 뀌던 네가 이렇게 떨 이유가 없잖아. 뭐냐니까? 말해 봐."

"……"

하지만 여전히 대답이 없는 진유리는 이제 작은 소리에도 유민인 줄 알고 놀라기까지 한다.

"쯧쯧, 네가 어지간히 잘못했나 보구나. 너, 유민이를 아직도 파악 못했냐? 그 자식 전에 하고 다니던 거 뻔히 보고 지냈으면서. 아무리 순해졌다 한들 호랑이가 고양이 되는 거 봤냐? 안 그래도 요즘 엄청 예민해져 있는 녀석 비위를 왜 건드려."

준서는 더는 모르겠다는 듯이 말을 던지고는 뒤돌아 서려 했다. 그런데 그런 준서의 옷자락을 강하게 잡아당기는 진유리의 손에 그의 몸은 되돌려지고 만다. 놀란 준서가 이젠 눈물까지 글썽거리는 진유리의 눈과 마주한다. 글썽이는 그녀의 눈에는 눈물과 함께 공포가 가득하다.

"주, 준서야, 나… 나 좀 살려줘……."

"……!"

중학교 때부터 같이 어울렸던 진유리는 도도한 여자였다. 어린 나이라고 볼 수 없을 정도로 자존심이 강했고 굽힐 줄 모르는, 그래서 어찌 보면 뻔뻔하게 보일 정도로 설치는 여학생이었다. 그런 그녀가 지금 준서를 향해 오들오들 떨면서 살려달라고 애원하고 있는 것이다.

"제발… 제발, 준서야. 네가 유민이 좀 말려줘. 네가 안 말려주면 아마 우린 유민이 손에 그때 그 애들처럼……."

과거의 기억이 머리 속으로 되살아오는지 진유리가 진저리를 치며 말끝을 흐린다.

"너 무슨 짓을 한 거야. 설마… 멍청한 짓 한 건 아니지? 그렇지? 말해 봐. 너, 시현이 건드린 거 아니지? 말하라니까!!"

준서가 기억하는 유민이라는 사람은 애착이 강한 녀석이었다. 차라리 그 애착이 공부나 물건에 집중되어 있다면 그가 이렇게 난폭해지지는 않았을 것이다. 진유리에게는 너무나 안타깝게도 유민은 사람에게… 그것도 자신이 무척이나 아끼고, 생각하는 사람에게 지나친 애착을 보이는 것이다. 그런 유민을 잘 알고 있는 준서였고, 진유리도 이미 과거의 회상으로 그 애착을 떠올린 상태였다.

준서의 대답에 그저 진유리의 고개가 아래로 떨구어진다. 그런 그녀를 향한 준서의 눈은 얼어버린 듯했고, 그녀를 향해 말하는 준서의 말들은 믿을 수 없다는 듯이 굳어져서 나오고 있다.

"너… 미쳤구나. 단단히 미쳤어. 도대체 어쩌자고 그런 짓을 한 거야. …진아 누나 때 일을 네가 네 눈으로 보고도… 네가 그런 짓을 했단 말이야?"

고개를 절레절레 흔드는 준서가 그녀에게 남은 희망마저 거두어가버린다.

"준서야…… 흑……."

드디어 그녀의 눈에 고인 눈물이 줄이어 흘러내리기 시작한다. 하지만 준서 역시 그런 그녀를 안타깝게 보면서도 외면할 수밖에 없다. 흔들리는 준서의 머리 속에서 끔찍한 사건이 다시금 회상된다.

진아 누나…….

그녀의 말 한마디에 지금의 유민이 존재한다고 봐도 과언이 아니었다. 그만큼 그 시절 유민에게 진아라는 여자는 무척 큰 존재였다. 지금 시현이와 비슷한 상황에 놓였던 진아였고, 그렇게 진아를 괴롭혔던 이들은 유민에게 무척이나 처절한 처벌식을 치러야만 했었다. 그 끔찍한 처벌 장소에는 지금 이 자리에 있던 준서와 진유리도 함께였었고, 처벌식을 치러내던 유민의 모습은 아직도 잊지 못하고 있다. 얇은 웃음을 입가에 띠며 진아에게 상처를 가한 상대의 손등에 망치질을 하던 그였다. 그런 잔인한 유민을 말릴 수도 없던 그들이었다. 하지만 그런 유민은 진아의 한마디에 지금의 밝은 고등학생이 될 수 있었다. 싸움 같은 것에는 전혀 관계가 없다는 듯이 보통 학생처럼 떠들고 어울려 놀면서 공부하는, 그러면서도 그만의 특유의 빛을 발해 성화의 우상이 될 수 있었던 그였다.

하지만 그만큼의 성과를 거두는 대신 진아라는 그의 우상을 그는 잃어야만 했었다. 그렇게 누군가를 잃어본 사람은 다른 누군가를 다시 사랑하게 되면 더욱 달아올라 더욱 광포해질 수도 있는 것이다. 그것을 너무나 잘 아는 준서의 등줄기로 소름이 쫙 끼쳤다. 이제 곧 체육관 안으로 성화 우상의 이미지 따위는 지워 버린 중학교 시절의 유민이 나타날 것이다.

이젠 거의 포기한 듯이 주저앉아 있는 진유리를 준서가 안타깝게 바라본다. 그저 전과 같은 일이 일어나지 않기를 바라는 수밖에 없는 그다.

그런 그의 생각을 깨기라도 하듯이 커다란 소리를 내면서 체육관의 문이 열린다. 모두가 긴장한 시선을 문으로 돌렸다. 유민이었다. 단단히 굳어 있던 유민의 표정이 체육관 안에서 자신의 등장으로 모두들 긴장하고 있는 얼굴을 보자 서서히 냉소를 띠기 시작했다. 그

순간 그를 바라보고 있던 모든 학생들의 머리 속에 아득함이 스친다. 그는… 그만큼 분노하고 있던 것이다.

이런 그의 분노를 진경에게 전해 들은 주란은 시현에게보다는 체육관으로 가야 한다는 생각이 들었다. 많이 다친 시현의 얼굴을 보아야 심장이 진정되겠지만, 우선은 이성을 잃어버린 유민을 말려야겠다는 생각이 든 것이다. 그런 그녀가 체육관 문을 힘차게 열었다. 상황이 어떻게 돌아가고 있는 것인지 몰라도 늦지는 않았다는 생각이 주란의 마음을 다행스럽게 한다.

진유리와 나머지 여학생들이 잔뜩 겁에 질려서는 한쪽 구석으로 몰려 있고, 그런 그녀들에게로 서서히 걸음을 옮기고 있는 유민을 준서가 온몸으로 막고 있었다. 주란의 등장을 모르는 듯한 그들이 냉기가 뚝뚝 떨어지는 대화를 나누고 있다.

"비켜라, 서준서."

"유민아."

유민은 자신이 겨우 참고 있다는 것을 준서에게 보여주기라도 하겠다는 듯 그의 풀네임을 부른다.

"놔라."

"김유민, 정신 차려! 너, 지금 이 기분으로 손 놀리면 쟤들 죽어!"

하지만 아무리 크게 소리를 질러도 유민의 귀에는 그의 말이 들어오지 않는 것 같다.

"너까지 손대기 싫다. 마지막으로 말한다. 비켜라."

차분한 유민의 말이 준서의 귓가를 스치자 반사적으로 준서의 몸

이 유민에게서 약간 떨어져 나온다. 그러나 곧 다시 유민의 몸을 막으며,

"유민아… 제발……."

어떻게라도 유민을 말려보려는 준서의 뒤에서 진유리는 이제 미친 듯이 괴성을 질러대며 용서를 빌고 있다. 하도 빽빽거리는 소리여서 무슨 소린지는 몰라도 잘못했다는 소리는 확연하게 주란에게도 들린다.

분위기가 파악이 된 주란이 준서와 함께 그를 말리기 위해서 유민의 옆으로 갔다.

"김유민, 너 왜 이래. 네가 깡패야? 일을 왜 이렇게만 해결하려는 거야?"

그런 그녀의 목소리가 들렸는지 유민이 잠시 주란에게 시선을 옮긴다. 하지만 거의 무시하다시피 짧게 그녀에게 시선이 머물었을 뿐이다. 다시 준서를 밀치며 그녀들에게 가려는 유민의 팔 힘이 점점 강해진다.

"이거 놓으라니까! 씨발, 안 놓으면 너고 뭐고 없어! 놔!"

드디어 유민의 입에서 큰 소리가 터져 나온다. 그의 움직임과 소리에 놀란 주란은 반사적으로 빽 하고 소리를 지른다.

"김유민!! 너 이러면 시현이가 얼씨구나 하고 좋아할 거 같아?"

이번에는 약발이 받은 거 같다. 시현이라는 말이 나오자 날뛰려던 유민이 움찔한다. 이때다 싶은 주란이 기회를 놓치지 않고, 차분한 목소리로 그에게 말한다.

"네가 진유리 저걸 죽도록 때려준다고 시현이가 맞은 것만큼, 아니, 그보다 더 한다고 해도 지금 시현이가 맞은 상처나 마음이 절대 아물지 않는다는 거 너 모르는 거 아니잖아!"

"……."

완전히 행동을 멈춘 유민이 주란에게 책임이라도 묻는 듯 무시무시하게 노려보고 있다. 누구보다도 주란의 말을 이해하면서도 이해할 수 없는 상황임을 주란이 모르는 것에 화가 난 듯 보인다.

"그래, 알아. 네가 지금 어떤 기분인지 나도 알아. 하지만 지금 네가 이러는 거 시현이에게 아무런 도움이 안 되잖아. 지금 시현이에게 가장 도움이 되는 건 너야. 이렇게 저거 죽이려고 덤벼드는 네가 아니라 더 보살펴 주고, 더 아껴주는 너라고!"

시선을 떨구어 버리는 유민에게서 이제 준서도 떨어져 선다.

"지금 네가 이러면 시현이에게 더 큰 상처밖에 되지 않아. 그리고 학교에서 쫓겨날 작정이야. 왜 애같이 하나밖에 못 봐. 정학이나 퇴학당하면 시현이는 뭐가 되는 거야."

"그 딴 거……."

"그래, 알아. 그 딴 거 하나도 안 무섭다는 거!!"

유민이 되살아나는 듯 보이자 주란이 재빨리 그의 말을 막아버린다.

"시현이도 네 마음 알아, 알 거라고! 하지만 널 그렇게 만들었다는 생각에 힘들어할 거야. 네 방식대로 한다면 말야."

주란이 말을 이어가자 유민의 머리 속으로 무언가 스친다.

"더 이상 시현이에게 상처 주지 마. 저년 때려서 지금 시현이가 그런 일 당하기 전으로 돌아갈 수 있다면 내가 죽여. 내가 내 손으로 죽인다고!"

이제 주란은 차분하지 못했다. 차분하려 무던히도 노력했지만, 맞으며 아파하고 혼자 이겨내려 하는 작은 시현이가 계속해서 눈에 밟혀 화가 치밀기 시작한 것이다. 미세하게 떨고 있는 주란은 이를 앙다물며 죄책감에 시달린다. 가장 소중한 친구가 그렇게 당하고 있었는데 아무것도 몰랐던 자신이 유민처럼 미운 것이다.

그런 그녀의 마음이 동했는지 유민은 이제 그런 그녀에게 눈길을 주지 않고 미동도 않고 있다. 하지만 이내 훌쩍거리는 소리를 듣고 다시금 눈길을 들어 그녀들을 노려본다. 그런 그를 보며 준서는 무겁게 입을 열었다. 유민의 상처를 잘 알고 있기에 들추려 하지 않았던 마음속의 말들을 어렵게 꺼낸다.

"그래, 저 애 말이 맞다. 유민아, 네가 지금 진유리에게 손대면 또 한 명의 진아 누나가 생기는 거야. 누나가 받은 상처만큼 시현이도 받을 거고, 그러면 누나처럼 너에게서 또 떠나야 하는 상황이 올지도 모르잖아. 너와 시현이를 위해서… 그만둬."

준서가 어렵게 말을 마치자 이제는 유민에게서 살기라고는 찾아볼 수가 없었다. 그는 모든 의욕을 상실해 버린 듯이 온몸을 늘어뜨리고 가만히 서 있기만 한다. 그런 그가 안쓰러운지 준서가 그를 다독이려 하지만 이내 유민은 몸을 돌려서는 체육관을 나가 버렸다.

그런 그의 행동을 이해한다는 듯이 준서가 얼른 그를 따라서 체육관을 나선다. 그에게서 그만큼 진아라는 존재는 상처라는 것을 아는 준서였음에… 무언가 위로를 하지 않으면 유민의 상처를 들춰 버린 게 되는 자신이 용서가 되지 않을 거 같다.

"유민아!"

모든 불이 꺼져 파해버린 학교를 향하는 유민을 준서가 힘 주어 부른다.

"서준서, 아무 말 하지 마라."

"기숙사로 가야지, 어디로 가. 얼른 들어가서 쉬자."

유민의 마음을 느꼈는지 준서는 하고 싶은 말을 삼키면서 다른 말을 꺼내어놓았다. 그러나 유민은 고개를 흔든다.

"서준서… 난 정말이지. 2년 전이나 지금이나 변한 게 없는 구제불능이다."

"그런 말이 어디 있어."

"아니야. 난 변한 게 없어. 정말이지 한심해 죽을 것 같다. 정말 괜찮은 놈이 되었다고 내 멋대로 생각하고 있었어."

"아니야. 넌 멋진 놈이다. 내가 보증할게."

"이대로는 못 잘 거 같다. 눈앞에 두고서도 벌써 두 명이나 지켜주지조차 못하고 거드름이나 피우고 있다니……. 똑같은 상황에서 똑같은 짓거리밖에 하지 못하는 애라니……. 젠장, 젠장!"

자책하는 유민의 모습이 너무 아파 보여 앞으로 걸어만 가는 유민을 준서는 그냥 내버려 둔다. 돌아보지 않을 것같이 가던 유민을 한참 바라보는데 갑작스레 그가 돌아선다. 그리고 준서를 향해 날카롭게 한마디 내뱉는다.

"다시는… 진아 얘기 하지 마라. 특히 시현이 앞에서는……. 그때는 너라도 용서 안 한다."

싸늘하게 한마디 던진 유민이 다시 학교 쪽을 향하고 그런 유민을 바라보던 준서는 놀라서 움직이지 못하고 그를 바라보고 있다.

한편 체육관에 남아 있는 준서 친구들이 웅성거린다.

"우리도 가면 되는 건가?"

"그래, 그러자."

발걸음을 옮기는 그들 뒤로 주란과 진유리 패거리들이 서 있다. 모두 한숨을 내쉬곤 공포에 떨었던 시간을 회상하면서 조금씩 각자의 낯빛을 되찾고 있었다.

그런데 그 평안해 보이던 웅성거림 사이로 짜악 하고 굉장한 소리가 들려왔다. 얼마나 뺨을 때리는 소리가 컸는지 체육관 안이 울릴 정도였다. 나가던 준서 패거리들이 놀라서 걸음을 멈추고 소리가 난 쪽으로 뒤돌아본다.

그곳에는 주란이 아직까지 손을 들어 올린 상태로 있었고, 그런 그녀의 두꺼운 손에 맞은 듯한 진유리의 고개가 소리의 타격만큼이나 크게 휙 젖혀져 있었다. 너무 순간적인 일이어서 맞은 진유리도 자신이 맞았다는 것을 실감하지 못하고 잠시 가만히 있는 것이었다. 하지만 이내 엄습해 오는 뺨의 고통이 그녀의 눈을 부릅뜨게 하고 냉큼 고개를 돌리게 만들었다.

하지만 다시 한 번 가해오는 주란의 손에 짜악 하고 아까보다도 더한 굉장한 마찰음이 난다. 진유리는 이제 아픔보다 어이가 없다는 듯 재빨리 고개를 들어보지만, 이내 짜악 하고 다시 한 번 고개가 돌아간다. 하지만 앞의 두 차례 따귀보다 이번 따귀는 느낌이 달랐다. 어찌나 세게 맞았는지 눈이 질끈 감기면서 머리가 아찔해 오는 것이다. 그리고 이내 그녀의 윗입술로 끈적끈적한 액체가 흘러내린다.

모두들 이 상황에 대해서 아무런 대책도, 말도 하지 못하고 그저 벙벙해져서 지켜만 보고 있다. 흐르는 코피에 진유리는 이제 질린 듯한 얼굴 표정을 짓는다. 그런 그녀를 향해 주란의 표정이 험악하게 구겨지면서 때리던 손으로 진유리의 멱살을 잡아끌어 시선을 맞춘다. 진유리의 얼굴이 확연하게 드러난다. 한쪽 뺨은 심하게 부어오르기 시작했고, 코에서는 계속해서 코피가 흐르고 있었다.

"잘 들어. 다시 한 번 시현이한테 손댔다가는 이깟 뺨 세 대로 안 끝난다. 서라여중 최주란 아직 안 죽었단 거 똑똑하게 보여줄 테니까 알아서 처신해라."

주란은 살벌하게 경고를 하듯이 자신의 과거까지 들춘다.

love Story I

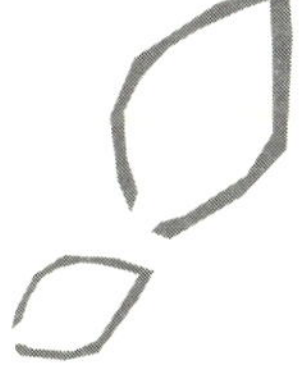

love story I

엄청난 사건이 있던 다음날이 되었을 때 엄청난 잠에 대가인 시현이의 눈이 웬일인지 일찍 떠졌다. 몸 이곳저곳이 너무 아파왔지만, 오랜만에 깊고 편안한 수면을 한 덕분인지 머리만은 개운했다.

"흠……. 오랜만에 일찍 등교할 수 있겠다. 유민이랑 주란이도 만나야 하고……."

진유리의 일로 인하여 소중한 두 사람에게 상처를 준 것은 아닌지 남 걱정이 먼저인 시현이다. 얼른 그들을 만나고 싶은 마음에 깨끗하게 씻고 빠른 걸음으로 기숙사를 빠져나왔다. 몸과는 달리 마음은 너무 가벼운 그녀의 입가에서 콧노래가 슬며시 나온다. 어제까지는 죽고 싶던 세상이 왜 이리도 보랏빛인지…….

아직 학생들이 등교를 하지 않아 학교 안은 조용했기에 발걸음까지 죽이며 살며시 걷던 시현이 1반 앞에 선다.

"응? 누가 벌써 등교했네?"

유민의 반임에 괜한 관심을 보이며 시현이 까치발을 해서는 안을 들여다본다. 들여다본 교실 안에서는 그녀가 무척이나 보고 싶어하던 그가 엎드려서 잠이 들어 있었다.

"어머!"

유민임을 재차 확인하고는 교실로 들어서려는 시현의 기억으로 어제의 일이 스친다. 깊이 잠들기 전 조용히 들려오던 그의 달콤한 사랑 고백…….

가만히 유민의 자리로 다가가서 시현은 그를 내려다본다. 자신의 팔을 베개 삼아 자고 있는 유민의 얼굴을 가만히 지켜보던 시현은 그의 눈을 가리는 앞 머리카락을 치우기 위해서 얼굴로 조심스레 손을 가져간다. 하지만 조심했던 것이 아무 소용 없게도 그의 머리칼을 치우기도 전에 그의 손에 손목이 잡혀 버렸다. 시현은 많이 놀랐는지 소리도 지르지 못하고 두 눈만 둥그레져서는 그를 내려다보고 있다.

하지만 정작 그녀의 손목을 거머쥔 유민은 눈도 뜨지 않고 시현의 손목을 잡은 손에 힘만 주고 있다. 시현은 자신을 잡은 손이 너무 차다는 것을 느끼고 직감적으로 그가 이곳에서 밤을 지새웠다는 것을 알 수 있었다. 그것도 자신 때문이라는 것을…….

"유민아……."

안타깝게 불러보는 그녀. 그런 그녀의 부름이 주문이라도 되는 양

그제야 그의 눈이 서서히 떠져서 그녀와 마주친다. 하지만 이내 마주한 눈빛을 다 받지 못하고 시현이 먼저 시선을 피한다. 유민의 눈을 보지도 못하고 수줍게 시현이 묻는다.

"밤새 여기 있었던 거야? 감기 들면 어쩌려고……."

유민은 계속해서 눈을 피하기는 하지만 많이 걱정하고 있는 시현을 알 수 있었다. 그녀의 말이 끝나기도 전에 유민은 잡고 있던 손목을 강하게 끌어당겨 그녀를 품에 안았다. 그리고 그녀의 상처가 아직도 그녀의 몸에 남아 있다는 것을 절대 잊지 않고 있다는 듯이 절대 많은 힘을 주지 않았다.

"감기 따위는 괜찮아. 네가 상처받은 것에 비하면."

자책하면서 괴로워함이 그의 품에 살며시 안긴 시현에게까지 전해진다. 그런 그가 이제는 안쓰러워 죽을 것 같은 시현이 조심스레 유민의 품에서 빠져나온다. 그리고 두 무릎을 바닥에 살며시 대고는 처음으로 그의 손을 먼저 잡고 그의 눈동자에 먼저 시선을 맞추었다. 그리고 조그마한 입술을 연다.

"유민아……."

그녀의 부름조차 아픈지 유민의 눈이 아주 약간 슬프게 일그러진다.

"난 너무 소심해서 이제까지 가지고 싶은 거, 마음에 드는 거 있어도 용기가 없어서… 얻을 용기가 없어서 하나도 가지지 못했었어. 그런데 이번 일로 네 마음 이렇게 아플 정도로 확인하고, 얻을 수 있다면… 나 이런 고통쯤은 백 번도, 천 번도 더 견딜 수 있어."

"……."

"그러니까 이렇게 아파하지 마. 자책하지도 말고 내가 좋아하는 널 괴롭히지 말아줘."

수줍은 고백에 얼굴이 붉어지는 그녀다.

"네가 이렇게 너무 아파하니까 나 때문인 거 같아서…… 내가 널 놓아줘야 하는 것 같아서 내가 슬퍼지잖아."

시현이 고개를 떨구며 말을 마쳤다. 유민의 눈동자가 진한 감동으로 인해 흔들렸다. 찡해지는 유민의 가슴이 그의 입술에 웃음을 띠게 한다.

"그래."

훨씬 밝아진 그의 표정을 확인한 시현이 덩달아 방긋 웃는다. 그런 그녀를 조심스레 일으켜 세운다.

"아이구~ 무릎이야. 조금만 더 늦게 일으켰으면 네 덕에 관절염 얻었다고 나 책임지라고 하려 했는데…."

다시 한 번 처음으로 시현이 유민에게 애교 섞인 협박을 하며 그를 살짝 내려다본다. 그런데 그런 무방비 상태인 시현의 교복 넥타이를 유민의 손이 갑작스레 쭉 잡아당긴다. 그대로 힘없이 유민에게로 딸려 내려가는 시현.

"엇. 뭐, 뭐 하는 거야. 장난치지……."

유민에게 장난치지 말라며 다시 일어서려는 그녀를 이번에는 그가 목을 끌어당겨 입맞춤을 한 것이다. 갑작스런 부드러운 부딪침에 놀란 시현은 눈을 질끈 감아버린다. 그리고 서서히 유민의 숨결과 함께 표정도 고요하게 변해간다. 그렇게 그들의 첫 입맞춤이 완성되어 갔고 한참이 되어서야 그녀를 풀어준 유민이 싱긋 그녀를 향해 웃어 보인다. 하지만 너무 부끄러운 시현은 고개조차 들지 못하고 줄행랑을 쳐버렸다.

진유리 사건이 종결되고 시현이도 많이 나아졌다. 몸의 상처도 그렇고 악몽에 시달리는 횟수도 점차 줄어들고 있었다. 하지만 점점 나아져 가는 시현을 유민은 보상이라도 하듯 더 심하게 보호했다. 이제는 완전히 들어내 놓고 보호하는 행세를 하는 턱에 시현은 무거운 걸상 하나도 옮기지 못하게 한다. 과보호라며 유민을 말려보는 시현이지만 여간해서는 그를 당해낼 재간이 없다.

그리고 하루는 학급 회의 시간에 학교 건의 사항으로 남녀 합반을 만들어달라고 소리 지르는 일로 유명해져 있었다. 고려해 보아야 하는 사항이라고 말을 해도 유민은 그럴 바에 왜 남녀 공학을 만들었냐면서 마구 소리를 지르기만 했다. 완전히 시현이 옆에 붙어 있어야 마음이 놓이는 모양이다. 그런 그를 향해 준서가 툴툴거리며 대꾸했다.

"왜, 아예 기숙사도 한 방으로 해달라고 하지 그러냐?"

"어? 그것도 좋은 생각이네~"

그의 말에 반 학생들도 와르르 웃음을 터뜨린다. 그렇게 이제는 성화에서 닭살커플로 선전을 하며 시간이 흐르고 있었다.

어느덧 시간이 흘러 이제 성화고등학교가 하복을 입은 학생들로 하얀 물결을 이뤘다. 하얀색의 하복은 눈은 시원하게 해줄망정 그들의 더위까지는 어쩔 수 없나 보다. 아직은 이른 더위이지만 혈기가 넘치는 고등학생들에게는 이런 더위도 무척이나 땀을 빼나 보다. 이런 그들을 위해 준비라도 했다는 듯이 그들에게 초여름의 행사가 있었다. 이쯤 되면 2학년들이 야영을 가는 행사가 있었던 것이다. 오늘이 그날인지 운동장에는 커다란 관광버스 11대가 줄을 지어 있다.

곧 자신들의 반 표시를 보고 버스에 학생들이 탑승하고 바다를 향하는 버스는 학생들의 즐거운 비명으로 떠들썩해졌다. 들뜬 그들의 표정은 감추어질 줄 모르고 이내 노래방 기계를 틀고 마이크를 서로 들겠다며 아우성들이었다.

하지만 유민은 지금 계속 구시렁거리며 무언가 불만임을 인상을 구기며 말하고 있었다. 그가 타고 있는 합반 차를 탈 때까지만 해도 그는 날아갈 것 같은 기분이었다. 반 학생의 정원보다 적은 버스 자석 덕분에 10반 중 몇 명은 남은 한 대로 탑승을 해야만 했다. 하지만 유민에게 이런 것은 반 차에서 쫓겨난다는 의미보다 시현이와 함께 갈 수 있다는 희망이었음에 당장에 자진해서 그 차에 올랐던 것이다. 합반 차에 타라고 시현이에게도 신신당부를 하던 그였지만, 오늘 아침 유민을 향해 손을 들며 쾌재의 승리를 표하던 주란의 모습에 다시금 열이 오르는 모양이다.

"어이~ 뚱땡아, 얼른 시현이 이리로 보내!"

"헹! 웃기시네. 미안하지만 시현이는 우리 반 차 타고 가기로 했어."

“뭐? 시현아!”

“미안해, 유민아. 주란이가 같이 앉아서 갈 사람이 없어서…….”

미안한 듯 한쪽 눈을 찡긋거리며 웃는 시현에게 유민은 더 이상 뭐라 할 수도 없이 아쉬움을 머금고 뒤돌아 합반 차에 홀로 타야만 했다. 그런 그를 향해 승리자의 여유있는 웃음을 짓던 주란. 그런 그녀의 표정이 다시 떠오르는 지금 유민의 눈이 번뜩거린다.

“젠장. 그 뚱땡이, 이번 야영에서 처절한 대가를 치르게 해주마.”

하고는 부득부득 이를 갈고 떠들어대는 다른 학생들을 우울하게 쳐다보는 그다.

그런 그의 마음을 위로라도 할 양으로 버스는 빠르게도 달렸다. 드디어 버스의 창가로 푸른 바다가 펼쳐지기 시작했다. 학생들은 벌써 버스가 도착지에 도달한 듯이 함성을 지르며 다들 커다란 버스 창문에 더덕더덕 달라붙기 시작했다. 그런 그들의 흥분을 가라앉히기 위해 침묵하고 계시던 담임 선생님이 냉큼 일어나셔서 마이크를 드신다.

“너희들 내리면 무조건 줄서야 한다. 절대로 바다로 뛰어들거나 멋대로 행동하면 이번 야영에서 지옥을 맛보게 해줄 테닷!”

“넵~!”

엄포를 놓은 선생님의 말이 끝날 때쯤에 버스는 정말로 바다가 가까이 있는 곳에 도착했다. 열심히 대답만 잘하던 학생들의 눈은 바다를 향해 초롱초롱 빛을 발하고 있었다. 아니나 다를까 그 눈빛이 바다에 부름을 받기라도 한 듯이 문이 열리자마자 선생님의 주의고 엄포고 간에 모두 잊어버리고 학생들은 바다로 뛰어들기 시작했다. 넘치는 혈기를 누가 다 감당하겠냐는 듯이 선생님들도 그저 그런 그들을 바라보며 어깨를 으쓱해 보일 뿐 그들을 호통 치지 않았고, 실컷 즐기라는 듯이 먼저 숙소로 들어가셨다.

한편 버스 안에서 잔뜩 부어 있던 유민도 바다를 보자 그 기분을 한껏 날려 버렸는지 차에서 내려와 준서와 반 친구들과 어울려 함께 바다로 뛰어들어서는 난리가 났다. 아직까지 물이 많이 차갑게 느껴지는 초여름의 바다였지만, 과감하게 뛰어드는 학생들의 행동에서 풋풋한 힘이 느껴진다. 얼어 죽어봐야 정신을 차린다는 듯한 표정을 한 여학생들도 내심 부러운 눈빛이다.

그런데 몇 분 동안 물장난을 마구 치던 유민이 갑작스레 모래사장으로 눈길을 돌려서 누군가를 열심히 찾기 시작했다. 그리고 물가에서 파도가 오는 것에 소리를 지르며 놀고 있는 시현이와 주란이를 발견했다. 갑자기 밀려드는 커다란 파도에 그만큼 올 줄 몰랐다는 듯이 갑작스레 시현이가 잔뜩 크게 소리를 지르며 뒤로 물러난다. 그런 그 모습을 묵묵히 웃으며 지켜보던 유민이 문득 옆에 있던 주란이에게 시선을 옮긴다. 그리고 시현을 바라보던 그 미소가 아니라 아주 음흉한 미소를 입가에 띠기 시작했다.

슬슬 준서의 곁으로 다가가던 유민이 그의 귀에 뭐라고 속닥거리고, 유민과 마주치는 준서의 눈빛이 덩달아 음흉해진다. 마주 보며 씩 웃어 보이던 둘. 몇 명의 친구들과 더 쑥덕거리더니 이내 유민을 포함한 몇 명의 남자들이 그녀들을 향해서 미친 듯이 뛰어가기 시작한다. 바닷가로 나온 온몸이 젖은 남학생들의 출현에 놀라서 멈칫거리는 시현을 유민이 갑자기 번쩍 들어 올리더니 바다 속으로 향한다. 그리고 마치 약속이라도 한 듯이 그녀를 호위하듯 친구들도 따라 바다 속으로 향하고, 이내 시현의 발이 닿지도 않는 깊은 곳으로 들어와 버렸다. 놀란 그녀가 와락 유민의 목을 껴안으며 그에게 매달린다. 그런 그녀가 귀엽다는 듯이 웃어 보이는 유민의 눈빛에 장난기가 가득하다.

"꺅! 유민아, 뭐 하는 거야? 나 발 안 닿는단 말야. 어떡해~!"

잔뜩 겁을 먹고 울상이 되어버린 그녀를 유민이 준서에게 인수한다. 그녀가 놀란 눈이 되어서 유민을 바라보았지만 유민은 그저 음흉하게 웃을 뿐이다.

시현의 한쪽 팔을 잡은 준서와 그의 친구 또한 유민을 따라 씩~ 웃어 보인다. 그런 장면을 가만히 보고 있던 유민이 이제는 바닷가를 향해서 다른 학생들에게 들으라는 식으로 커다랗게 목소리를 낸다. 순식간에 모두들의 시선이 그들에게로 향했다.

"정시현은 김유민을 사랑합니까?"

엽기도 이런 엽기적인 상황은 없을 거라고 생각하는 시현이 그런 그의 물음에 어이가 없어서 멍하니 쳐다만 본다. 하지만 모두들 그런 그를 탓하기는커녕 무슨 재미있는 구경거리가 생겨서 신난다는 표정으로 아예 바닷가에 주저앉아 바라보았다.

"그, 그만 해, 유민아. 부끄러워 죽겠단 말야."

빨갛게 달아오른 시현의 얼굴이 유민을 향해 일그러진다.

"어? 말 안 하고 버둥거리다니. 아그들아, 잠수 실시!!"

"뭐?!"

놀란 시현이 설마 하는 표정으로 그를 바라보았지만, 당황해하는 시현에게 그들은 보란 듯이 더욱더 깊은 바다 속으로 끌고 들어가는 것이 아닌가!

"악~ 풉!"

남정네들의 강한 힘을 감당할 수 없던 시현은 스르륵 물속으로 빠져들어 갔다가 한껏 많은 양의 물을 먹곤 다시 올라왔다. 그녀는 이제 눈도 뜨지 못한 채 완전히 물에 빠진 생쥐를 연상케 했다. 하지만 이런 모습에 아랑곳하지 않는 유민이 능청스레 한쪽 눈을 감으며 다시 한 번 바닷가를 향해 소리 지른다.

"자~ 다시 한 번 묻겠다. 정시현! 김유민을 사랑합니까?"

물 한 번 먹은 시현은 이제 부끄러운 것도 다 내팽개친 듯하다. 짠 바닷물이 코며 입이며 다 들어갔으니 그럴 만도 하다. 냉큼 그를 향해 눈도 뜨지 못하는 시현이 소리 지른다.

"응응! 사, 사랑합니다!"

씩씩한 그녀의 대답에 매우 만족한 듯한 유민이 얼른 그녀에게로 헤엄쳐 가서는 그녀를 받아 안았다. 바닷가에서 이 모습을 구경하고 있던 모든 이들이 박수 치며 소리까지 지르고 난리가 났다. 이제야 부끄러운 듯 시현이 얼굴을 가렸고, 그런 그녀를 바라보며 유민이 화답한다.

"나도 사랑해~"

하지만 그 화답이 너무 컸던지 다른 학생들도 듣고는 대패를 가져 오라며 다시 한 번 난리가 났다. 그런 그들은 무시한 채 유민은 천천히 물가로 시현이를 내려주었다. 시현이 다 젖은 자신의 모양을 정리하고 있을 때 유민은 갑작스레 그녀의 머리를 정리해 주고 있던 주란의 손을 재빠르게 잡는다. 놀란 주란이 유민을 쳐다보자 그는 눈을 반짝반짝 빛내며 서서히 입을 열었다.

"뚱땡아, 벌받을 시간이다!!"

쪼잔한 김유민은 합반 차를 못 타게 한 주란에게 복수를 할 참이었던 것이다. 놀란 주란이가 유민의 손을 뿌리치며 도망을 가려 했지만, 돌아선 곳에서는 언제 왔는지 잠수 멤버들이 그녀를 둘러싸고 있었다. 서서히 포위망을 좁혀오던 그들에게 잡힌 주란은 시현과는 다르게 물속으로 안겨서 들어간 것이 아니라 거의 질질 끌리다시피 해서 들어갔다.

"야! 김유민, 너 왜이래!!"

"어허~ 몰라서 묻냐? 사랑하는 연인의 사이를 갈라놓았으니 천벌을 받아 마땅하지!!"

"뭐라?"

주란이 질질 끌려가는 모습을 보고 이제 성화 학생들은 물놀이는 뒷전이고 그들의 놀이에 심취해 버린다.

시현과 똑같이 발이 닿지 않는 곳에 도착하자 주란은 얼굴이 하얗게 질려 허우적거리고 있었다. 그런 그녀의 팔을 양쪽에서 준서와 그의 친구가 다시 잡고 음흉하고 악랄하게 웃어 보이고 있다. 그런 그녀를 조금 멀찍하게 떨어진 곳에서 바라보던 유민이 다시 심문하기 시작했다.

"자~ 최주란은 서준서를 사랑합니까?"

당황스러운 물음에 바닷가에 있던 학생들이 배를 잡고 뒤집어졌다. 하지만 주란의 대답에 주목하는 건 잊지 않았다. 그런 그를 향해 이글이글 타는 눈동자를 던지는 두 사람. 바로 잡힌 주란과 졸지에 그녀의 사랑을 받게 될 준서였다.

"인마, 내가 이 코끼리 팔뚝과 스캔들을 내야 하냐? 너무한 거 아니야?"

"웃기시네. 누군 좋은 줄 알아?"

준서의 말에 마구 반박하던 주란이 유민의 말에 대답을 않는다.

"어쭈~ 대답이 없는데. 자, 대답이 없다. 잠수!!"

주란은 지금 시현의 배로 바닷물을 먹고 있다.

"콜록, 콜록! 우웩!"

하지만 이렇게 물을 먹어대는 그녀는 심지 굳게도 유민의 말에 대답을 하지 않는다. 어지간한 자존심도 자존심이지만, 이러고 있는 유민이 더 독한 놈인 듯하다. 이제는 바닷물을 한 대야 정도 먹어버린 주란의 배가 터질 듯이 불러온다. 그런 그녀를 보며 유민이 능글거리며 말한다.

"고것, 아주 독하네그려."

구경꾼들은 허리를 접으며 다들 웃어 젖히느라 정신이 없었다. 많이 웃어대던 그들이 이제는 바다 속에 있는 주란을 향해 입 모아 소리치기 시작했다.

"대답해! 대답해!"

그 소리 때문이었을까, 아니면 이제 지쳐 버린 것일까? 물 위로 올라온 주란이 유민을 향해 냅다 소리 지른다.

"그래, 그래! 사랑한다, 사랑해! 살려줘~!"

함성이 터져 나오고 그녀를 잡고 있던 준서는 기분 나쁘다는 듯이 미간을 찌푸린다. 그런 그녀를 가만 바라보는 유민의 눈가에 다시 한 번 장난의 빛이 가득하게 들어선다. 그리고 그녀를 향해 던지는 말.

"큭큭큭~ 당신은 사랑해서는 안 될 사람을 사랑했으므로 곱배기 잠수 실시!!"

"야, 이 나쁜 놈아!!"

주란의 비명과 함께 구경꾼들의 웃음보가 다시 터졌다. 평생 먹을 물을 몽땅 마셔 버린 듯한 주란을 두고 그들은 서서히 물가로 나왔다. 이제야 마음이 풀렸는지 유민이 먼저 물가로 나간 것이다. 남은 사람들도 주란의 안위 따위는 상관없다는 듯이 자연스레 하나둘씩 나온다. 주란은 자유로워진 몸을 미친 듯이 움직거려서 물가로 기어 나왔다. 헛구역질을 하며 괴로워하는 그녀에게 시현이 달려간다.

"주란아, 괜찮아?"

그녀를 걱정하는 한편 시현도 너무 웃음이 나오는 나머지 목소리가 이상하다. 그런 시현이 야속하게 느껴졌는지 주란이 마구 손을 저으며 소리친다.

"다 필요 없어! 아흑~ 저 자식, 완전 똘아이야, 똘아이. 내 살다 살다 저런 놈 처음 보네. 아흑, 눈 따가워. 코 시려. 엄마~”

그녀는 얼굴에 나 있는 구멍이라는 구멍으로는 다 바닷물을 토해내면서 울어버렸다.

이 사건 이후로 주란은 하루 종일 유민을 보면 미친 사람을 보는 듯한 눈빛으로 그를 열심히 째려보았다. 그리고 유민이 그녀에게로 다가오기만 하면 전염병 있는 사람을 보는 듯이 악마가 내게 온다고 소리치며 도망치기를 반복했다.

그렇게 그들이 야영을 온 오후가 지나가고 있었다.

야영이라는 이름이 붙여지긴 했지만, 실질적으로 야영이란 극기 훈련이나 캠프 같은 것이 없었다. 굳이 말하자면 야영이라기보다는 수학여행에 가까운 여행이었던 것이다.

물놀이가 피곤했는지 시현은 그날 저녁에 일찍 잠자리에 들었다. 얼마나 잤을까. 갑작스레 그녀의 귀를 파고드는 요란한 소리가 그녀의 눈을 뜨게 했다. 하지만 눈을 뜬 시현은 순간 너무 놀라서 가만히 그 모습을 바라보고 있었다.

그녀가 잠을 자던 방 안은 난리가, 아니, 무슨 전쟁이라도 휩쓸고 갔는지 완전히 아수라장이 되어 있었다. 그리고 그 방 안의 한쪽에는 웬 모르는 놈과 주란이가 말싸움이 붙어 있었다.

‘헉! 누군지 몰라도 주란이에게 덤비다니……. 간도 크다. 어라? 우리 학교 학생이 아니잖아?’

한참 둘을 뜯어보던 시현이 이상한 체육복을 입고 있는 양아치 같은 남자를 보고 생각한다. 똥 싼 바지처럼 헐렁하게 입은 차림을 준서가 너무도 싫어했기 때문에 성화고등학교 내에서는 그렇게 입고 다니는 사람이 극히 드물었다. 그때 그녀의 생각을 접게 만드는 주란의 거친 말이 들려온다.

"씨발. 지랄하지 말고 안 나가냐?"

힘줄이 불끈 튀어나온 주란이 참다 참다 못 참고 욕이 나온 것이다. 하지만 앞의 그 녀석은 처음부터 욕지거리를 내뱉어대고 있었다. 그 녀석은 덩치가 조그마했다. 주란이의 거대한 엄지손가락으로 그 녀석을 찍어 누르면 바로 찌그러질 듯이 약해 보였다.

"씨발, 네년이 지금 나한테 욕했어?"

"헐~ 미친놈. 넌 아까부터 나한테 욕했잖아. 어우, 이 멍멍이 자식이 초저녁에 스팀 돌게 하네. 진짜 좋은 말로 곱게 보내줄 때 네 족발로 나가라~ 앙?"

주란은 녀석의 말을 한껏 비웃으며 마지막 경고를 선포하듯이 그 녀석의 앞이마를 꾹꾹 찌르면서 말했다. 그런데 그 녀석은 주란의 굵은 집게손가락이 굉장히 마음에 안 들었나 보다. 여자고 남자고 볼 거 없다는 듯이 곧장 주란을 향해 주먹을 날리는 것이 아닌가. 달려든 주먹은 그대로 주란의 뺨을 강타했고, 그 깡마른 녀석의 주먹에 덩치 큰 주란이 저 구석으로 처박혀 버렸다.

"악!!"

그때서야 사태의 심각성을 알아차리고 일어섰던 시현이 소리를 지른다. 깨어난 지 얼마 되지 않아서 정신이 없는 그녀였지만 얼른 주란에게 달려갔다.

"주란아!"

주란의 입술은 터져 버려서 피가 흘러나오고 있었다.

"흐엉! 주란아, 피나. 어떡해."

맞은 주란은 눈물을 흘리기는커녕 더욱 눈을 부릅뜨는데 시현이는 그런 그녀를 보고 울기 시작한다. 그런 시현을 뒤로 물리치며 주란이 벌떡 일어나서는 그 녀석에게 다시 소리친다.

"씨발! 너, 지금 나 때렸냐?"

도대체 어떤 두뇌 구조를 가진 녀석인지 모르지만, 지금 이 상황에서 승승장구한 표정으로 주란을 바라보며 손가락 하나를 까딱까딱한다. 주란의 약을 머리끝까지 올려보겠다는 심사인 모양이다. 그런 그를 보고만 있어야 한다는 것이 분해 죽을 거 같은지 갑자기 그 녀석에게로 달려간 주란이 까딱이는 놈의 손가락을 확 물어버린다.

"악! 이 미친년이!"

놀란 녀석의 반응은 더욱 놀라웠다. 자신의 아픈 손가락을 수호하기 위해서 미친 듯이 주란의 머리를 때리고 있었다. 사정없이 내려치는 그들을 바라보며 방 안의 여학생들이 울고불고 난리가 나고, 그놈의 구타를 견디고 있던 주란도 힘이 든 듯 나가떨어진다. 놀란 시현이 다시 주란에게로 달려가서 그녀를 부축하지만 아무래도 오늘 잘못 걸린 거 같다.

그런 그녀에게 그놈은 이제 먼저 다가와서 주란을 걷어차기 시작했다. 놀란 시현이 놈의 발을 붙들어보지만 튕겨 나가 버린다. 모두들 놀라서는 방 안을 뛰쳐나가거나 소리를 지를 뿐 아무런 대책이 없는 것이었다.

"그만 해, 그만!"

주란을 미친 듯이 구타하고 있는 녀석을 향해 나가떨어졌던 시현이 단단한 베개를 있는 힘껏 던졌다. 예상하지 못했던 공격이 놈의 머리를 강타하자 이제 주란에게서 시선을 뗀 녀석이 시현을 노려보며 섰다. 그 녀석의 성난 눈빛을 갑작스레 받자 놀란 시현이 몸을 잔뜩 움츠렸지만 주란에게 향하던 구타가 멈춰 다행이라는 눈빛으로 그 녀석을 다시 한 번 노려본다. 그런 그녀의 모습이 어이없다는 듯이 비웃으며 이제는 놈은 시현에게 뚜벅거리며 다가오기 시작했다.

"시현아, 피해!"

누워 있던 주란이 다급하게 시현에게 소리치고, 그 소리와 동시에 시현이 재빨리 뒤돌아 섰지만, 시현의 머리채가 확 하고 그놈의 손아귀에 잡아채었다.

"악!"

"이게! 어디 베개를 던지고 도망을 가. 너 오늘 저 뚱땡이랑 날 잡았어."

시현의 몸을 돌려서는 이제 멱살을 쥐어 잡은 놈은 주저앉으려는 시현을 들어 올렸다. 그리고 한쪽 손을 번쩍 들어서는 시현의 얼굴로 날리려는 폼을 잡는다.

'악!'

번득 유민의 얼굴이 스치고 곧 다가올 아픔을 미리 느낀 그녀는 눈을 질끈 감았다. 하지만 아무리 마음으로 소리를 지르고 있어도 뺨에서 올 고통이 오지 않는다. 눈물이 짜내어져 나올 정도로 질끈 감았던 눈에 힘을 조심스레 풀면서 뭘까 하는 생각을 하는 시현.

'너무 아파서 아무 감각이 없는 걸까?'

가끔 사람들은 너무 극한 고통에 이르면 그것을 못 느끼는 경우도 있을 거라는 결론을 내린 시현이 자신의 생존 여부를 확인하기 위해서 조심스레 눈을 떴다. 그리고는 뜬 눈에서 두 배로 눈을 더 크게 뜬다.

시현을 쳐다보는 그 녀석의 얼굴 표정은 똥 씹은 듯한 표정이었고, 그녀를 향해 내려치려고 들었던 손은 내려오지도 못하고 벌벌 떨고 있는 것이었다. 그 표정이 어찌나 섬뜩했던지 시현이 놀란 것이다.

'표, 표정 좀 어떻게 하지. 저 표정으로 나를 죽이려고……'

이런 극한 상황에서 엉뚱한 생각에 잠긴 시현의 눈에 그제야 누군가가 그 지랄 같은 녀석의 손이 내려치지 못하도록 잡고 있는 것이 보인다. 얼마나 그놈의 손모가지를 세게 잡았는지 녀석의 잡힌 손 윗부분은 시뻘겋게 부어올라 있었다. 그런 손을 바라보던 시현의 귀로 익숙한 목소리, 그러나 너무 무시무시한 목소리가 들려온다.

"씨발, 그 손 당장 놔."

유민이었다. 언제 달려왔는지 모를 그가 그 나쁜 놈의 손목을 잡고는 움직이지도 못하게 하고 있는 것이었다. 하지만 놓지 않던 놈이 더 힘이 가해지는 유민의 손 힘에 시현을 잡고 있던 멱살을 천천히 푼다.

　유민을 봐서인지 안도하는 시현에게 그놈을 향한 적의가 번뜩거린다. 아예 이참에 이 녀석을 황천으로 보내도 될 거 같은 마음까지 든 시현이 유민을 향해 다가가면서 울먹거렸다.

　"유민아, 아흑~"

　그 녀석을 완전히 손봐줄 양으로 시현은 이제 온몸을 덜덜 떨어대는 연기까지 서슴지 않는다. 그런 그녀의 연기에 홀딱 속아넘어간 유민이 이마에 힘줄이 생겨나면서 그 녀석을 향해 한마디 한다.

　"너, 오늘 살아서 못 나갈 줄 알아."

　극도의 흥분이 유민을 감싼다. 그녀의 우는 모습뿐만 아니라 다가온 시현의 목줄기에 새빨간 줄이 하나 그어져 있었기 때문이다. 잠깐 사이에 시현이 당한 것이라고는 머리채와 멱살을 잡힌 것뿐인데……. 아마도 시현이 그놈을 단단히 혼내줄 양으로 다가가는 동시에 자신의 목을 한번 할퀴었나 보다. 그 효과가 아주 적절히 먹혀들어 갔다고 볼 수 있었다.

　그 녀석은 유민에게 말을 되받아칠 시간적인 여유조차 가지지 못하고 시현이 안정권 안에 들어서자마자 미친 듯이 유민에게 얻어맞기 시작했다. 어느 정도 얻어맞은 녀석의 입에서 드디어 살려달라는 말이 터져 나왔다.

　"악악! 살려주세요."

　흉한 몰골이 되어버린 똥 싼 바지 양아치는 눈물, 콧물 다 흘리면서 용서를 빌고 있었다. 벌벌 떨면서 방 한구석으로 기어서 도망가는 녀석을 향해 유민이 소리친다.

"일어나! 안 일어나?!"

유민은 거의 이성을 잃은 듯이 그 녀석을 일으켜 세우더니 다시 주먹질을 하기 시작했다. 녀석은 이제 엄살처럼 보이는 행동을 취하며 다시 구석으로 넘어진다. 하지만 유민에게는 쉽게 놓아줄 기미가 보이지 않았다.

"씨발, 안 일어나? 일어나서 한 대 맞을래, 아니면 내가 일으켜서 두 대 때릴까?"

그 녀석은 약발이 먹혔는지 자리에서 벌떡 일어나기까지 한다. 그런 상황을 보면서 시현은 처음으로 유민을 말리지 않았다. 저런 놈은 맞아도 싸다는 생각을 하며 시현은 얼른 주란에게로 달려갔다. 주란도 일어서더니 이제 유민의 행동을 말리지 않고 아예 자신이 유민을 밀어내더니 녀석에게 달려들어 밟힌 대로 마구마구 갚아주고 있었다. 그리고 그런 주란을 유민 또한 말리지 않고 이제 아예 응원전에 나선 그였다.

"뚱땡아, 뭉개 버렷!!"

하지만 이 싸움은, 아니, 이 구타는 여기서 멈춰졌어야만 했다. 복도를 지나가던 똥 싼 바지 양아치의 학교 학생이 그 구타 장면을 목격한 것이 화근이 되었던 것이다. 그 녀석은 미친 듯이 자신의 학교 학생들이 기거하는 곳으로 달려가서는 이 사실을 알린다.

"헉헉. 지완아, 상욱이 자식 두들겨 맞고 있어!"

그 말을 들은 그 방 남자들이 모조리 놀라서 벌떡 일어섰다. 남자들이란 화가 나면 어떤 상황이든 아무것도 보이지 않는 법, 이 모양

으로 가다가는 아무래도 패싸움이 날 듯하다. 하지만 그들 중에서도
한 남학생은 일어나지 않고 가만히 소식을 전한 녀석을 바라만 보고
있다.

라이벌의 등장

라이벌의 등장

"지완아!"

다들 바쁜 움직임 속에서 단 한 명이 움직이지 않자 모두들 선뜻 방 밖으로 달려나가지 못하고 그를 바라본다. 한 녀석이 그의 이름을 부르며 보채자 서서히 자리에서 일어나는 녀석의 이름이 지완인가 보다. 그가 천천히 앞장서고 모두들 전쟁이라도 나가는 용사처럼 눈가에 비장함이 감돈다. 그리고 그 방 앞에 도착한 그들이 방 안의 상황을 본다. 방 안은 완전히 전쟁터였다.

"그만 해라."

지완이 낮은 목소리로 방 안을 향해 말한다. 그의 말이 시발점이 되어서 다른 남학생들의 입에서 욕이 튀어나오기 시작했다.

“씨발. 나와서 한 번 떠!”

“나와. 나와, 이 자식아!”

다짜고짜 방 안의 여학생들과 유민에게 욕을 퍼부으며 나오라고 소리치는 그들을 본 시현은 갑자기 눈앞에 캄캄해지기 시작했다. 이렇게 일이 커져 버릴 줄은 몰랐던 것이다. 하지만 그런 시현과는 달리 여유있게 방 밖의 학생들을 둘러보던 유민은 고개를 삐딱하게 젖히더니 무심하게 한마디 묻는다.

“너네 뭐냐?”

당당한 그의 모습에 어이없다는 듯이 밖의 그들이 씩씩거리며 소리친다.

“씨발. 네 녀석이 우리 학교 애 건드렸잖아. 치사하게 여러 명이서 그러지 말고 나와. 나와서 붙자고!”

어지간히 흥분했나 보다. 그런 그들을 향해 이제는 피식 웃기까지 하는 유민이었다. 그런 그가 걱정되는 시현의 손에 자기도 모르게 땀이 난다.

“야, 늬들은 여자한테 맞는 것도 치사함에 끼냐?”

갑작스런 유민의 말에 모두들 잠시 진정을 하고 방 안을 둘러보기 시작했다. 그러더니 한 녀석이 냅다 주란을 가리키면서 대꾸한다.

“씨발, 저 뚱땡이 있잖아. 깔리면 압사겠구만.”

그의 말에 낄낄거리는 몇 놈을 향해서 주란이 날카롭게 노려본다. 그때 갑자기 약간 뒤에 서 있던 지완의 목소리가 들려온다.

“비켜라.”

입만 나불대던 녀석들이 한둘씩 사라지니 그 가운데 지완이 등장했다. 큰 키에 황금색 머리카락, 그리고 묵직한 목소리를 내며 고개를 든 그는 유민에게 뒤지지 않을 만큼의 카리스마를 지니고 있었다. 이를 유민도 감지했는지 갑작스레 유민의 입가에 장난스러운 기가 사그라들고 경계의 눈빛으로 지완을 바라본다.

"나오라고, 안에서 시끄럽게 떠들지 말고."

한마디 던지고는 녀석은 뒤돌아 나가 버린다. 그런 그를 따라서 남은 녀석들도 한 번씩 유민을 노려보더니 나가 버렸다.

"저 녀석이 대가린가 보네. 진짜 싸가지없게 생겨먹었군."

주란이 굉장히 열받은 표정으로 유민의 뒤에서 말을 한다. 주란의 생각과는 다르게 이상스레 시현의 팔에 소름이 파고든다. 아무래도 지완의 모습에서 불안함이 느껴진 듯하다. 유민을 모르는 것은 아니지만 불안감을 지울 수 없는 시현이었다.

그런 그들을 바라보던 상욱이라는 녀석이 자빠져 있던 자신의 몸을 세우며 음흉하게 웃는다. 이제 완전히 자신이 맞던 사실을 잊은 듯했다.

"켓켓. 너희 죽었어. 지완이가 떴다 이 말씀이야. 싹싹 빌어야 될걸. 날 건드린 벌을 톡톡히 받게 될 거야."

그런 그의 말이 거슬렸는지, 아니면 지완의 등장이 거슬렸는지 유민의 눈길이 상욱의 모습을 싸하게 훑더니만 상욱에게 다가가서는 무표정한 얼굴로 그의 얼굴을 사정없이 차버린다. 소리를 지르며 다시 뒹구는 녀석을 향해서 유민은 잔뜩 비꼬는 목소리로 웃으며 말한다.

"아가리 닥치고 있어. 죽여 버린다."

이상하게도 아까까지 장난스럽던 유민은 사라지고 지금은 무척이나 열받은 그였다. 지완의 등장이 이렇게 그를 화나게 하는 것인가? 갑작스레 걱정이 되는 시현이 유민에게 다가온다.

"유, 유민아, 왜 그래? 그냥 나가지 마. 우리 선생님한테 말씀드리자. 응?"

그런 시현을 바라보는 그.

"걱정하지 마. 다녀올게. 씨발, 감히 누구보고 나오라 마라야."

한다는 말이 그게 전부였다. 그는 지완이의 등장보다도 그가 내뱉고 간 명령조가 마음에 안 들었던 모양이다. 그렇게 대꾸하며 시현을 향해 웃던 유민이 그녀를 한 번 쓰다듬어 주고는 상욱을 밖으로 질질 끌어냈다.

"유민아."

"괜찮아. 다녀올게."

웃어 보이며 그들이 기다리는 곳으로 혼자 당당하게 가는 유민이다. 물론 그가 싸움을 한다는 자체도 걱정이 되었지만 지금은 그가 혼자이고 상대가 너무 많다는 것이 시현을 더 불안하게 했다. 그때 그녀의 머리 속에 누군가가 스치고 지나갔다.

"맞다. 주란아, 준서 방이 어디였지?"

주란과 시현은 재빠르게 눈을 마주치곤 그의 방을 향해 달리기 시작했다.

이런 상황을 전혀 알지 못하는 준서는 아까부터 유민을 기다리고 있었다. 씻으러 간다고 나갔던 녀석이 아직도 돌아오지 않아서 이제 막 나가서 그를 찾아보려던 참이었다. 그런데 그때 시현이와 주란이가 헐레벌떡 뛰어들어 왔다. 어쩌면 시현이에게 가 있을 거라는 준서의 예상을 깨고 그녀들이 나타났기에 준서도 조금은 놀란 듯이 그녀들을 향해서 말한다.

"어라~ 너희들이 여기 웬일이야? 유민이 보러 온 거야? 난 유민이가 널 보러 갔나 싶었더니……. 어쩌냐. 그 녀석 욕조를 만들어서 씻고 오는지 아직 감감무소식인데."

하지만 그의 반가운 인사를 그녀들은 받아주지도 않고 다급하게 말한다.

"지, 지금 유민이 다른 학교 녀석들한테 끌려갔어!"

주란이가 한 말에 갑자기 시현이 주란을 노려본다. 그리고는 다시 준서를 바라보며 말을 정정한다.

"끌려가긴 누가? 아니야, 불려 나갔어."

이런 상황에서도 유민의 자존심을 구기기 싫은 시현인가 보다.

"에이씨~ 그거나 그거나."

"아니야. 달라!"

둘이 아주 생쇼를 하고 있었다. 그런 그녀들의 생쇼와는 관계없이 무슨 말인지를 알아들은 준서가 갑자기 그녀들을 제치고 뒷산 쪽으로 달려갔다. 역시 싸움꾼은 달라도 다른가 보다. 어디라고 말해 주지도 않았는데 어디서 그런 일이 일어날지를 예상하고 있었다는 듯

그곳으로 향했던 것이다. 옆에서 함께 말을 들은 나머지 몇 명의 남학생들도 준서의 뒤를 따라서 달려갔다. 시현과 주란도 쓸데없는 논쟁을 멈추고 그들의 뒤를 따라서 달려가기 시작했다.

한편 뒷산 쪽으로 나갔던 유민은 가만 서서 그들을 바라보고 있었다.

"네가 상욱이를 팬 놈이냐?"

지완이 20명이라는 상대편 숫자에도 쫄지 않고 자신을 째려보고 있는 유민에게 말을 걸었다. 그러나 유민은 지완의 말에 대답도 하기 싫은 모양이다. 계속되는 거만한 말투와 명령조에 기분이 상당히 나빠져 있었기 때문이다.

"씨발. 그게 누군데? 난 그런 재수없는 이름 몰라."

유민의 대답을 예상이라도 했다는 듯이 지완이 피식 웃음을 흘리면서 대꾸한다.

"네가 밟고 있던 그 자식 이름이 상욱이다. 너 양아치냐? 아무나 패고 다니는 모양이……."

비웃음을 실은 말을 던지는 지완이었고, 양아치라는 말에 인내심에 금이 가는 유민이었다. 하지만 최대한 얼굴에 웃음기를 지우지 않고 지완에게 다시 대꾸한다.

"아가리… 네가 닫을래, 아니면 내가 닫아줄까?"

그런 유민의 반응이 재미있다는 듯이 지완이 웃는다.

"훗~ 능력있으면 한번 닫아보시지."

이제 말이 필요없는 듯한 순간이 다가오고 본격적인 싸움이 일어날 듯했다. 하지만 싸움이 시작도 되기 전 누군가가 소리친다.

"그만두지 못해!"

어디서 나타났는지 선생님들이었다. 두 학교 선생님들이 이 난리가 난 것을 알고는 달려온 것이었다.

"당장 그만두지 않으면 경찰을 부르겠다. 뭐 하는 짓들이야?"

그런 그들을 향해 노려보던 지완이 애들을 데리고 건물 안으로 들어가 버렸다. 유민도 그들이 다 사라지는 것을 확인하고서야 아무 일 없었다는 듯이 뒤돌아보고는 선생들을 향해 싱긋 웃어 보였다.

하지만 불길한 예감은 아직 그 장소에 남아 있는 듯 선생님들의 발길을 쉽게 놓지 못한다. 선생님들의 예상과 맞아떨어지게 그들의 싸움이 이렇게 끝낼 것이었다면 시작되지도 않았을 것이다. 지금 이 순간이 아니라도 그들에게는 또 다른 시간과 장소가 있는 것이었다. 유민 또한 지완을 보고 나서 그와 다시 한 번 이런 상황에 놓이기를 은근히 바라는 표정을 지울 수 없다.

뒤늦게 도착한 준서와 시현, 주란은 그런 유민의 표정을 보고 불안함을 느꼈다.

"유민아."

"응?"

하지만 그런 시현이의 불안을 지워 버리기라도 하듯 유민은 그런 그녀를 보며 웃을 뿐이었다.

다음날 시현은 일찍 깨어난 탓에 혼자 바닷가로 나섰다. 어제 싸움

의 원인이 자신들이었다는 생각에 괜히 유민이에게 미안해져 그에게
예쁜 조약돌이라도 선물할 생각이다. 이리저리 해변을 거니는 시현
의 눈은 온통 모래와 자갈들에게 박혀 있었다. 이왕이면 그 조약돌에
하얀 수정 펜으로 이름을 새겨 넣어 코팅까지 해주고 싶은 생각이 든
그녀 뒤로 어제 본 체육복의 남학생 둘이 지나간다.

아무도 없는 해변에 불량스럽게 담배를 물고 서성거리던 둘에게
시현은 금방 눈에 띄었다. 하지만 시현은 어느새 조약돌을 줍는 일에
집중이 되어버렸는지 그들이 있는지조차 모르는 모양이었다. 그런
그녀를 향해 어제의 일을 먼저 떠올린 한 남학생이 말했다.

"어?"

"왜 그래?"

"저 계집애. 어제 그 자식이랑 붙어 있던 계집애 아냐?"

덩달아 뚫어져라 시현이를 바라보던 옆의 친구는 그녀임을 확인하
자 금세 고개를 크게 주억거리며 맞장구를 친다.

"맞네. 그래, 맞아."

"킥~ 혼 좀 내줄까?"

심술이 잔뜩 오른 얼굴로 말하는 남학생을 향해 다른 한 명은 은근
히 걱정스런 얼굴이 된다.

"야, 지완이가 일 내는 거 싫어하잖아. 알면 화낼 텐데……."

"이 자식 이거. 야! 그럼 너 상욱이 새끼가 그렇게 맞았는데 그냥
넘어갈 거냐? 그것도 우리 학교 놈도 아니고 다른 학교 놈한테 그렇
게 북어포가 되게 맞았는데 쪽팔려서라도 그냥 못 넘어가지."

"그거야…… 그래도…….”

어정쩡한 태도를 보이는 녀석을 향해 한 놈이 버럭 화를 내며 일을 추진한다.

"별 걱정을 다 한다. 지완이가 알 게 뭐 있어. 저 계집애 잡아다가 포대 자루에 넣어놓고 창고에라도 몇 시간 묶어두면 될 거 아냐. 그냥 적당히 겁이나 주자고 하는 말이지.”

"포대?”

"그래. 그냥 적당히 골려주고 나중에 상욱이 놈한테 뻐기면 될 거 아냐.”

계속해서 부추기는 친구의 말을 더 이상 거절하기가 힘들었는지 그도 이내 고개를 끄덕여 버렸다.

어느새 얼굴에 장난을 가득 담은 그들이 유민의 성격을 알 리가 없었고, 그렇게 아무것도 모르는 그들은 천천히 시현에게 향한다. 멋모르고 이리저리 해변을 기웃거리던 시현이 이내 자신의 뒤에서 느껴지는 인기척에 얼른 뒤돌아 선다. 그리고 그들의 체육복이 낯설지 않다는 생각에 잔뜩 겁을 집어먹고는 뒷걸음질을 쳐보지만 뒤는 더 이상 나갈 수 없는 바다였다.

"누, 누구세요?”

"그건 알 것 없잖아. 넌 그냥 가만히 잡혀주면 되는 거야. 킥~”

"꺄… 읍!”

한 녀석이 재빠르게 시현이의 입을 틀어막았다. 반사적으로 버둥대는 시현의 두 팔과 다리를 제압하며 다른 한 녀석이 그녀를 들쳐

업으려 했지만, 죽자 사자 흔들어대는 시현을 들쳐 업는 것은 힘든
일이었다.

"무슨 계집애가 이렇게 힘이 세."

귀찮아졌는지 한 녀석이 이내 시현을 내려쳤고, 이윽고 짧은 비명
과 함께 시현은 정신을 놓아버렸다. 급해진 둘은 주위를 살피며 얼른
그들 학교 학생들이 묵고 있는 건물의 창고로 향했다.

"여기야, 여기."

먼저 앞장선 그가 씩 웃으며 자루를 벌리자 시현을 업고 있던 아이
가 그녀를 내려 자루 안에 넣고 이내 자루의 입구는 꽁꽁 묶어버렸
다. 마주 보며 안도의 한숨과 웃음을 터뜨리는 둘.

"나가자."

천천히 닫히는 창고의 쇠문 긁히는 소리에도 시현은 정신을 차리
지 못하고 있었다.

모두들 밖으로 나갔는지 방에 혼자 앉아 있던 지완의 주머니에서
급하게 핸드폰 벨소리가 울린다. 귀찮은 듯이 전화기를 들어 받는 지
완의 목소리가 많이 거칠다.

"네. 왜요? 지금 야영 와 있잖아요."

하지만 말이 통하지 않는지 그는 이내 미간이 잔뜩 찌푸려져 버렸
다.

"아씨. 알겠어요! 차나 보내요!"

이내 크게 소리를 질러 버린 지완은 전화기를 던져 버리고 자리에

누워버렸다. 그렇게 잠깐 잠이 들었는데 문 밖에서 지완을 부르는 소리가 들려왔다.

"도련님, 모시러 왔습니다."

"……."

그의 얼굴에 난 주름은 없어지지도 않는지 여전히 찌푸려진 얼굴로 그가 눈을 떴다. 그리고는 대꾸도 않은 채 방문을 차서 연 후 밖으로 나간다. 기사는 지완의 등장에 많이 주눅이 들어 이내 고개를 떨구고는 지완이 나가는 것을 가만 보고만 있었다. 그런 그가 답답했는지 한숨을 한번 내쉬던 지완이 차 문을 열어두고 다시 뒤돌아 선다.

"이봐. 언제까지 그러고 있을 참이야?"

"네?"

"가서 짐이라도 가지고 와야 할 것 아냐!"

"아… 네. 죄, 죄송합니다."

"후."

다시 한 번 한숨을 내쉬고는 차에 오른 지완이 문을 닫으려는 찰나 다시금 기사는 막막하다는 표정으로 지완을 잡았다.

"저기… 도련님."

"……."

쌀쌀맞은 지완의 눈빛이 다시 기사에게 와 닿았고, 그 기세에 눌려버린 기사가 더듬거리며 조심스레 묻는다.

"죄, 죄송합니다만 지, 짐이 어떤 것인지를 제가……."

"흰 가방이랑 그 옆에 큰 가방. 아, 씨발. 진짜 열받게 하네."

“아, 네.”

기사의 대답이 끝나기도 전에 거칠게 차 문이 닫혀 버린다. 더 이상 지체했다가는 큰 벌을 받을지도 모른다는 생각이 들었는지 기사는 재빠르게 창고를 향했다. 창고 안에 들어서자마자 기사는 얼른 지완의 하얀 가방을 둘러메고 그 바로 옆에 놓인 포대 자루를 들고 나선다. 하지만 포대 자루가 어찌나 무겁던지 예상치 못하던 무게에 기사는 다시 포대 자루를 놓아야만 했다.

“아휴, 뭐가 이렇게 무겁지.”

뭐라 다시 지완에게 물어보기에는 그가 너무 무서운 기사는 이내 트렁크로 향했고, 얼른 가방과 포대 자루를 트렁크에 넣어버렸다. 그렇게 짜증스레 재촉하는 지완의 명령으로 시현은 정신을 잃은 채 그의 차에 실리게 된 것이었고, 또한 지금 그의 집으로 향하게 되어버렸다.

“얼른 출발해.”

차에 오른 기사는 흐르는 땀을 닦지도 못하고 지완의 집으로 향해야 했다.

오랜만에 친구들과 어울려 야영을 온 지완은 이렇게 집으로 갑작스레 불려가는 것이 영 못마땅했다. 세계적인 기업, SS기업의 아들인 지완은 재벌 2세들의 특징처럼 제멋대로인 성격을 가지기는 했지만, 이렇게 갑자기 불러들이는 자신의 아버지의 명령을 거부할 수는 없는 노릇이었던 것이다.

한편 주란은 아침부터 사라져 버린 시현이를 찾아 나섰다. 일어나서부터 보이지 않던 것을 의심하긴 했지만, 이렇게 저녁 먹을 시간까지 보이지 않는다는 것은 여간 큰 문제가 아닐 수 없었다. 오늘 내내 불길한 예감이 멈추지 않는 주란은 계속해서 유민에게 거짓말을 해야만 했다. 괜스레 그녀가 없어진 것을 유민이 알았다가는 전에 있었던 체육관 사건이 다시 벌어지지 않으리라는 보장도 없었기 때문에 유민이 알기 전에 그녀가 시현을 먼저 찾으리라는 생각이었던 것이다. 하지만 시현의 숨바꼭질은 주란의 예상과는 너무 많이 차이가 났다.

또한 유민도 이리저리 핑계를 대며 시현이가 피곤해서 잠에서 잘 못 깬다고 접근하지 말라고 장난스럽게 말하는 주란에게 마녀뚱땡이라면서 장난만 하고 넘기기에는 시간이 너무 많이 지나 버렸다고 느꼈다. 주란의 행동이 이상하다는 것을 눈치 채지 못할 유민이 아니었다.

"아휴, 이 계집애 어딜 간 거야. 유민이가 알면 난리가 날 텐데……."

발을 동동 구르며 여기저기를 기웃거리던 차에 늦은 10시가 넘어버리고 더 이상 참지 못하겠다는 듯이 유민이 그녀를 다시 찾아왔다.

"최주란."

"헉, 유민아……."

"지금 장난하냐? 시현이 어디 있어?"

이제는 유민이의 얼굴에 사나움이 잔뜩 묻어 있었다. 이런 상황이

되어버린 이상 주란이도 더 이상 유민에게 거짓말을 할 수 없었고,
이내 그에게 사실대로 불기 시작했다.

"미안해."

미안해로 시작된 주란의 말을 다 듣고 난 후 유민의 얼굴은 달아오
르기 시작했다.

"너 돌았어? 그걸 왜 숨겨?"

"그거야 네가 난리를……."

"너, 지금 그게 문제냐? 젠장."

더 이상 주란에게 소리치고 있을 시간이 없다 생각한 유민이 자신
의 방으로 달려갔고, 이내 다른 친구들을 동원해서는 시현의 행방을
찾기 시작했다.

하지만 이른 시간의 움직임으로 알고 있는 남학생들은 찾기가 힘
들었다. 점점 보지 못했다는 사람들이 늘어나자 유민의 눈가에는 불
안감이 확연하게 띄기 시작했다. 하지만 흐트러지지 않는 목소리로
유민은 그들에게 지시한다.

"마지막으로 본 사람이라도 좋으니까 알아내 와. 아무한테 물어서
라도 오늘 안에 알아내. 오늘 안에 아무런 소식도 못 가지고 오면 늬
들 다 죽는다."

장난스런 그의 말투가 가시고 엄포가 놓이자 갑자기 남학생들의
행동이 민첩해지기 시작했다. 유민 자신도 가만있을 수 없었던지 밖
으로 뛰어나갔고, 이내 해변가를 둘러보았지만 차에 실려간 시현이
있을 리 만무했다.

그런 그에게 누군가가 헐레벌떡 달려오기 시작했다. 잔뜩 긴장을 해서 그런지 유민의 인상이 구겨진다.

"뭐야?"

가쁜 숨을 돌리느라 말을 하지 못하는 그를 다그치는 유민.

"저기… 9반 여자애가 그러는데 화장실 가다가 봤는데 해변에 있는 걸 봤었대."

"뭐? 그러면 시현이가 바다에 빠져 자살이라도 했냐? 왜 없어?"

다급한 마음에 서두가 길자 유민이 버럭 소리를 지른다. 그러자 대꾸하던 학생이 고개를 절레절레 흔들며 다시 말을 이었다.

"아니, 아니야. 그게 아니라 화장실을 나가려는데 시현의 뒤로 다른 학교 체육복을 입은 두 녀석이 있었다는 거야."

"뭐?"

일순간 유민의 얼굴이 심하게 굳어버리고…….

"담배를 피우고 있었다는데 아는 사람인가 해서 그냥 그렇게 보고 자긴 들어갔……."

"본 애 데리고 건물 앞으로 와."

소식을 전하던 학생의 말은 더 들을 필요가 없다는 듯이 유민이 성큼거리면서 다시 건물 쪽을 향하는 유민을 더 이상 막을 사람은 없는 듯하다. 시현이 사라져 버린 이상 유민의 머리 속에는 그 다른 학교 체육복은 그녀를 해한 적으로밖에 여겨지지 않는 그였다.

가만 허공을 쏘아보고 있는 유민의 앞으로 불안해 보이는 여학생 한 명이 나타났다. 유민은 아무 말 없이 그녀를 한번 내려보고는 다른 학교 학생들이 야영하고 있는 건물을 향해서 앞장을 선다. 그런 그의 뒤를 따라가는 여학생의 몸이 가늘게 떨리고 있다. 다른 불안이 아니라 유민에게서 풍겨지는 분위기 때문에 몹시 위축되어 보였다.

유민이 향한 곳의 학생들은 늦은 시간까지 강당에 모여서 단체 활동을 하고 있었다. 하지만 지금 그에게 보이는 것은 없었다. 단체 활동이고, 선생이고 간에 하나도 상대하지 않겠다는 듯이 망설임없이 강당의 문을 활짝 열어젖힌다. 갑작스러운 소음에 놀란 타 학교의 학생들과 선생님들의 시선이 그에게 주목되었다. 그들이 타 학교 학생임을 안 한 선생님이 그에게 달려왔다.

"이봐, 지금 뭐 하는 거야. 얼른 너희 건물로 돌아가."

하지만 유민은 선생님을 쳐다보지도 않은 채 얼굴을 쭉 밀어버리고 강당 안으로 들어섰다. 갑작스런 그의 등장과 행동에 놀란 학생들이 웅성거리기 시작했고, 선생님들이 그쪽으로 몰려오려 하고 있었다. 그런 그들의 행동에 개의치 않겠다는 듯이 유민이 슬쩍 뒤돌아보면서 따라오던 여학생에게 한마디 던진다.

"이리 와. 누구야? 짚어."

목격자였던 여학생은 유민의 말에 고개를 내밀더니 떼거지로 몰려 있는 남학생들을 둘러보기 시작했다. 그리고는 제일 뒷줄에 나란히 앉아 있는 둘을 발견하고는 이제 자신은 살았다는 듯한 표정으로 냉큼 손가락질하는 것이 아닌가. 손가락질을 당한 둘은 놀라서는 그들을 가만 바라만 보고 있었다.

그 다음 유민의 행동은 아무도 말릴 수가 없었다. 내뿜어지는 살기 때문인지, 아니면 그 둘을 잡고 쥐어 패기 시작하는 그의 행동 때문인지 말릴 기미가 아무에게도 보이지 않았다. 걷어차인 녀석이 저쪽으로 나가떨어지자 그제야 유민이 그들을 향해 조용히 내뱉었다.

"어디 있어. 말해."

하지만 나가떨어진 녀석들은 이제 말조차 할 수 없을 정도로 입과 볼이 부어올라 있었다. 하지만 그런 그들의 사정을 보아주기에는 이미 유민에게 인내심이 남아 있지 않은가 보다. 그들의 대답 소리가 나오지 않자 서서히 다가가던 유민의 오른손에 간이 쇠 의자가 들려진다.

그 둘 중 한 명을 내려찍어 버리기라도 할 작정으로 다가가고 있었고, 그제야 그 강당으로 들어선 준서가 그를 말려야 한다는 생각에 무작정 소리를 질렀다.

"유민아! 말하려고 하잖아! 들어, 들으라고. 시현이 찾아야 하잖아!"

숨이 찬 것인지 분이 찬 것인지 유민의 호흡이 거칠어지면서 행동이 멈춰 버렸다. 순간 웅성거리던 강당 안이 쥐 죽은 듯이 고요해졌다.

"…차, 창고에…… 포대……."

그가 멈춘 사이 이제 살았다는 생각이 들었는지 두 녀석 중에 한 녀석이 찢긴 입술로 힘껏 말을 내뱉었다. 하지만 그 긴장된 공기를 깨기라도 하듯이 유민이 그 녀석들을 향해 다시금 발걸음을 옮긴다. 여전히 손에는 의자가 들려 있었다. 놀란 준서가 유민에게로 다가가면서 그를 말린다.

"어서 가자, 유민아. 이런 쓰레기들 상대할 시간 없잖아."

하지만 이번에는 준서의 말도 통하지 않는 모양이었다. 준서를 노려보고는,

"씨발, 아가리 닫아라. 네가 뭘 하든 간에 앞으로 한마디만 더 하면 너부터 죽여 버린다."

유민의 말에 놀란 준서가 굳어버렸고, 지금 준서의 눈에는 이성을 잃어버린 싸움꾼인 유민밖에 보이지 않았다. 그때의 모습으로 유민이 돌아가 버린 듯했다.

그 강당 안의 많은 학생들과 선생님들이 달려들면 그를 말리고도 남을 상황이었다. 하지만 아무도 이런 상황에서 나서기를 꺼려하는 것 같았다. 아니, 그것보다는 모두 그 상황에 넋을 잃고 굳어버린 것 같았다. 아무도 그 둘을 구제해 주지 않을 듯한 상황이었다.

서서히 다시 그들을 향해 다가가던 유민이 번쩍 손을 들어서는 쇠 의자를 바닥에 던져 버린다. 그 행동에 놀란 둘은 눈을 질끈 감아버리고 그런 둘을 보는 것이 즐겁기라도 한 듯이 유민의 입가에 흉측한 미소가 번졌다. 아마도 이 상황을 즐기고 있는 듯했다.

부서져 있는 쇠 의자로 향하던 유민은 가만 주저앉아 부러져 버려 이젠 쇠 막대가 된 의자의 파편을 하나 집어 들었다. 그리고 둘의 앞으로 다가가 앉더니 조용히 그들에게 말을 내뱉는다.

"너희들… 죽여 버릴 거야."

그의 눈이 무섭게 번득이고 있었다.

한편 트렁크에 실려서 본의 아니게 지완의 집으로 가고 있던 시현은 그때서야 정신이 들었다.

"어라? 여기가 어디지? 왜 이렇게 캄캄한 거야? 어… 어떻게 된 거지?"

뭐가 뭔지 하나도 생각이 나지 않는 모양인지 잔뜩 웅크려진 몸을 더 웅크리기만 하고 있을 뿐 그녀는 아무것도 할 수가 없었다.

커다란 저택으로 들어선 차는 이내 조용히 멈추어졌다. 허둥지둥 차에서 내린 기사가 지완의 문을 열어주려 하지만 이미 지완은 밖으로 나와 있었다. 이번에는 눈치를 좀 빨리 굴려보려는 듯이 기사가 트렁크로 향하지만 지완의 냉대는 이어진다.

"꺼져."

차갑게 기사의 손을 뿌리치면서 지완이 거칠게 트렁크 문을 열었다. 갑작스런 사람들의 등장과 큰 소리들에 놀란 시현은 잔뜩 몸을 움츠리고 있었다.

"뭐야, 이거?"

"앗. 도, 도련님 짐 아닙니까?"

"넌 제대로 하는 일이 뭐냐?"

한심하다는 듯이 말하는 낭랑한 남자 목소리에 이어서 다 죽어가는 중년 남자의 목소리가 시현의 귀에 들려왔다. 그리고 이윽고 다시 귀찮다는 듯한 젊은 남자의 목소리가 이어졌다.

"후, 도대체 이건 뭐야?"

아무 생각 없이 말을 내뱉으며 지완이 자루를 푹 하고 세게 찔러 버린다. 그리고 이어 반사적으로 시현이 소리를 질렀다.

"악!!"

손가락이 닿는 느낌도 그렇고 무엇이 자신을 찌르는지 놀란 시현이 그만 꽥 하고 소리를 지른다.

"헉!!"

지완 또한 무엇인기 모르고 찌른 것이 물컹하니 소리까지 지르는 사람임에 놀란 나머지 소리를 지르며 뒤로 물러섰다. 지완의 그런 모습을 처음 보는 기사가 멀뚱히 그를 쳐다보고 있자 이내 지완의 본래 표정으로 돌아오더니 고갯짓을 한다.

그의 고갯짓을 보자마자 기사는 얼른 다가가서 자루를 풀었고, 그 자루에서 언제 소리를 질렀냐는 듯이 찔린 팔뚝을 슬슬 문지르면서 시현이 나타나 멋쩍게 웃어 보였다. 너무 어이없는 상황에서 천연덕스럽게 웃고 있는 시현을 보고 지완의 미간에 다시 주름이 진다.

이 사람이 누구든 간에 왜 자루에 있고, 왜 저렇게 바보같이 웃고 있는지 그의 머리로는 이해가 가지 않는 것이었다. 한데 그런 지완의 눈에 시현이 많이 익었다.

"넌……."

어제저녁에 잠시 보았던 유민의 뒤에 매달려 있던 여학생이라는 것이 그의 좋은 기억력에 남아 있었던 것이다. 유민의 생각이 났기 때문인지, 아니면 시현이가 골칫거리라고 느껴졌는지 지완의 미간에 다시 주름이 잡힌다.

"뭐야?"

"아… 저, 저도 잘 모르겠는데요."

어찌 되었든 지완의 그 학교의 두목이라 생각했고, 그런 지완이 자신을 납치하라고 시켰을지도 모른다는 자신의 추리가 틀린 것을 시현이 빠르게 짐작하고는 어리숙하게 대답했다. 이렇게 지고 들어가기는 싫은 그녀였지만, 지금 상황으로 봐서는 야영하던 곳도 아니고, 그의 든든한 후원자인 유민도 없으니 이 방법이 상책이라 여겨졌던 모양이다.

이런 그녀의 생각을 아는지 모르는지, 아니면 관심도 없는지 지완은 가만 그녀의 몰골을 훑어보더니 귀찮다는 듯이 한마디 툭 내뱉는다.

"돼지 같은 게. 얼른 내려와, 차가 뒤로 기울잖아!!"

'돼, 돼지라니. 주란이가 들었으면 넌 최소 사망이다.'

소리 지르고 싶지만 불리한 상황에는 기를 죽이는 것이 상책이라는 것을 아는 시현이 눈치를 살피며 조심스레 차 아래로 내려오려 했다. 하지만 오랜 시간 동안 차 안에서 한 자세로 굳어 있었던 탓에 다리가 저려왔고, 저려온 감각에 무뎌져서는 이내 차 문턱에 걸려서 떨어지듯 내려와야 했다. 재빠르게 지완이 그녀의 허리를 안아서 일으키지 않았더라면 아마 바닥에 그대로 얼굴을 박아버렸을지도 모를 일이었다.

"별 짓을 다 하는구만. 기사랑 한 세트 해라."

민망한 듯 몸을 추스르며 일어선 시현이 머리칼을 귀 뒤로 넘긴다.

"얼른 가."

한심하다는 표정을 지우지 못하고 지완이 잡았던 그녀의 손을 놓으며 불만스럽게 내려다본다.

"아하하……. 고, 고마워. 다리에 쥐가 나버려서……."

"웃지 마. 쏠려. 바퀴에 바람 빠진 것 같아. 이봐, 그렇게 안 보여?"

괜히 시비를 붙여보려는 것인지 지완이 차의 뒷바퀴를 툭툭 차면서 기사를 향해 묻는다. 생각 같아서는 저런 밉살스러운 짓을 하는 지완을 한 대 갈겨주고 싶은 마음이 굴뚝같지만 아까도 언급했다시피 지금 그녀의 상황은 매우 불리했다. 이내 미안한 듯한 표정으로 웃어 보이는 시현을 향해 지완이 정말 역겨워서 견디기 힘들다는 듯이 홱 뒤돌아 서버렸다. 그리고는 아무런 말도 없이 저 위에 보이는 거대한 집으로 가려는지 발걸음을 옮기고 있었다.

그의 뒤돌아 선 모습이 어찌나 반갑던지 있는 힘껏 가운뎃손가락을 세워서는 선물 한 방을 날리고 그제야 시원하다는 듯이 시현이 발길을 돌리려는데 그녀의 발이 갑자기 움직이질 않는다.

"억……."

소리와 함께 그 자리에 주저앉아 버리는 것이었다. 그녀의 억척스러운 짧은 탄성에 놀란 지완과 기사가 뒤돌아 선다. 너무 오래 있었던 탓인지 다리의 쥐가 쉽게 풀리지 않은 모양이었다. 울상이 되어버린 시현이 이 상황이 너무 싫다는 듯이 고개를 푹 처박고는 울먹이며 그들을 향해 말한다.

"미안해. 신경 쓰지 말고 들어가. 얼른 해결하고 너희 집 문 닫아주고 갈 테니까……."

다리가 아파오는지 조심스레 자신의 다리를 펼쳐 보기도 하면서 시현이 움직이려 해본다.

그런 그녀의 등장이 무척이나 골치라는 듯이 지완의 얼굴은 영 못마땅해지더니 뚜벅뚜벅 그녀의 옆으로 걸어 내려왔다. 놀란 시현이 냉큼 일어서 보려하면서 애써 해명을 해댔다.

"알았어. 알았어. 가, 간다고."

아마 그가 자신을 밀어버리기라도 할 것 같았는지 잔뜩 겁먹은 시현이 아등바등이었다. 그러나 그녀의 예상과는 너무도 다르게 버둥거리는 시현을 지완이 가볍게 안아서는 들어 올렸다.

"뭐가 이렇게 무거워. 젠장, 젠장."

지완의 예상외의 행동에 너무 놀라서 시현은 거칠게 버둥거리기 시작했다.

"악악! 뭐 하는 거야. 얼른 내려줘! 나 갈 수 있어. 걸어갈 수 있다고!"

아무 말 않고 자신의 집으로 걸어 올라가던 지완이 오르던 계단에서 멈추더니 안겨 있는 시현을 째려볼 수 있는 한 최대한으로 째려보면서 말을 했다.

"씨발. 한 번만 더 버둥거려라. 계단 아래로 굴려 버릴 테니까."

그의 약발이 먹혔는지 이내 시현은 버둥거림을 멈추고는 지완의 팔 위에 가지런히 상처럼 굳어버렸다. 그런 그녀를 확인하고는 지완은 다시 자신의 집으로 발걸음을 옮기고 정원에 다다랐을 때 조심스레 시현이 그에게 다시 물었다.

"저, 저기 안 무거워? 미안해. 저기, 이제 내려줘도 되는데……."

하지만 그녀의 말에 대꾸하기는커녕 잔뜩 인상을 구기는 그에게 이내 쫄아버린 시현은 다시 혼자 횡설수설이다.

"미, 미안해. 그런데 너희 집에 가려는 건 아니지? 헤헤, 설마……."

시현의 혼잣말이 계속 이어지자 드디어 스팀이 완전히 돌아버린 지완이 버럭버럭 소리를 지르기 시작했다.

"야, 이 돼지 같은 계집애야! 입 안 다물어? 안 그래도 무거워서 던져 버리고 싶어 죽을 지경이니 입 닥치고 가만있어!!"

지르는 소리만큼이나 빨라진 지완의 발걸음이 이내 자신의 집으로 들어섰다.

그의 집으로 들어오게 된 시현이는 갑작스레 자신을 던져 버린 지완이 행동에 질끈 눈을 감았다. 풀썩하고 푹신한 소파에 엉덩이가 닿으려는 찰나 엉덩이보다 머리가 더 무거웠는지 재빠르게 착륙하던 뒤통수가 그대로 소파의 모서리에 가서 박혀 버린다.

"악!"

비명 소리와 함께 지완이가 투덜거린다.

"시끄러. 아씨, 힘들어."

자신의 안위는커녕 힘들다며 투덜거리는 지완이에게 달려들어 머리카락이라도 죄다 뽑아버리고 싶은 심정인지 시현이의 눈동자가 이

글이글 타오르기 시작했다.

"뭘 째려봐?"

무심한 지완의 말에 다시 기가 죽어버린 시현이 삐죽거리는 입으로 지완에게 들으라는 식으로 혼잣말을 했다.

"쳇, 뭐가 힘들다고⋯⋯. 겨우 이까지 와놓고는. 우리 유민이는 날 번쩍번쩍 잘도 드는데. 자기가 약골이면서 괜히 나한테 신경질이야."

아무 상황 파악을 못하고 자신 앞에서 날뛰고 있는 시현이의 존재가 어이가 없었던지 지완이 그런 그녀를 내려다보면서 고개를 절레절레 흔든다.

"남자면서 엄살만 심해 가지고 그래서 어디다 쓰겠어."

끊일 줄 모르는 시현이의 노골적인 투덜거림이 그의 인내심을 다 쓰게 만들었는지 이제 그의 얼굴은 붉으락푸르락 물이 들고 있었고, 그제야 지완이의 얼굴을 본 시현은 더 이상 말을 꺼내지 않고 자신의 입을 틀어막아 버렸다. 그리고 눈빛으로는 한없이 기사 아저씨를 바라보며 살려달라는 눈총을 보내고 있는 그녀였다. 정말 그 아저씨가 없었다면 그대로 생매장될 듯한 분위기였다.

분을 삭이기 위해서였는지 지완은 거칠게 부엌으로 가서 물 한 잔을 들이켰고, 그런 그의 행방이 없어진 찰나 시현은 저린 발을 풀기 위해서 열심히 코에 침을 바르기 시작했다.

"머저리."

갑작스레 지완이 머저리라 욕을 하며 나타나자 바르던 침을 슥슥 바지에 닦으며 시현이 무안함에 웃어본다.

"웃지 마. 그런다고 다리 저린 게 풀리냐? 너 혹시 바보 아냐? 아이큐가 몇이길래 생각하는 수준이 그 정도냐?"

아까의 복수라도 할 모양인지 지완의 말은 끊이지 않고 시현에게 모욕감을 주려 떠들어대고 있었다.

"냅둬. 우리 엄마는 이렇게 하면 풀린다고 하셨어. 칫."

민망함에 고집을 부리며 닦았던 침을 다시 묻혀 코에 찍어 눌러보는 그녀이다. 그런 그녀의 행동이 너무 한심했는지, 아니면 불쌍했는지 지완은 말을 멈추고 그녀 옆에 털썩 앉았다.

흠칫 놀란 표정으로 그의 옆에서 떨어지려는 시현의 발목을 지완이 거칠게 낚아챈다.

"악!! 이러지 마. 아파, 아프단 말야."

쥐가 난 다리가 위로 치켜올려지자 그 저림이 더 강해졌는지 시현이가 발악을 한다. 발악하는 그녀의 말에 한마디 대꾸도 없던 지완이 그녀의 예상과는 다른 행동을 하기 시작하는 것이 아닌가. 자신의 쥐난 다리를 꾹꾹 찔러대면서 괴롭힐 줄 알았건만, 자신의 다리를 그의 무릎 위에 올려놓고 주물러 줄 것이라고는 상상도 하지 않은 그녀였다. 게다가 거칠게 그녀에게 내뱉던 말과는 정반대로 지완의 손과 주무르는 행동들은 너무 부드러웠다. 아프게 잡으면 아프기라도 할세라 조심스레 발을 풀어주는 그의 손놀림이 시현에게도 느껴지고 있었던 것이다.

너무 놀란 시현이 아무런 말도 하지 못하고, 발을 그에게서 빼내지도 못한 채 그렇게 지완을 넋 놓고 바라보고 있었다. 그런 그녀의 반응에 이유를 알기라도 한다는 듯이 지완이 피식 웃어 보이더니 말한다.

"내가 너냐?"

"괘, 괜찮아."

그제야 정신이 돌아왔는지 시현이 다급하게 발을 빼려 하지만 지완의 미간에 다시 주름이 잡히자 이내 그만둔다. 뭐, 어찌 되었든 다리 저림이 풀려야 그도, 그녀도 갈 곳으로, 또는 할 일을 할 수 있을 거라는 생각이 들어서였으리라.

그렇게 한참을 시현의 발을 정성스레 주무르던 지완이 갑자기 뭔가 생각이 난 듯이 그녀에게 묻는다.

"그런데 너 거기 왜 들어가 있었냐?"

"……."

갑자기 자신의 무슨 짐짝처럼 자루에서 나온 것을 기억한 시현이 당황하며 대꾸하지 못한다.

"설마 혼자 거기 기어들어 간 건 아닐 거고… 숨바꼭질이라도 했냐?"

"미쳤어, 내가 거기 숨게?"

완전 바보 취급하는 듯함에 시현이 발끈한다. 유민의 앞에서도 잘 지르지 않는 소리인데 이상하게도 지완의 앞에서는 쉽다. 모르는 사람이어서 그런지, 아니면 그가 그렇게 그녀를 유도하고 있는 것인지.

"킥, 너라면 그럴 것 같기도 해서."

"멋대로 사람 바보 만들지 마. 네 똘마니 녀석들이 날 잡아다가 넣었단 말야. 알고 보면 다 네 탓이라고!”

술술 터지기 시작한 말들은 시현의 입에서 쏟아져 나왔다.

“뭐? 내 똘마니?”

“아, 아니면 어쩔 수 없고. 아무튼 너희 학교 체육복을 입고 있었단 말야.”

“흠, 그래?”

시현의 대답에 갑자기 진지해지는 지완의 표정이 시현이 조심스레 자신의 발을 아래로 내렸다.

“좀 괜찮나 보지?”

“으응. 고마워.”

옷매무새를 다듬는 시현을 향해 지완이 다시 궁금하다는 듯이 되묻는다.

“그런데 널 왜 거기다 넣었어?”

“그거야 네가 시킨 줄 알았지만 지금 보니 아닌 거 같고, 아마도 유민이한테 어제 당한 녀석 때문이겠지. 하지만 그 나쁜 녀석이 먼저 시비를 건 거라고.”

어제의 일까지 변호해 가면서 시현은 열심히 대답한다. 그런 그녀의 이야기를 들으며 고개를 끄덕거리던 지완이 다시 묻는다.

“어떤 녀석들이었어?”

“아, 한 애는 키가 굉장히 컸고, 한 명은 깨밭에 자빠진 것처럼 얼굴이 굉장히 지저분했어.”

“표현력 짱이군. 누군지 알 만하다. 잠시 기다려.”

시현의 말에 웃는 듯하던 지완이 얼른 일어났고, 어디론가 들어가서 수화기를 들었다.

아직도 이성을 되찾지 못한 유민은 쇠 막대를 들어 자신의 손바닥을 가볍게 탁탁 내려치기 시작했다. 탁탁 하는 소리가 강당으로 울려퍼지면서 오싹한 분위기를 더욱 조성하고 있었다. 그런 강당으로 이제 성화고등학교 선생님들까지 몰려와 있었고, 이들이 가까이 오지 못하도록 준서와 다른 친구들이 유민의 바리케이드가 되어 있었다.

무언가 일이 터지는구나 싶을 때 맞고 있던 두 녀석 쪽에서 핸드폰 소리가 나기 시작했다. 유민은 비죽거리던 비웃음을 없애고는 소리가 나는 쪽으로 걸어갔다. 그리고는 한 녀석의 주머니를 뒤져서는 자신의 핸드폰인 양 전화기를 꺼내서 받는 것이다. 망설임도 없이 전화 통화키를 누른 유민은 행동과는 달리 아무 말도 하지 않고 가만 수화기에서 들리는 소리를 듣기 시작했다.

[여보세요?]

"……."

[뭐 하냐? 나 지완이다. 네 녀석들 짓이지, 자루에 계집애 넣어놓은 거? 병신 같은 것들. 내가 냄새나게 놀지 말라고 그렇게 일렀는데 아직도 이 짓이냐? 재수없게 내 짐에 딸려서 우리 집까지 와버렸다. 내 짐작하건대 어제 그 유민인가 뭔가 하는 자식 지랄할 거니까 늬들 알아서 몸조리 잘해라. 그 새끼 손에 걸리면 최소 사망이야. 일 더 커지기 전에 안전하다고 소식 알려놓으라고 전화했다. 병신들. 끊는다.]

그렇게 자기 말만 하고는 그대로 전화를 끊어버리는 지완이었다.
하지만 유민이 역시 전화에 대고 뭐라 이야기하고 싶은 마음은 없었
던 듯하다. 그의 훤한 이마 위로 굵은 핏줄이 선다. 플립을 탁 하고
조용히 닫던 유민이 갑자기 소리를 지르면서 전화기를 던져 버렸다.
산산조각난 핸드폰에서 천천히 눈을 뗀 유민은 이제 핸드폰 주인의
머리를 지그시 밟으며 묻는다.

"어디냐, 그 자식 집이?"

"무… 무슨……."

"지완인가 뭔가 하는 새끼 집이 어디야!!"

버럭 소리를 지르는 것과 함께 발에 힘이 많이 들어갔는지 아래에
깔린 녀석의 입에서 비명이 튀어나왔다. 머리가 터져 버릴 듯한 고통
이 와서인지 유민의 목소리가 들리지 않는 모양이었다. 이대로 대답
을 하지 않았다가는 정말 머리를 터뜨려 버릴 듯한 유민이었다. 그런
모습을 보지 못하겠다는 듯이 남은 한 명이 재빠르게 유민에게 소리
쳤다.

"서… 성북이요, 성북! 거기서 제일 큰 집입니다."

이제 그들에게 흥미를 잃은 것인지 유민의 발길이 재빠르게 뒤돌
아 섰다. 준서가 말릴 때까지만 해도 그들을 죽여 버릴 듯하던 유민
의 눈빛은 이제 성북으로 가 있는 것 같았다. 어제 본 녀석이 지완이
라는 녀석이라면 시현이가 더 걱정되는 참이다.

얼른 낯선 곳에서 불안에 떨고 있을 시현이를 데리고 아무도 방해
받지 않고 그녀를 보호할 수 있는 학교 돌아가야 한다는 생각만이 유

민이의 머리 속을 지배하고 있는 듯했다.

한편 전화를 끊은 지완이는 가만 손목시계를 내려다보았다. 얼마 되지 않았다고 생각한 시간이 꽤 많이 흘러가 있었다. 한번 숨을 몰아쉰 지완이 나와본 거실에서는 이제 시현이가 움직이기가 훨씬 수월한지 서서 그를 맞았다.

"고마워. 덕분에 빨리 저린 게 풀렸어."

하지만 그는 그런 시현을 무심히 한번 보고는 대꾸도 하지 않고 그대로 소파에 주저앉아 텔레비전을 켜버린다. 그런 지완의 행동에 이렇게 일어선 대로 문을 열고 가야 할 것인지, 아니면 다시 앉아서 그에게 고마웠으니 이제 가보겠다고 말을 해야 하는 것인지 알 수 없게 되어버린 시현은 어정쩡한 자세로 서 있을 수밖에 없었다.

"뭐 하냐?"

얼마나 그렇게 서 있었을까. 눈물이 날 만큼 고맙게도 빨리 물어봐준 지완이 시현은 미워죽겠다.

"흠흠. 고마웠어. 나 이제 그만 가봐야 할 거 같아서."

조금은 불쾌한 기분을 티 내면서 시현이 한 걸음 내딛자 지완이 그녀를 불러 세운다.

"야! 지금 시간이 몇 신데 간다는 거야? 미쳤냐? 너희 학교에 가려면 지금 차도 없어. 택시비라도 있냐?"

"뭐? 지금이 몇 신데?"

"저렇게 머저리 티를 내요. 쯧쯧. 자고 가. 내일 학교 가는 길에 태

워다 줄 테니까.”

“뭐, 뭐라고?”

너무 놀란 듯한 시현이의 반응에 지완은 이제 귀찮은지 대꾸하지 않았다. 하지만 이내 시현이 울상이 되어 주저앉자 다시 그의 시선은 시현이에게로 향한다.

“가야 하는데…….”

그녀의 머리 속에는 지금쯤 자신의 행방이 묘연해져 버려서 난리를 치고 있을 유민이의 모습으로 가득했다. 걱정스런 얼굴, 잔뜩 화가 난 얼굴, 찾지 못한 죄책감에 괴로워하는 모습까지 하나하나 떠오르는 시현이에게 여기서 자고 가야 한다는 것은 무척이나 힘든 일이었다. 여기가 남자 집이라는 것은 이미 생각할 게 아니었다. 이리저리 방방 날뛰면서 애처럼 잔뜩 흥분한 유민이 그녀의 눈앞에 선하다. 유민이의 생각을 해서일까? 갑자기 그녀의 입가에 살짝 웃음이 띤다.

이런 상황에서 지금 웃음이 나오냐는 듯이 지완이 불만스럽게 그녀를 쳐다본다. 그런 그의 눈빛을 눈치 챘는지 시현이가 자신의 표정을 수습하고 묻지도 않았는데 얼른 말을 하기 시작했다.

“아, 아니야. 저기 그리고 난 가야겠어. 네 호의는 고마운데 날 애타게 기다릴 사람이 있어서 말야.”

“누가 그렇게 애타게 기다리는 줄은 몰라도 걸어서 그까지 가려면 내일도 도착 못해. 애타는 사람 애타 죽게 만들지 말고 포기하지 그래.”

"하지만… 그래도 가고 있는 게 마음이 덜 아프잖아. 유민이는 애 같은 데가 있어서 얼른 가야 할 거 같아."

"뭐? 애?"

유민이를 떠올린 지완이 기가 막힌다는 듯이 웃음을 터뜨린다.

"야야, 그렇게 살벌한 애가 어디 있냐?"

하지만 그런 지완의 말에 반박하는 시현의 입술이 삐죽거리면서도 행복하다.

"왜 그래. 네가 잘 몰라서 그래. 우리 유민이가 알고 보면 얼마나 여리고 착한 앤데."

완전히 콩깍지가 단단히 덮인 듯한 그녀에게 더 이상 뭐라 떠드는 것도 헛수고라는 것을 아는 듯 지완은 더 이상 그녀의 말에 대꾸하지 않는다.

"걱정시키기 싫어. 얼른 택시라도 잡고 가면 갈 수 있을 거잖아."

"돈이 만만치 않을 덴데."

판소리의 추임새처럼 지완의 대꾸는 시현의 흥을 돋운다.

"억만금이 든다고 해도…… 그 애가 괴로워하는 건 싫어. 내가 어디 있는지도 모르고 애타면서 기다리게 하는 것, 그 기다리는 게 얼마나 힘든지 알고 있으니까 꼭 가야 할 거 같아. 나를 필요로 하고 있을 거야. …아, 내가 말이 너무 길었지. 미안해. 그럼 나 가볼게."

시현은 자신이 혼자 유민이 생각에 잠겨 이런저런 말을 처음 본 사람에게 한 것이 부끄러워졌다. 이내 말을 마치고 힘차게 돌아선다.

그의 이야기를 하면서 그녀도 그가 너무 보고 싶어진 모양이다. 유민이 아니라 그녀가 애가 타게 보고 싶어서 잠이 들지 않을 것 같기 때문이다. 그러나 그녀는 쉽게 일어서지 못했다. 이번에는 지완이가 그녀를 잡았기 때문이다.

"이 밤에 여자애 혼자서 뭘 탄다고 그래."

"아얏."

"앉아. 아무리 네가 얼굴이 무기고 몸이 방패라고 해도 그렇지. 아직 세상 물정을 몰라도 이렇게 모르냐? 잘 들어. 돼지는 얼굴보고 잡아먹을 게 아니야. 알았어?"

"뭐라고?"

다시 돼지라는 말이 나오자 발끈한 시현이지만 이내 지완의 손에 의해서 소파에 도로 앉혀졌다. 다시 박차고 일어나도 되지만, 끌어내리는 지완의 표정에서 자신을 걱정해 주는 듯한 느낌에 다시 선뜻 나서기가 무안해진 그녀였다.

"네 몸 걱정이나 해! 그 녀석이 어디라도 간다냐? 왜 이렇게 달싹거려!!"

윽박을 지르고는 지완도 자신이 왜 이렇게 흥분을 하는지 이해가 되지 않는지 잠시 머뭇거린다. 간다고 하면 아무 상관 없이 보내면 될 것을 왜 이렇게 자신이 달싹거리며 안달하고 있는지……. 한데 계속해서 앙탈을 부리며 가겠다고 버럭 소리를 지를 것 같던 그녀가 이제 말이 없다. 의외라는 생각에 지완이 조심스레 시현이 쪽을 바라보았다.

"…야."

눈물이 한가득 고인 시현의 눈을 보고는 놀란 나머지 지완이 더 말
도 잇지 못하고 그녀를 바라보고 있다. 하지만 시현은 그를 향해 고
개를 흔들어 보인다. 너 때문에 우는 것이 아니라는 것을 말하고 있
는 것이었다. 그리고 그녀의 입가에 이내 옅은 미소가 띤다. 슬픈 웃
음이 한가득 시현이의 얼굴을 자리하고 있었다. 그리고 조심스레 그
녀가 입을 연다.

"몰라, 모르겠어. 넌… 모를 거야. 그래, 유민이 거기 그대로 있을
거야. 그런데 실은 내가 지금 너무 불안해."

"뭐?"

어이가 없는 지완이 떨어지는 시현의 눈물을 멍하니 바라보고만
있다.

"못 본 지 겨우 하루가 되어가는 것뿐인데 그런데 유민이가 어디
론가 가버릴 것 같아서 불안해. 이대로 나 못 찾을 거 같아서…… 너
무 불안해. 아니, 나 찾다가 포기할 것 같아서 걱정돼."

소리없이 흐르는 눈물이 신기한 것인지 지완은 무언가 정말 신비
로운 것을 본 듯한 표정으로 그녀의 말을 듣고 있다.

"내게는 너무 과분한 사람이어서 늘 불안하고 걱정이 돼. 그런
데… 그런데 이렇게 마음이 늘 힘이 든데 이것보다 더 힘이 들어도
좋으니까… 이것보다 더 아파도 좋으니까 유민이가 곁에 있었으면
좋겠어. 그 사람만 있어주면 나 이런 것쯤 다 참을 수 있을 거 같아.
훗, 너한테 이런 이야기를 하는 게 너무 우스운데… 넌 아직 모르는
감정이지?"

“뭐?”

“그냥 네 표정이 그래서. 이런 이야기 하는 내가 이해할 수 없다는 표정이 아직 아파 보지 않은 사람 같아서. 아니라면 미안해.”

새하얗게, 그렇게 순수하게 시현은 눈물을 머금은 채 웃어 보인다. 그런 그녀의 표정과 물음에 지완은 아무런 대답도, 대꾸도, 받아침도 할 수가 없었다. 심지어 그녀와 눈이 마주치는 것조차 피해야 할 정도로 지완은 혼란스러워졌다.

다시 시현과 눈을 맞추며 한소리 해주고 싶었지만, 이내 그녀의 하얀 얼굴을 보기만 보아도 자신의 심장 박동 소리가 마이크라도 가져다 댄 것처럼 크게 들려와서 할 수 없는 그였다.

‘뭐, 뭐야, 이거. 저딴 돼지 같은 걸 보고 왜 이래.’

자신에게 소리치듯 말해도 보지만 이상스레 그녀가 사랑스러워 보이는 자신의 눈을 막을 수가 없었다. 사랑은 눈으로 하는 것이라고 누가 말했던가. 그렇게 눈으로 사랑하다… 사랑하다 이별하여 그 눈을 감을 때 아픈 눈물이 흐르는 것처럼 지금 자신의 눈을 감으며 피하려 하지만 계속해서 끌리는 시선을 그도 막을 수가 없었다. 하지만 입이라는 것은 무척이나 간교한 것이라 눈이 할 수 없는 거짓말을 하곤 한다. 지금 지완의 입이 그렇게 움직이고 있다.

“그 딴 거 누가 알고 싶기라도 한대? 암튼 그 자식한테 네가 여기 있는 거 말했으니까 네가 하는 생각 따위는 안 할 거야. 그러니까 더 고집 피우지 말고 그냥 오늘은 여기서 자고 가. 내일 네가 그렇게 안달해하는 녀석 앞에다 내려줄 테니까!”

버럭 화를 내며 그가 일어서 버린다.

하지만 시현이는 그의 행동에는 아무런 신경이 쓰이지 않은 모양이다. 그저 그가 전해준 이야기가 그녀를 기쁘게 하고 있었다.

"정말이야? 유민이가 나 여기 있는 걸 알아?"

"젠장."

"그렇구나. 그랬구나. 다행이야. 정말 고마워. 너 생각보다 훨씬 괜찮은 애 같아. 고마워, 고마워."

기분이 좋아져 버린 시현이 연신 떠들어댔고, 그런 그녀의 모습을 보는 지완은 괜스레 화가 치솟기 시작했다. 이제는 유민이 안다는 사실 하나로 조금 전만 해도 자고 가지 않겠다고 고집을 피우던 시현이 아무런 반항 없이 자고 가겠다고 순순히 응해서 안내된 방으로 들어가 잠자리에 들기까지 한다.

그런 그녀의 방문을 닫아주며 나오는 지완의 입가에 작은 욕이 튀어나온다. 왠지 씁쓸한 패배의 기분이 드는 것이다. 무언가를 하지도 않았지만, 이상스레 그녀의 행동들 하나하나가 그의 신경을 건드리고 있었다.

거실로 빠르게 발걸음을 옮긴 지완이 진열되어 있는 술 중에서 하나를 급하게 열어 잔에 부어 마신다. 그리고 씁쓸한 그녀의 말들을 떠올리며 혼자 중얼거리기 시작했다.

"그래, 너의 그런 유치한 감정들 따위는 난 몰라. 하지만… 하지만 너도 모를 거다. 겨우 하루 본 기집애한테, 그것도 다른 새끼 이야기를 하면서 울고 웃고 하는 여자한테 이런 기분 드는 거. 유치한 사랑

놀이나 이렇게 하고 있다고 자랑하듯이 이야기하는 너한테 그리고 그런 사랑 놀음받고 있는 그 새끼한테 알 수 없는 화가 나는… 이런 마음. 지랄맞군. 너도 이딴 건 모르잖아."

다시 급하게 한 잔을 더 따라 마시던 지완이 쓴 술이 목을 타고 넘어가자 갑자기 날카로운 냉소를 띤다.

"그래… 모른다면 알게 해주면 될 거 아냐. 네 감정을 내가 알았으니 너도 알아줘야 하는 게 공평하지. 안 그래? 쿡, 네 잘못이야. 네가 날 화나게 한 게 잘못이라고."

그리고는 천천히 걸음을 옮겨 시현이 잠들어 있는 방으로 걸어간다. 가만히 그녀의 방문에 손을 올려보며 웃던 시현의 얼굴을 떠올린다. 그렇게 잠시 서 있던 지완이 마음이 진정이 되었는지, 그도 아니면 자신의 이런 감정들이 너무 기가 막혔는지 씁쓸하게 웃음을 지으며 이층으로 올라간다.

이층으로 올라가서 쉬고 있던 지완에게 전화가 온다.

"여보세요?"

[지완아.]

"뭐야? 또 볼일있냐?"

[아니, 그게 아니라 그 자식 지금 너희 집에 간다고 갔어.]

"뭐?"

유민이 자신의 집으로 오고 있다는 소리에 놀란 지완이 침대에서 몸을 일으켰다.

[어쩔까? 일이 일어날 거 같으면 우리 지금 바로 갈까?]

평소에 무척이나 지완이를 따르던 진우가 한 전화였다.

"아니야. 그럴 줄 알았어. 그 녀석이라면……. 그냥 내가 알아서 할 테니까 너희들은 모른 척해라."

시현의 말을 듣고 그가 올 수도 있다는 생각을 하기도 했지만, 이렇게 직접 전화를 받고 보니 조금 당황스러운 지완이었다. 전화를 끊고 잠시 생각에 잠긴 지완이 얄밉게 씩 웃어 보이고는 아래층으로 발걸음을 옮겼다.

한편 시현의 위치를 알게 된 유민은 더 이상 지체를 할 수가 없었다. 억지로 국어 선생님의 차 키를 빼앗아서 지금 성북으로 달려가고 있는 중이었다. 무면허로 그는 지금 120㎞를 밟고 있는 것이다. 겁을 상실한 유민의 머리 속은 성북이 가까워올수록 더욱 불안해졌다.

1시간이 조금 지났을까? 미친 듯이 속도를 내며 달려오던 유민이 성북 안으로 들어서서는 속도를 천천히 줄이기 시작했다. 그리고 들어선 곳에서 돌기 시작하면서 유민은 아까 그 녀석들을 다 죽여놓고 오지 못한 것을 한스럽게 여겼다. 들어선 곳의 집들은 다 커다랬고, 비교하기란 너무 힘든 일이었다.

"이런, 그 새끼들이 많은 집들 중에서 어떻게 다 비교해서 찾으란 말야."

다시 걸리면 정말 박살을 낼 거라는 생각에 잠기면서 유민은 능숙하게 핸들을 돌려가면서 골목을 휘젓고 다녔다. 커브 하나를 도는 순간 유민은 아까의 생각들을 모조리 지워야 했다. 막 모습을 들어낸

집 하나는 이 동네의 모든 집들과는 비교도 되지 않을 만큼 큰 집이었기 때문이다. 유민이 얼른 급하게 브레이크를 밟는다. 그리고 한구석에 조용히 차를 대고는 유민은 망설임없이 차에서 내려 다시 그 집을 바라보았다. 아무래도 우리 나라에서 제일 큰 집이 아닐까 하는 생각이 들 정도로 큰 집이었다. 산 하나를 가져다 놓은 듯한 그 집은 감상하고 있기에 고개가 아플 정도였다. 이 기세에 눌릴 수 없다는 듯이 유민은 빠르게 걸어서 지완의 집 대문으로 향했다.

딩동~

초인종 소리가 들리고 이내 지완의 목소리가 불만스럽게 유민에게 들려왔다.

[날아왔냐? 더럽게도 빨리 왔군.]

누구냐는 말 대신에 벌써 올 것을 기다리고 있었다는 듯한 지완의 말투가 굉장히 유민의 신경을 거슬리게 했다.

"구시렁거리지 말고 얼른 문 열어!"

자신의 집 앞에 와서 소리를 지르는 것마냥 당당하게 유민은 지완에게 대꾸했다.

곧 순순히 대문이 열리고 유민이 집으로 들어섰다. 돌 계단을 급하게 오른 유민의 두 눈에 친절하게도 현관까지 나와 있는 지완이 눈에 띄었다. 급하게 달려와서인지 유민은 숨을 거칠게 몰아쉬며 사나운 눈으로 지완을 노려본다.

"젠장. 뭐가 이렇게 멀어."

달려오면 금방 현관에 다다를 거라는 유민의 예상과는 달리 집의 정원이 너무 컸나 보다. 유민은 급하게 달린 것이 잘못된 선택이었다는 것을 지완에게 따지듯이 내보이고 있었다. 유민이 이렇게 헉헉댈 정도로 먼 거리를 지완은 투덜거리면서도 시현을 안아 들고 왔던 것이다.

"킥, 그 거리를 뛰어왔냐?"

"시끄러!! 얼른 시현이나 내놔!"

다짜고짜 시현이부터 찾는 그. 그의 눈에는 이미 그녀의 안위가 제일 확인하고 싶은 모양이었다.

그런 그에게 의외로 순순하게 그녀가 있는 곳을 가리키며 지완이 앞장서서 방까지 안내했다. 그의 안내를 받으며 따라가던 유민은 혹시나 하는 마음에 조심스레 그에게 묻는다.

"야, 너 설마 우리 시현이한테 무슨 짓 한 건 아니겠지!"

그런 그의 물음이 지완의 간지럼 부위라도 건드리고 지나갔는지 지완은 앞서 걸으며 킥킥거리기 시작했다. 그런 그의 행동이 무척이나 마음에 안 드는 유민의 표정이 일그러진다. 하지만 그런 그를 슬쩍 돌아보는 지완은 어이없다는 표정을 짓고 있었다.

"내가 네 녀석처럼 눈이 그렇게 낮은 줄 아냐? 난 그런 여자 돈 얹어줘도 싫다."

그런 지완의 말에 안도스런 마음이 들던 유민은 한숨을 내쉬다가 가만 생각하니 시현을 욕한 것이라는 걸 알고 다시 한 번 지완을 뒤에서 째려본다. 그러는 동안 둘은 시현이 잠들어 있는 방문 앞에 도착했다.

살며시 시현이 잠든 방문까지 열어주며 지완은 그 문 앞에 서버린다. 하지만 유민은 그런 지완에게 신경 쓸 겨를도 없이 방 안으로 들어섰다. 포근한 솜이불 안에서 조용히 잠들어 있는 시현이를 발견하고서야 뻣뻣하게 굳어 있던 유민의 어깨가 조용히 내려앉는다. 그리고는 조용히 발걸음을 옮기며 그녀의 곁으로 가서 앉는다. 가만 그녀를 내려다보니 시현은 울었는지 눈가가 촉촉하게 젖어 있었다. 그녀의 눈물이 무척이나 안타까운지 조심스레 손을 뻗어 닦아보는 유민의 표정이 안쓰럽다.

그런 유민의 마음을 알기라도 한 것일까. 갑자기 유민의 다가온 손쪽으로 부드럽게 고개를 돌리며 편안한 표정을 짓는 시현. 잠든 모습이 더없이 행복해 보였다. 아마도 라일락 향기, 그의 향기를 맡은 것이리라. 그의 향기가 그녀의 코끝에 온 것만으로도 이만큼이나 시현은 평안해하고 있었던 것이다. 잠들어 있는 잠결에서마저 말이다. 그런 그녀의 마음을 알았는지 조심스레 그녀의 볼을 쓰다듬으며 웃어 보이는 유민의 얼굴도 행복해 보인다.

지완은 그런 그들의 모습을 잠시 문밖에 서서 그대로 지켜보고 있었다. 하지만 이내 유민의 표정이 밝아질수록 지완의 눈빛은 날카로워져 가고 있었다. 그런 그의 눈길이 느껴지지 않는지 한참을 그렇게 앉아 있던 유민이 조심스레 시현이를 안고 일어섰다.

그리고는 방을 빠져나가기 위해서 문 쪽을 향했다. 그때까지 가만히 둘을 모습을 바라보고 있는 지완의 입은 굳게 닫혀 있었다.

그런 지완이를 향해서 잠시 눈길을 주던 유민은 고맙다는 말도 하지 않는다. 그저 그를 조용히 스쳐 지나가는 것이 유민이 할 수 있는 최선이었던 것이다. 그리고 곧바로 유민은 그렇게 시현이를 안고 집 밖으로 나왔다.

그런데 웬일인지 지완은 그런 둘을 따라서 현관 밖으로 나온다. 그리고 둘이 나가는 길을 천천히 따라오고 있는 것이었다.

'뭐… 뭐야, 저 자식.'

유민은 조금 뻘쭘해지는 모양이었다. 지완이 마중을 하는 것일 리는 없지만, 이렇게 따라 나오는 것이 부담스러운 것이었다. 그에게 뭐라고 말이라도 해야 하는 것인가 심각하게 고민하던 유민의 앞으로 이제는 갑자기 속도를 내던 지완이 앞장선다.

유민은 놀란 눈으로 지완을 잠시 쳐다본다. 그런 유민과 눈이 마주치자 이젠 씨~익 하고 웃어 보이는 지완이었다. 정말 당황스러운 표정의 유민이 그저 빠르게 발걸음을 옮길 뿐이다. 그런데 갑자기 홱 돌아보던 지완이 대뜸 유민에게 엉뚱한 걸 묻는 것이 아닌가!

"솔직히 말해 봐. 무겁지!!"

아무래도 지완은 거뜬하게 시현이를 안고 나가는 유민에게 심통이 난 모양이다. 그리고 아까 하던 시현의 혼잣말이 신경이 쓰이기도 한 모양이었다. 갑작스러운 지완의 물음에 적지 않게 당황한 유민이 고분하게 대답을 한다.

"뭐? 아니, 안 무거운데."

하지만 이에 지지 않겠다는 듯이 지완이 바로 대답을 다시 강요하기 시작했다.

“거짓말. 거짓말하지 마. 무겁잖아. 무거운 거 알아.”

“이 자식, 왜 이래.”

“빨리 솔직히 말해.”

대답을 듣지 않고는 갈 수 없다는 듯이 지완은 유민의 옆에서 나란히 걸어가며 집요하게 물어댄다.

“안 무겁다니까. 왜 이래?”

이제 유민은 짜증이 잔뜩 섞인 목소리로 대답했다. 그리고는 이제 더 이상 대답을 하기 싫다는 듯이 그를 제쳐 두고 걷기 시작했다. 하지만 집요한 물음은 거기서 멈추지 않았다. 지완은 유민보다 더 성큼거리며 앞으로 나아가서는 이제 그의 앞길을 완전히 막아서서 다시 묻기 시작했다.

“정말? 정말 안 무거워?”

이해 할 수 없는 지완의 행동에 이제 유민의 이마에 힘줄이 잡히기 시작했다.

“너, 죽고 싶냐? 빨랑 비켜라!”

그러나 여기서 만만하게 물러설 지완이가 아니었다. 이제 은근히 유민의 약까지 올리는 그였다.

“이거 땀 아니냐? 무거운가 보네. 아니면 대답을 왜 회피하는 거냐?”

씩~ 웃더니 빈정대면서 손가락으로 유민의 이마에 송골송골 맺힌 땀을 가리키기까지 하는 지완이었다. 그런 지완의 행동에 인내심이 뚝 하고 끊어졌는지 유민은 버럭 하고 소리를 질러 버린다.

"비키라니깐! 무거워 죽겠는데 이 새끼가 누구 속에 염장 지르나!
…헉!"

지완의 잔꾀에 퐁당 하고 빠져 버린 유민은 말을 잇다가 그만 입을
다물어 버리고 이런 그의 대꾸에 뭐가 그렇게 좋은지 지완은 웃고 난
리가 났다.

"큭큭큭~ 거봐, 그러게 왜 안 무겁다고 거짓말을 하냐. 진작 솔직
하게 말할 것이지."

잠시 그 녀석이 미친 것이 아닐까 하고 쳐다보던 유민이 어이없다
는 듯이 시선을 떨구려 하는데 아래가 이상하다. 천천히 아래로 시선
을 내린 유민은 자신을 똥그랗게 뜬 눈으로 쳐다보고 있는 시현이의
눈과 마주친다.

"헉!"

아차 싶은 유민이었다. 시현이가 깨어 있는 것을 지완이 먼저 눈치
채고 자신을 골탕 먹인 것이라는 생각이 이제야 들지만… 이미 늦은
것 같았다.

"아, 시, 시현아, 언제 깼어?"

하지만 실수한 유민에게 되돌아오는 시현의 말투는 섭섭함이 가득
묻어 있었다.

"내려줘."

딱 하고 들어먹은 지완의 잔꾀. 무겁다는 말을 듣고 그대로 삐쳐
버린 시현은 이 밤에 자신을 데리러 달려온 유민에게 고마워하기는
커녕 이렇게 내려달라고 퉁퉁거린다. 이제 그녀를 달래는 것이 유민

에게는 남은 과제였다.

"시현아, 그게… 그게 아니라……."

진땀을 비 오듯이 마구 흘리며 용서를 비는 유민이지만, 아무래도 시현은 단단히 삐친 모양이었다.

"몰랐어, 내가 그렇게 무거웠는지. 내.려.줘."

딱딱 끊기는 살벌한 시현의 말에 유민은 얼른 그녀를 내려주었다. 하지만 억울한 것이 여전한 유민이 다시 시현에게 말하기 시작했다.

"아니, 저 새끼가 계속 시비 걸면서 길을 방해해서 말이 헛나온 거야. 시현아, 정말이야."

"김유민."

그의 말에 대꾸를 하기는커녕 시현은 조용한 목소리로 유민이의 풀네임을 불렀다. 시현의 강한 부름에 거칠던 유민은 온데간데없고 바로 꼬리 흔드는 강아지마냥 대꾸한다.

"응?"

"미워."

"헉."

시현은 유민을 그 자리에 내버려 두고는 먼저 돌 계단을 내려가 버린다. 밉다는 말까지 들어버린 유민은 그 상처가 컸던지 그 자리에 돌 비석처럼 굳어져 버렸다.

"아악~! 시현아, 잠시만! 잠시만 기다려!!"

뒤늦게서야 돌에서 풀려난 유민이 그녀의 뒤를 따라가려는데 뒤에서 지켜보던 지완이 다시 마구 웃어대며 한마디 던진다.

"킥킥, 단단히 삐친 모양인데? 잘 달래봐~"

"너 이 자식, 다음에 만나면 죽었어."

싱글거리는 지완이를 향해 뭐라고 협박도 제대로 하지 못하고 시현에게 달려가기 바빠하며 유민은 다시 뒤돌아 달리기 시작했다.

급하게 내려가던 유민은 얼마 가지 못하고 대문 앞에서 꿍 하니 주저앉아 있는 시현이를 발견하고는 남은 계단을 훌쩍 뛰어내렸다. 멀리가지 않은 그녀가 고마운 유민이 조심스레 시현이를 불러본다.

"시현아."

그런 그의 부름에 마음이 조금은 약해졌는지 표정은 풀리지 않았지만 그래도 그에게 말을 하기 시작했다.

"내가… 그렇게 무거워?"

앙팔스러운 그녀의 물음에 귀여워 죽겠다는 듯이 유민은 싱긋 웃어 보인다. 달려가서 그녀를 덥석 안아보고 싶지만 우선 그녀의 마음을 달래주는 것이 우선이라는 생각에 자제를 하면서 그녀의 말에 성의껏 대답한다.

"아~니. 누가 그래, 우리 시현가 무겁다고! 저얼~대로 아니야. 하나도 안 무거워."

방금 자신을 안고 무겁다고 소리치던 유민이건만 이제는 저렇게 용서를 빌면서 아니라고 우기고 있으니 시현은 용서를 해야 할지 말아야 할지 고민스러운 모양이었다. 하지만 이렇게 달려와 준 유민이 생각이 났는지 뾰로통하던 시현의 얼굴이 조금씩 풀리기 시작했다. 그리고 이내 그를 향해서 웃어 보이더니,

"좋아. 그럼 특별히 용서해 줄게."

하고 말한다. 그녀의 표정이 이리저리 바뀌는 것을 바라보면서 잔뜩 긴장을 하고 있던 유민은 그녀의 용서라는 말에 뛸 듯이 기쁜 얼굴로 그녀에게 달려가서는 꼭 안아본다. 하지만 기쁜 마음으로 안아보고 있는 그의 귓가로 잔인한 시현의 말소리가 들려왔다.

"대신 벌로 날 업고 이 동네 열 바퀴 돌아줄 거지?"

순간 경직되어 버린 유민이 천천히 시현이를 가슴에서 떼어놓았다. 굳어 있는 유민의 얼굴을 보며 대답을 기다리고 있는 시현. 그런 시현에게 식은땀을 잔뜩 흘리면서 유민이 대꾸한다.

"저, 저기 시현아, 있잖아. 여기 이 동네 말이야. 굉장히 커. 그리고 국어 선생님 차도 내가 마음대로 가지고 와서 얼른 돌아가야 하거든."

유민의 이런저런 핑계들이 시현의 기분을 다시 상하게 만들고 있는지 서서히 그녀의 표정이 굳어지고 있었다. 그런 그녀의 표정을 살피는 유민에게 시현이 잔뜩 숨죽인 듯 조용히 말한다.

"싫다는 거야? 그래, 그런 거구나. 그런 거였구나. 내가 무거워서 이젠… 싫어진 거구나."

비약까지 해가면서 울상이 되어가는 시현의 얼굴에 놀란 유민이 마구 고개를 흔들어댄다.

"아니야. 아니야."

미친 듯이 고개를 흔드는 유민의 앞길이 캄캄하도다.

"다섯 바퀴!!"

결국 유민은 그녀를 업고 지금 다섯 바퀴째 성북동을 돌고 있었다.
그런 그의 등 뒤가 뭐가 그렇게도 좋은지 시현이 싱글거리면서 힘들
어하는 유민에게 묻는다.

"유민아!"

"……으응?"

"무거워?"

재미가 있는지 시현은 계속해서 그걸 물어본다. 그런 그녀의 물음
에 다 죽어가는 듯이 걸어가던 유민은 금세 안색을 바꿔서 웃어 보이
면서 대꾸한다.

"아니~ 하나도 안 무거워. 우리 시현이가 얼마나 가벼운지 뛸 수
도 있겠는걸."

달진해서 죽을지도 모른다는 말을 하고 싶은 유민이지만 지금 상
황에서는 겉과 속이 다른 그가 될 수밖에 없는 것이다. 이런 고통을
아무것도 모르는 시현은 그저 좋은지 마구 웃어 보이더니 이내 하는
말이 유민을 어이없게 한다.

"그래? 그러면 남은 다섯 바퀴는 뛰어서 돌아줘!"

"헉!! 뭐, 뭐라고?"

당황하는 기색이 역력하자 시현은 다시 뒤에서 유민을 흘겨본다.

"방금 그랬잖아 뛸 수도 있겠다고. 왜 싫어?"

"아니! 그럴 리가 있겠어? 꽉 잡아. 우리 시현이 떨어지면 안 되니
까!!"

유민은 속으로 지완이의 욕을 엄청 해대면서 이제는 뛰어다니기

시작한다. 그렇게 시현이의 말도 안 되는 고집으로 둘은 새벽이 되어
서야 국어 선생님의 차를 타고 학교로 돌아갈 수 있었다.

　다음날이 되고 시현이는 싱글거리는 얼굴로 학교에 갈 수 있었지
만, 유민이는 허리에 파스를 붙이고도 하루 종일 잘 걷기조차 못했
다. 아무래도 어제의 무리로 인해 후유증이 오래 갈 것 같았다.

여름 방학

#8

#8

여름 방학

기다리던 여름 방학이 시작되자 유민은 시현이와 처음 맞는 방학 동안 추억을 만들기 위해서 아르바이트를 시작했다. 물론 부모님께 용돈을 얻어서 여행을 가는 것도 좋았지만, 그보다 자신이 무언가를 해서 번 돈으로 시현이를 기쁘게 해주고 싶은 마음이 컸던 것이다.

방학이 시작하자마자 패스트푸드 점에서 일자리를 구한 유민은 오늘도 열심히 아르바이트 중이었다. 유민의 아르바이트 시간이 오후 근무가 되어서 얼굴을 잘 볼 수 없는 점을 감안하여 그녀는 오늘도 그가 일하는 곳으로 가려는 중이었다. 사람들의 유동성이 많은 곳이어서 그를 쉽게 볼 수 있다는 것이 가장 좋은 점인 것 같다는 생각을 하며 시현은 이른 시간에 집을 나섰다.

주문하는 동안만 잠시 얘기를 나누고 음식 먹는 동안만 잠깐 얼굴을 볼 수 있었지만 그래도 즐거운 모양인지 시현의 기분이 묘하게 들떠 있었다. 기분과 같이 시원해 보이는 하얀 원피스는 그녀가 그를 보러 가기 위해서 한껏 치장을 했음을 보여주고 있었다.

콧노래를 부르며 패스트푸드 점의 문을 여는 시현의 뒤에서 별안간 귀에 익은 목소리가 들려왔다.

"어이~ 거기 흰 원피스 입은 돼지!"

자신의 몸매를 우롱하는 듯한 표현에 독기를 품은 시현이 재빠르게 뒤돌아서서 목소리의 원천지로 눈길을 보낸다. 하지만 이내 독기를 품은 눈을 거두고 놀란 눈으로 바뀌는 시현이었다. 이유인즉 그곳에는 지완이 서 있었기 때문이다. 못 본 사이에 하얗던 그의 얼굴과 드러난 맨살들이 여름 볕에 잘 그을려 있었다. 건강해 보인다고 해야 할까? 잠깐 사이에 많이 성숙해진 듯한 지완을 보는 시현의 놀란 눈이 동그랗다.

그런 그녀의 눈길이 재미있는지 연신 키득거리는 지완이 말을 이었다.

"어이~ 돼지야, 눈알 굴러 나오겠다. 킥킥~ 잘 지냈냐?"

하지만 시현은 가게 앞에서 연신 지완이를 아래위로 쳐다보면서 그에게 선뜻 인사를 하지 못했다. 자신을 돼지라고 부르는 그가 마음에 안 들기도 하고, 못 본 사이에 훨씬 멋있어진 그에게 칭찬을 해야 하나 말아야 하나 고민이 되는 중이었던 것이다. 그런 그녀에게 의아하다는 듯이 지완이 다시 말을 꺼냈다.

“돼지야, 너 왜 그러냐? 더위 먹었냐? 멀뚱멀뚱거리긴. 내 얼굴에
뭐 묻었냐?”

자신의 얼굴을 매만지는 지완을 바라보면서 시현은 그제야 입을
열었다.

“아, 오랜만이야. 그런데 넌 왜 사람을 보자마자 돼지, 돼지 하는
거야. 너 이렇게 예쁜 돼지 봤어?”

“확실하게 더위를 먹었구나. 아니면 날 보자마자 넋이 나갔거나.”

능글맞게 웃으며 말하는 지완의 말뜻을 이해하지 못했는지 시현이
고개를 갸우뚱한다.

“멍청한 건 여전하구나. 내가 너무 멋져져서 날 보고 넋이 나갔다
고. 하지만 반하면 곤란한데.”

“……”

물론 그의 말이 맞기는 했지만, 이렇게 돼지타령에 멍청하다고 자
신을 욕하고 있는 그에게 칭찬을 해줄 만큼 시현은 바보가 아니다.
그렇게 자아도취에 빠져서 떠들어대고 있는 지완을 한심하다는 듯이
바라보던 시현이 이내 그를 남겨두고 대꾸도 없이 가게 안으로 들어
가 버린다.

그녀의 갑작스런 사라짐으로 적지 않게 당황한 지완의 얼굴이 약
간 붉어진다. 그리고 재빠르게 그녀의 뒤를 따라서 가게 안으로 들어
서는 그가 낮게 중얼거렸다.

“우씨, 저게 날 무시했겠다. 죽었어.”

패스트푸드 점에 들어서자 시현은 카운터를 기웃거리면서 서성이

고 있었다. 그런 그녀의 곁으로 그가 다가가자 인기척을 느낀 시현이 돌아다보고 지완임을 확인하고는 더러운 벌레라도 본 듯이 다가오는 그의 곁에서 한 걸음 물러선다.

적지 않게 그녀의 얄은 장난스런 표정이 마음에 안 들었는지 지완의 미간에 진하게 주름이 가기 시작했다. 그리고 오랜만에 들리는 그의 싸가지없는 말투가 시현에게 들려왔다.

"돼지 너, 자꾸 그런 식으로 까불면 죽는 수가 있다!"

살벌한 지완의 표정과 말에 시현은 서늘한 에어콘 때문이 아니라 식은땀으로 등줄기가 싸했다. 얼른 물러났던 걸음을 원위치 시키면서 비굴한 웃음으로 지완을 쳐다보는 그녀.

그제야 지완의 표정이 다시 원래의 표정으로 돌아왔고, 시현은 그런 그를 확인하고 다시금 유민이를 찾기 위해 시선을 돌리고 있었다. 한데 그런 그녀보다 먼저 유민이를 발견한 지완이 그녀에게 그의 위치를 알려준다.

"저기 있네. 그런데 왜 저기만 기다리는 사람이 저렇게 많냐? 저 새끼 있는 곳은 이벤트라도 하냐?"

그의 손짓을 따라 유민을 본 시현이 방긋 웃는다. 그곳에서는 열심히 웃어대며 유민이가 주문을 받고 있었던 것이다.

그런데 지완의 의문대로 정말로 유민의 계산대에만 줄이 한가득 있는 것이 아닌가. 뭔가 하나 싶어서 기웃거리던 시현은 이내 방긋거리던 입술을 다물었다. 둘러본 결과 이벤트가 아니라 그저 주문을 받는 그곳에는 여자들만 한가득 줄을 서서 유민의 계산을 기다리고 있는 것이었다.

비어 있는 계산대도 많고, 옆 계산대의 여아르바이트생이 이리로 오시면 빨리 해드린다고 해도 줄을 선 여자 손님들은 들은 척도 하지 않고 유민의 앞에 줄을 서 있는 것이었다. 이런 상황이니 웃다가도 화가 날 수밖에 없는 시현이었다. 이대로 그를 방치해 둘 수 없다는 생각이 드는 시현이가 이마에 힘줄을 불끈 세우고 눈에 힘을 단단히 주더니 당당하게 계산대 앞으로 걸어가기 시작했다.

"어이, 돼지야."

그런 시현의 앞일이 불 보듯 뻔한 지완이 그녀를 잡아 세우려 하지만 시현은 이미 계산대로 가 있는 상태였다. 고개를 절레절레 흔들며 지켜보기를 선택한 지완의 얼굴에 묘한 웃음이 감돈다.

"유민아."

빠르게 계산대로 다가간 시현이 유민이를 다급하게 불렀다. 그러자 한 줄로 서 있던 여자 손님들이 모조리 시현이에게 시선을 고정한다. 그런 상황을 모르는 유민과 시현은 얼굴을 본 것이 무척이나 반갑다. 유민이 반갑게 시현이의 이름을 부른다.

"어! 시현아?"

이제 시현이 유민이를 부른 때보다도 여자 손님들의 시선이 시현이를 향하는 것이 더 따갑다. 이제 살벌해지기까지 한 여자들 중 제일 앞에 서 있던 한 명이 참지 못하겠다는 듯이 시현이에게 톡 쏘아붙이면서 말을 한다.

"이봐요. 줄서요, 줄! 교양없이 지금 새치기하는 거야, 뭐야."

갑작스런 앙칼진 여자의 목소리에 적지 않게 당황한 시현이 그녀에게 시선을 돌리면서 애써 해명하려 했다.

"저기, 그게 아니라요. 사려고 하는 게 아니라⋯⋯."

하지만 그녀의 말은 이내 끊긴다. 이번에는 두 번째 줄에 서 있던 여자가 한마디 했던 것이다.

"참네. 아는 사이면 다야? 멍청하게 생겨 가지고는 왜 저래?"

이번에는 두 번째 여자를 쳐다보며 무안한 시현이 대꾸하려 한다.

"저기, 전 그게 아니라⋯⋯."

하지만 이번에도 시현이는 말을 마치지 못했다. 이제는 중간쯤 서 있던 여자 한 명이 고개를 앞으로 쑥 내밀더니 반말로 그녀에게 마구 쏘아붙였기 때문이다.

"야! 너 장난하냐? 줄 안 보여, 줄! 콱 저걸 그냥. 뒤로 가서 안 서? 누군 새치기 못해서 안 해?"

이제 억울하기까지 하다는 시현이 울상을 지으면서 뒤쪽을 바라보며 말한다.

"저기⋯ 말 좀 들어주세요."

계속 시현의 말은 무시되고 이제는 누군가 시현의 옷자락을 뒤에서 잡아끌었다. 뒤돌아본 곳에는 내려다보아야 할 정도로 작은 여자 아이가 서 있었다. 유치원생 정도로 보이는 여자 아이는 당찬 목소리로 시현에게 나무라기 시작했다.

"유치원 중퇴했어요? 왜 이렇게 못 알아들어요? 나 지금 30분 동안 기다린 거란 말이에요. 줄서요."

어른스럽게 타이르듯이 말하는 여자 아이의 말에 시현은 아까 다짐했던 불끈거리는 사명감은 잊어버리고, 이제 얼굴이 붉게 타오르고 있었다. 그리고는 이 부끄러운 상황에 유민을 다시 쳐다보지만, 유민도 어쩔 수 없다는 듯이 식은땀을 흘리며 미안해하고 있을 뿐이었다.

하는 수 없이 시현은 유민에게 인사조차 제대로 하지 못하고 돌아서야만 했다. 그런데 돌아선 시현에게 첫 줄에 섰던 여자가 유민에게 하는 말이 들려온다.

"유민 씨~ 저런 애들 때문에 고생이 심하죠? 어휴, 어제보다 얼굴이 더 핼쑥해진 거 같아요. 쉬엄쉬엄해요."

어이가 없던 시현이 잠시 돌아보지만, 이내 체념하듯 돌아섰다. 그녀들은 지금 일주일째 유민을 보러 같은 가게에서 주문을 하고 있었던 것이다. 이렇게 유민이 일하게 된 지 며칠 만에 그 계산대는 유민의 고정석이 될 정도로 호황을 누리고 있었던 것이다. 이런 그를 지켜보는 시현은 적지 않은 소외감을 느꼈지만, 그런 그여서 자신이 좋아한 게 아니냐며 스스로를 위로할 뿐이었다.

터벅터벅 다시 지완이가 서 있던 자리로 돌아온 시현은 아직도 부끄러움이 가시지 않았는지 얼굴에 열이 올라 있다. 그런 그녀를 보면서 뭐가 그렇게도 신이 나고 재미있는지 지완은 배를 잡고 웃고 있었다. 그런 지완을 흘겨보는 시현의 눈빛은 지완이 잡고 웃는 배를 따버릴 정도로 날카롭다. 그런 시현의 마음을 아는지 모르는지 지완은 찔끔거리는 눈물을 닦으며 웃음 섞인 말은 내뱉었다.

"큭큭큭~ 아, 죽겠다. 돼지야, 너 얼굴 빨개져서 정말 돼지 색깔 됐어. 킥킥킥. 더러운 분홍색이다. 푸히히히~"

여기에 단두대라도 있으면 당장에라도 지완의 목을 베어버리고 싶은 충동을 느끼는 시현이었다.

지완이의 웃음소리 때문이었는지 줄을 서 있던 여자들이 하나둘씩 뒤돌아보기 시작했다. 그리고 다시 난리가 났다. 시현이 옆에 서 있는 지완을 보고는 이내 자기들끼리 난리가 난 것이었다.

"어머, 뭐 저런 기집애가 다 있니? 자기 옆에 과분한 남자를 두고 우리 유민 씨한테 꼬리치는 거였어?"

"그러게. 어휴, 재수없어. 꼭 못생긴 것들이 더 설치더라."

"야야, 저 남자 너무 괜찮다."

"무슨 복이래?"

"아무래도 저 여자 돈이 엄청 많나 봐."

"쳇. 돈 많으면 다야? 돈 많으면 얼굴이라도 뜯어고치지 그랬어. 저꼴로 뭐야. 아, 기분 나빠."

시현의 귀를 파고들 정도의 노골적인 큰 목소리로 말들을 이어가고 있었다. 속상한 시현은 울상이 되어서는 자신의 발을 내려보고 중얼거릴 뿐이었다.

"그런 거 아닌데……."

유민이를 만나러 온 반가운 마음은 이제 온데간데없고, 인사도 제대로 못하고 거기다가 지완이와 연결까지 되어서 욕을 먹는 심정이 괴로운 모양이었다.

가만 고개를 들어서 유민을 보지만, 저런 소리들 때문이었는지 유민의 얼굴이 딱딱하게 굳어져 있었다. 아무래도 지완이가 유민의 신경에 매우 거슬리는 모양이었다. 그날 이후 마주칠 이유가 없는 지완과 함께 등장한 시현이었기에.

한참 그렇게 여자들이 웅성거리고 그칠 줄을 모르는 순간 그녀들의 욕설이 단숨에 제압되어 버린다. 시현의 얼굴을 가리키면서 재미있다고 웃어대던 지완이 언제 웃음을 그쳤는지 표정이 잔뜩 험악하게 굳어서는 이제는 시현을 째려보는 눈길로부터 숨기듯이 자신의 몸을 앞으로 내어 막고 서는 그녀들을 향해 소리를 지른 것이었다.

"씨발, 그만 안 닥칠래? 화장실 가서 자기 얼굴들이나 보시지. 욕하고 싶으면 나와서 해. 내 귀에 정확하게 누가 말하는지 똑똑히 들리게 하란 말야. 그대로 밟아버릴 테니까!!"

어찌나 소름 돋고 살벌하게 말을 하는지 뒤돌아 서 있던 여자들이 단숨에 앞으로 돌아서 버렸다. 그런 지완을 올려다보는 시현의 눈길에 의아함이 잔뜩 묻는다. 딱딱하게 굳은 지완의 표정이 진지해 보인다.

진지해져 버린 사람은 지완만이 아니었다. 이제는 유민도 역시 잔뜩 굳어져서 그녀를 쳐다보지도 않고 있었다. 유민의 손은 많이 거칠어져 있었다. 이제는 손님이고 뭐고 어떻게 돼도 상관없다는 듯이 빠르게 계산하고 다음을 외쳐 대고 있었다. 손님들도 유민이 평소와 다르게 기분이 저기압임을 알아챘고, 다른 군말들도 하지 않았다. 중간중간 조금씩 다른 계산대로 빠져나가는 사람들도 보이기 시작했다.

지금 유민이 이렇게 스팀이 돈 것은 지완의 행동이 눈에 거슬렸기 때문이다. 시현이와는 한 번밖에 보지 않은 사이였고, 게다가 자신과 시현이의 관계를 알고 있는 녀석이 그녀를 보호하고 나선 것에 대해서 무척이나 열이 받아 있었다. 물론 시현이 곤경에 처했을 때 도와 줬다는 것은 고마운 일이었지만 이상스레 지금 자신이 아닌 다른 녀석이 시현의 옆에서 그녀를 보호하고 있다는 생각이, 그리고 자신이 그러지 못했다는 생각이 그의 화를 치솟게 만들었던 것이다. 그리고 지금 종업원으로서 일을 하고 손님에게 서비스를 제공해야 하는 자신의 입장이 무척이나 싫었던 것이다. 이런 입장에 서 있다는 이유 하나만으로 시현이에게 욕들이 쏟아질 때 지완이처럼 하지 못하고 그저 미안한 표정으로만 그녀를 지켜봐야 했다는 자체가 마음에 안 들어서 미칠 지경인 그였다. 그저 속으로 시현이에게 미안하다는 말 들을 해가면서 빠르게 계산만을 하는 유민의 표정이 지금 그러했다.

그렇게 빠르게 진행된 계산들 덕분인지 뒤늦게 줄을 선 시현이의 차례가 제법 빨리 돌아왔다. 뭐라 좋은 말이라도 하고 미안하다는 말 이라도 하고 싶은 유민이었지만, 이상하게 말이 반대로 튀어 나간다. 아까의 일이 아직도 정리되지 않은 채 유민의 머리 속을 어지럽히고 있었나 보다.

"주문하시겠습니까?"

형식적인 자신의 말에 유민도 놀랐지만, 그의 앞에 선 시현도 적지 않게 놀랐다. 조심스레 그를 불러보는 시현의 눈동자에 망설임이 가 득 배어 있었다.

"…유민아."

한참 시현의 시선을 피하는 그를 머뭇거리며 쳐다보고만 있는 시현이었고, 그렇게 또 한참이 지나서야 제대로 시현이를 쳐다보며 웃어줄 수 있는 유민이었다. 이렇게 주문을 하고 시현이를 뒤돌아 보내면 분명히 후회할 거라는 생각이 든 유민이 이젠 제법 방긋 크게 웃어 보인다. 그리고는 시현이에게 다정하게 한마디 건넨다.

"오늘 일은 나중에 이야기하자. 뭐 먹을래? 뭐 먹고 싶어? 내가 다 사줄게!"

유민의 표정에 이제야 마음이 놓이는 시현이가 그를 따라 덩달아 신나게 웃었다.

"정말? 음… 저거랑. 아, 저것도 먹고 싶었었어. 음, 또 뭐가 있을까?"

신이 나서는 계속해서 이것저것을 고르면서 웃어대는 시현의 모습을 보아서일까. 이제 유민의 마음이 한결 가벼워진다.

"그래, 그래, 다 줄게."

끄덕거리면서 그녀가 말한 것을 모두 주문하던 유민이 잠시 멈추더니 시현을 다시 쳐다보고 대뜸 묻는다.

"그런데… 저 녀석이랑은 어떻게 같이 온 거야?"

묻는 유민의 눈길이 잠시 자리에 앉아 있는 지완에게 머문다. 하지만 시현은 고개를 절레절레 흔들면서 웃음을 얼굴에서 지우지 않는다.

"아니야. 요기 앞에서 마주쳤어. 할 일이 없나 봐. 따라 들어와서 시비더라고."

　연신 즐겁다는 듯한 그녀의 흥겨운 말투에 유민도 덩달아 웃어 보이면서 그녀의 흘러내린 머리카락을 가볍게 귀 뒤로 넘겨준다.

　이제는 그 둘의 모습을 지완이 멀리서 날카롭게 지켜보고 있었다.

　"그런데 유민아, 저 녀석이 나더러 계속 돼지래. 나 이거 다 먹고 더 그렇게 되면 어떻게 하지?"

　시현은 고자질하듯이 지완이 자신에게 퍼부었던 돼지라는 놀림을 유민에게 고스란히 전한다. 그 말을 듣는 유민의 이마에 팽팽하게 힘줄이 튀어오른다.

　"씁~ 한 번만 더 그러면 내가 죽여 버린다고 전해."

　그녀의 뒤로 보이는 지완을 노려보며 유민이 시현에게 말했다. 그의 달래주는 말에 기분이 더 좋아져 버린 시현이 그저 좋다고 고개를 끄덕이고, 그런 시현을 뒤로하고 유민이 음식들을 가지러 간다.

　"잠깐만 기다려. 가지고 올게~"

　"응!"

　음료를 담고 이것저것을 가지고 담는 유민의 뒷모습이 오늘따라 너무 좋게 보이는 시현이다. 그런 그녀에게 누군가 곁눈질하는 것이 느껴졌다. 반사적으로 계산대 안에 여자에게로 시선이 향한 시현이 의아하게 그녀를 쳐다보았다. 그런 시현과 눈이 마주친 예쁘장한 여자애는 유민과 같은 복장을 하고 있는 아르바이트생이었다. 파란 챙모자를 쓴 여자는 시현과 눈이 마주치자 몹시 불쾌하다는 듯이 그녀에게 콧방귀를 끼고는 홱 돌아서 버렸다. 의아한 행동에 놀란 시현이 가만 그녀의 뒷모습을 보지만, 그녀는 이내 주방 쪽으로 사라지고 말았다. 그녀가 들어감과 동시에 유민이 음식들을 잔뜩 들고는 시현이에게로 돌아왔다.

"자~ 나왔어."

방긋 웃으며 시현은 아까 파란 모자의 여학생을 기억하며 유민이에게 물었다. 주방 쪽에서 슬며시 보이는 파란 모자를 가리키며,

"유민아, 저기 저 파란 모자 쓴 애 누구야?"

"응?"

시현의 손길에 따라서 뒤돌아보던 유민이 아~ 하더니 싱긋 웃으며 다시 시현이를 본다.

"보혜? 같이 일하는 앤데 예쁘장해서 지점장이 잘해주니까 하늘 높은 줄 모르고 까부는 녀석이야. 그런데 저 녀석은 왜?"

끄덕이던 시현이 다급하게 말을 한다.

"아~ 아니야. 하도 예쁘게 생겼길래 그냥 물어봤어."

"예쁘긴. 우리 시현이가 훨씬 더 예뻐."

그저 유민의 말에 좋다며 웃던 시현이 음식들을 내려다보고 함박웃음이다.

"이야~ 맛있겠다."

하지만 시현이 말이 떨어지기도 전에 주방 쪽에서 그 보혜라는 여자애가 앙칼지게 유민에게 말을 한다.

"유민 오빠, 얼른 들어와요. 지금 주방에 일손 모자르단 말야!!"

이내 소리를 지르는 쪽을 시현이 올려다보자 다시 마주친 그녀의

눈길이 시현을 곱지 않게 노려본다. 그런 그녀의 눈길을 보지 못했는지 유민이 다급하게 대꾸하고는 시현이에게 인사를 건넸다.

"그래, 알았어. 시현아, 일 끝나고 전화할게. 맛있게 먹고 가. 아, 그리고 저 녀석이랑 빨리 헤어져."

돌아서서 가는 유민은 지완이 신경이 쓰였는지 지완을 다시 한 번 확인하듯이 쳐다보고는 시현에게 당부한다.

시현이 그런 유민이 들어가는 것을 지켜보며 싱긋 웃는다. 그런데 그의 뒷모습이 사라지기도 전에 보혜가 뛰어나와서는 유민에게 착 달라붙는 것이 아닌가. 그러더니 그를 끌어당기면서 고개를 뒤로 돌려 다시 시현이를 흘겨보았다. 마치 그녀에게 선전 포고라도 하듯이 당찬 얼굴의 보혜가 다시 한 번 크게 콧방귀를 낀다.

지금의 행동으로 보혜가 유민이에게 마음이 있다는 것을 확인한 시현이었다. 아니고서야 저렇게 노골적으로 행동할 리가 없는 것이다. 저런 행동에 불안하지 않을 리가 없는 시현이지만, 그래도 그를 믿는 마음이 더 큰 그녀이기에 입술을 삐죽거리고 돌아서고 만다.

들고 온 음식들을 자리에 놓을 때 지완은 어디선가 걸려온 전화를 받고 있는 중이었다. 뭐가 그렇게 싫은지 지완의 표정은 상당히 일그러져 있었다.

"아, 알았다고! 지금 갈게. 가, 간다고! 어. 그래, 어딘데? 다이아몬드실? 알았어."

끊겠다는 말도 않고 전화를 끊어버린 지완이 이제야 돌아온 시현을 쳐다본다.

　그런 그를 시현은 햄버거를 한껏 입에 물고 우물거리면서 쳐다보고 있었다. 의아한 그녀의 얼굴을 한심하다는 듯이 지완이 한번 쳐다보더니 이내 긴 한숨을 내쉬었다.

　"너, 왜 한숨이야?"

　"네 얼굴 보니까 한숨이 저절로 나온다."

　울컥하고 지완에게 맞받아치고 싶지만, 씹고 있던 햄버거에 막혀 그만두고 만다. 하지만 먹는 것을 멈추지 않는 시현은 이내 다른 대답은 하지 않고 먹기에 열중하기 시작했다. 그런데 갑자기 그녀의 햄버거를 쥔 오른손을 덥석 잡고 일으키는 지완이었다. 놀란 시현이 먹던 햄버거를 꿀꺽 삼키고는 말한다.

　"왜, 왜 그래? 나 혼자 먹어서 화난 거야? 미안해. 줄 테니까 때리지 마."

　지완이 기가 막힌 반응에 웃음을 흘리면서 대꾸한다.

　"돼지야, 헛소리 그만 해. 그거 얼른 두고 나가자."

　갑작스럽게 그녀를 끌어내려는 지완의 행동에 놀란 시현이 엉거주춤 자리에서 일어서고 있었다.

　"엉? 어디를?"

　"아씨~ 돼지 같은 게 말만 많아가지고. 나오라니까!"

　하지만 햄버거에 미련이 많은지 시현은 쉽게 자리를 나서지 못했다. 그런 그녀를 사정없이 끌어당기는 지완의 힘에 시현은 끌리다시피 나가고 있었다.

　"아~ 내 햄버거!! 야, 너 왜 이래. 내 햄버거 돌려줘~!"

괴성을 지르는 시현의 소리에 주방에서 일하던 유민이 놀라서는 고개를 번쩍 들었다. 이내 그의 시선에 시현이 지완의 손에 끌려가는 것이 보였다. 테이블 위에는 여전히 남아 있는 그녀가 먹던 음식들이 놓여 있었다. 이 상황은 분명히 그녀가 끌려 나가는 것인데… 갑자기 달려나가야 한다는 충동이 일어난 유민이었다. 한데 그런 그를 갑자기 보혜가 덥석 잡는다.

"왜 그래?"

"오빠, 점장님이 찾아. 얼른~"

유민이 인상을 쓰면서 보혜를 쳐다보고는 다시 고개를 들었지만, 이곳 안에서 시현은 질질 끌려 나가서 사라진 후였다. 요상하게 뒤틀어진 유민의 얼굴이 싸늘하다. 그런 싸늘한 눈길은 아직도 흔들리고 있는 매장의 유리 문을 오랫동안 지켜보게 한다. 그런 그의 시선을 빠르게 떼어내지 않으면 안 되기라도 하는 듯이 보혜가 다시 그를 부른다.

"오빠!"

짜증이 많이 났다는 듯이 유민이 거칠게 보혜 쪽을 한번 흘기더니 이내 뒤돌아 점장실 쪽으로 발길을 옮긴다. 그런 그의 뒷모습을 보던 보혜가 유민의 눈길에 잔뜩 주눅이 들어서는 이제 걱정이 들기 시작했다. 실은 그녀가 한 말이 거짓말이기 때문이다. 점장이 그를 찾은 적이 없기 때문에 이내 보혜는 지레 겁먹고는 뒷문 쪽 쓰레기장으로 도망을 친다. 그녀의 예상대로 잔뜩 화가 오른 유민이 벌컥 점정실의 문을 열고 나온다. 그리고는 큰 소리로 그녀를 찾기 시작했다.

“강보혜! 어디 있어!”

그의 소리와 표정에 놀란 몇 명의 점원들이 다들 손가락으로 뒷문 쪽을 가리켰고, 유민은 이번에는 뒷문이 부서질세라 세게 걷어차고 밖으로 나간다.

보혜는 쓰레기 더미 옆에 서 있다가 갑작스레 밖으로 튀어나온 유민의 등장에 흠칫 놀라서 가만 그를 쳐다보고 있다. 유민은 그런 그녀를 금방이라도 흠씬 두들겨 패줄 듯이 성큼거리면서 그녀의 앞으로 다가왔다. 그런 그의 발걸음에 질려 보혜는 계속 뒷걸음질을 쳤고, 이제는 벽에 다다라서 꼼짝도 못하고 그 자리에 못 박혀 버렸다. 기다렸다는 듯이 유민이 그녀의 양 어깨를 잡고 바싹 벽에 붙인다.

갑작스런 유민의 사나운 행동에 보혜는 다리가 떨리고 정신을 잃을 것만큼 두려워진 모양인지 두 눈을 질끈 감았다. 그런 그녀를 향해 유민이 심문을 하듯 묻는다.

“왜 거짓말했어?”

그는 평소에 보혜에게 상냥하게 인사하던 유민이 아니었다. 보혜의 큰 두 눈에서 눈물만이 뚝뚝 떨어질 뿐 아무런 대답을 하지 못했다. 그런 그녀에게 유민은 못이라도 박듯이 또박또박 이야기한다.

“잘 들어라. 다른 철없는 짓은 용서해도 내 여자 친구와 나 사이에 끼어드는 짓 따위는 하지 마라. 참고로 내 여자 친구 안위에 어떤 행위를 하는 어리석은 짓도 하지 마라. 아무리 여자라도 용서 안 한다.”

어찌나 세게 양 어깨를 쥐었는지 보혜는 팔이 저려오기 시작했다. 말이 끝나고 그 신호에 맞게 유민이 두 팔을 거두어들였다. 그러고도

분이 풀리지 않는지 유민은 옆에 쌓여 있는 쓰레기를 세게 발로 걷어
차 버린다.

시현이에 대한 걱정이었다. 점장이고 뭐고 그녀가 그렇게 끌려 나
가는 것을 방치했다는 것이 다시금 그를 화나게 한 것이다. 하루에
한 번도 아니고 그녀를 두 번이나 그대로 둔 것이었다. 당장 달려가
서 그의 손에서 시현이를 빼내고 싶었던 그의 속상함이 쓰레기를 힘
껏 걷어찬 발에 담겨 있는 듯하다.

하지만 아무것도 모르고 그저 유민에 대한 자신의 감정만을 내세
웠던 보혜의 마음은 크게 상처를 받은 듯했다. 그가 쓰레기를 확 차
버리자 보혜는 그때서야 무언가 정신이 들었는지 그 자리에 주저앉
아서 울음을 터뜨리기 시작했다. 그런 그녀를 돌아보던 유민은 자신
에 대한 질책이 보혜에게 화풀이한 것이 아닌가 하는 생각이 들었다.
한숨을 한번 내쉬던 유민은 이내 얼굴을 풀고 주저앉은 보혜에게로
다시 돌아갔다. 그리고는 그녀를 살짝 다독거려 준다.

"미안. 오빠가 너무 심했다."

그러자 울던 보혜가 고개를 들고 그의 표정이 풀렸다는 것을 확인
하고는 그의 목에 매달려서 더 크게 울기 시작했다.

"엉엉~ 오빠 무서워. 엉~"

흐느끼는 보혜의 등을 다독거리는 유민의 마음은 편하지 않다.

한편 지완이의 손에 의해 질질 끌려 나온 시현이는 투덜거리며 그
의 뒤를 따르고 있었다. 그녀의 머리 속에는 유민이 준 자신의 햄버

거가 많이 남았다는 것밖에 기억나지 않는 모양이었다. 그녀의 팔목을 아직까지 움켜쥐고 앞장서서 걸어가던 지완이 그녀를 돌아보고는 쿡쿡거리면서 웃는다. 그런 그의 행동이 몹시 마음에 들지 않았는지 시현이 그의 뒤통수를 흘기면서 묻는다.

"왜 웃고 그래. 뭐가 그렇게 재밌냐?"

"훗~ 너 지금 놔두고 온 햄버거 생각하고 있지?"

자신의 생각을 알아맞힌 지완의 말에 놀란 시현이 눈이 동그래져서는 가만 그를 쳐다보다가 이내 고개를 흔들며 아니라고 우기기 시작한다.

"아니야. 누가 그래? 내가 돼지야?"

"킥킥~ 너, 돼지 맞잖아. 내가 돼지라고 부를 때 못 알아들었냐?"

"아니야."

"아니긴. 네 얼굴에 내 햄버거 돌려내! 하고 써 있다니까."

"아니야!!"

아니라고 우기는 그녀를 다시 돌아보던 지완이 그녀를 달래줄 근사한 제안을 그녀에게 한다.

"너무 열받지 마. 내가 햄버거보다 더 맛있는 거 먹게 해주려고 데리고 온 거니까."

더 맛있는 게 있는 건 시현이도 아는 사실이지만, 그의 의외의 말에 놀란 듯이 시현은 되묻는다.

"엉? 뭐? 뭐 먹으러 가는데?"

역시나 그녀의 반응이 지완의 예상과 맞아떨어지게 지완은 또 재미있다는 듯이 웃는다.

"훗~ 가보면 알아."

금방 투덜대던 시현의 투덜거림이 없어지고, 이내 궁금증으로 가득한 시현의 얼굴로 변한다. 그런 그녀의 얼굴에 졌다는 듯이 고개를 흔들어대는 지완의 마음이 영 혼란하고 유치하다.

"나참. 내가 별 짓 다 하는군."

"뭐라고?"

"아니다, 멍청아."

"또 욕하는 거지!"

시현이 통통거리는 소리를 뒤로하고 지완이 마음으로 지난 몇 달을 되씹는다. 그 몇 달을 기억하고 있는 지완은 지금 씁쓸한 것이었다. 그녀의 앞에 다시 나타나기 전까지 그는 그녀에게 변한 모습을 보이고 싶었다. 그래서 하지 않던 피부 관리도 하기 시작하고, 운동이며 몸 관리에 열심이었던 지완이다. 그래서 시현이 그를 다시 보았을 때 칭찬을 해야 할까 고민을 할 정도로 그는 노력했던 것이다.

하지만 그런 것은 아무 상관이 없다는 듯이 그저 맛있는 것에 이렇게 정신이 팔린 그녀를 보는 게 지완은 지금 씁쓸하기도 하다. 자신이 가진 준비 기간이 이렇게 허무하다니…….

그 둘이 도착한 곳은 H호텔 다이아몬드실이었다. 연회나 잔치들이 있을 때 상위 계층 사람들이 곧잘 이용하는 곳이라 들어와 볼 리가 없는 시현은 어리둥절 이곳저것을 둘러보면서 지완의 뒤를 따라가고 있었다. 호화로운 카펫들이며 장식들이 너무 눈이 부실 지경인지 시현은 이제 눈살을 조금 찌푸리면서 구경 중이다.

드디어 조용한 음악이 흘러나오는 곳에 도착한 둘에게 한 정장을 입은 남자가 정중하게 인사를 한다.

"오셨습니까. 안에서 기다리고 계십니다."

"응."

지완의 짧은 대답과 함께 문이 열리고 이윽고 멋스러운 광경이 나타난다. 놀란 시현이 입을 다물지 못하고 있다가 지완에게 물었다.

"여기가 어디야?"

"어? 어디긴. 보면 모르냐? 뷔페잖아."

"뭐? 뷔페?"

"그래."

"무슨 뷔페가 이렇게……."

시현이 가본 일반적인 뷔페라고는 볼 수 없는 곳이었다. 하얀 테이블보가 깔린 테이블 하며 고급스러운 상식들, 그리고 놓여진 음식들은 먹어본 적도 없는 것들로 향기로운 냄새를 풍기고 있었기 때문이다. 그런 시현의 휘둥그레진 눈이 보기 좋다는 듯이 지완이 덧붙인다.

"저기 봐. 저거 다 먹어도 돼. 아무 말 안 할게."

그런 지완의 말이 떨어지기도 전에 시현은 얼른 자신의 접시를 하나 차지하고는 여기저기 돌아다니면서 음식들을 담아대기 시작했다. 여기가 누구의 연회이든 그런 것은 그녀에게 중요하지도, 신경 쓰이지도 않는 모양이었다. 그런 시현을 보며 웃고 서 있는 지완에게 말

쑥한 차림의 남자들이 다가온다.

"왜 이렇게 늦게 온 거야?"

"그래. 너 안 오는 줄 알았어."

"아, 미안하다. 깜박 잊고 있었어."

지완은 대답은 굉장히 형식적으로 들렸다. 하지만 그들은 그것이 익숙한지 별다른 신경을 쓰지 않고 계속 말을 이어간다.

"내가 너 그럴 줄 알고 전화한 거잖아. 요즘 뭐가 그렇게 바빠서 연회마다 다 빠지는 거야? 벌써 회사 사업이라도 손을 댄 거 아니야?"

은근히 경계를 하는 듯한 한 남자의 말에 그저 피식 웃음을 흘릴 뿐 지완은 더 이상 대답을 하지 않았다. 잠시 시선을 돌려서 시현이의 위치를 파악하고는 그제야 생각이 난 듯이 지완은 다시 말한다.

"아, 그런데 생일인데 선물을 준비 못했다. 어쩌냐, 미안해서. 뭐 필요한 거 있으면 나중에라도 연락해라."

그들 중 한 명에게 말을 하고 지완은 다시 시현에게로 시선을 향했다. 그런 지완의 행동에 묘한 점을 느꼈는지 친구 또한 지완의 시선을 쫓는다.

"누구냐?"

그는 걸신들린 것처럼 마구 음식을 먹어대고 있는 시현을 바라보고는 어이가 없다는 듯한 표정으로 지완에게 물었다. 다른 사람들도 이내 시현을 발견하고는 입을 떡 벌리고 말았다.

"저 애 뭐냐? 완전히 음식을 입에 들이붓는군."

“무슨 여자애가… 접시도 다 먹어버릴 것 같아.”

경악을 금치 못하고 놀라는 친구들이 본 곳에는 정말로 시현이 처음 먹어보는 산해진미에 황홀해져서 괴물같이 음식을 퍼먹어대고 있었다. 그런 그녀를 보는 그들의 시선이 이해가 갈 정도로 시현은 지금 상황 파악을 못하고 있는 듯했다. 그러나 이들의 반응과는 다르게 지완은 빙긋 웃으면서 웃고는 친구들을 다시 바라보며 선언이라도 하는 듯 말을 했다.

“잘 봐둬. …내 그녀야.”

“……”

그의 친구들은 처음에는 자신들이 잘못 들었나 해서 서로의 얼굴을 마주 보았다. 하지만 이내 모두의 반응이 동일하자 이번에는 지완에게 시신을 다시금 모으고는 믿을 수 없다는 얼굴로 입을 다물지 못한다. 하지만 지금 이렇게 지완이 선언까지 한 이상 그녀에 대한 험담을 직접적으로는 할 수가 없는 그들이었다. 어쩔 수 없이 다시금 시현을 잘못 보았나 확인하기 위해서 그녀에게 다시 시선을 줄 수밖에 없었다. 하지만 아무리 눈을 비비고 쳐다보아도 그녀는 여전히 우악스럽게 음식을 먹는 교양없는 여자일 뿐이었다.

그런 그들의 시선이 한꺼번에 몰리자 이번에는 시현이도 그들을 쳐다보았다. 기름기로 떡칠한 듯 능글능글해 보이는 남자 몇 명이 자신을 쳐다보면서 입을 다물지 못하고 있는 것이 보였다. 그리고 그들 사이로 지완이가 보인다.

“왜 쳐다보는 거야? 다들 머리에 기름 떡칠을 해가지고는. 헉, 혹시 내가 너무 많이 먹어서 놀랐나? 아무 말 안 한다더니……."

혼잣말을 하던 시현이 갑작스레 자신 앞에 놓인 접시의 수를 보고는 당황해하면서 이내 다시 그들을 쳐다본다. 아무래도 자신의 짐작이 맞는 듯하다. 한데 그런 그녀를 향해 이내 지완이가 살짝 웃어 보이는 것이다. 그런 그의 웃음이 더 당황스러운 시현이다.

"왜, 왜 저러지."

괜한 친한 척의 웃음에 무시라도 해주고 싶은 심정이지만, 그녀는 적지 않게 당황스런 상황이었음에 그저 지완이의 웃음에 어색하게 웃어줘 버린다. 그런 그녀의 웃음을 되받은 상황이 지완은 만족스러운가 보다.

"봤냐? 앞으로 어디서 보면 잘해줘. 어쩌면 자주 마주칠 사람이 될 수도 있잖아."

형식적인 말들에서 처음으로 벗어나 보이는 말이었다. 자신에게 굽실거리는 상황에 놓인 너희들이라면 내 여자에게도 그래야 하지 않느냐는 협박과도 같이 들리는 소리였다. 그 말에 그럴 수 없다고 말하기는커녕 모두들 이제 인사라도 해야 하지 않느냐면서 지완과 함께 시현이에게 다가가고 있었다.

그런 그들의 다가옴에 놀란 시현이 이제 먹는 것을 그만 멈추고 처음으로 이곳에 들어온 것을 후회하고 있었다. 성큼거리면서 다가온 사람들은 시현에게 아주 살가운 미소로 한 명씩 인사를 건네기 시작했다.

"안녕하세요."

시현은 이 상황에서 의자에서 일어나지도 못한 채 그냥 그 자리에 앉아서 빨개진 얼굴로 그들의 인사를 짤막한 목례로 받고 있었다. 왜 자신이 이렇게 인사를 받고 있는지 이해할 수도 없는 상황이었다. 그래서 이런 상황에 자신을 빠뜨린 지완을 재빠르게 올려다보았다. 얼른 이 상황에서 나를 건져 달라는 눈빛을 보냈지만 이내 지완은 그런 그녀의 눈빛을 외면하고는 이제는 그녀를 그들에게 인사시키려 하고 있다.

"그만 먹고 일어나 봐. 인사해. 여기는 내 친구들이야. 학교 친구이기도 하고 앞으로 사업상 파트너가 될 수도 있어."

시현은 지완이 장황하게 설명하는 동안 꼿꼿하게 서서는 접대용 미소를 날리고 있었다. 자신이 왜 이렇게 이들의 인사를 받아야 하고 자신이 소개를 해야 하는지는 모르겠지만, 우선 처음 만난 사람과는 인사를 하는 것이 버릇화되다 보니 자신도 모르게 행하고 있는 것이다. 이런 어리숙한 그녀라서 사랑받는 것인지…….

"바, 반갑습니다. 정시현이라고 해요."

얼른 인사를 하고는 그것이 많이 어색했는지 시현은 얼른 지완의 뒤로 자신의 몸을 숨기듯 물러나 버렸다. 그런 그녀의 수줍은 모습이 귀여움을 자아냈는지 그제야 지완의 친구들이 그녀를 보고는 살짝 웃어 보였다.

그리고 그들의 인사의 끝이 신호라도 되는 듯이 잔잔한 음악이 다른 음악으로 바뀌면서 본격적인 파티를 시작하고 있었다.

다 자리를 잡고 앉기 시작했고 시현은 다시금 지완의 옆 자리에 앉게 되었다. 이런 파티 자체가 처음인 시현은 그저 지완이 하라는 대로 따라 하고 있는 중이었다. 그런데 그런 어리둥절인 그녀에게 오늘 생일이라는 녀석이 갑자기 성큼 다가온다. 그리고는 부드럽게 손을 내밀면서 시현이에게 싱긋 웃으며 한다는 말이,

"한 곡 추실까요?"

그녀에게 춤을 권하는 것이 아닌가.

시현은 태어나서 한 번도 왈츠나 디스코도 춰보지 않은 몸치였다. 그리고 나이트라는 곳도 가본 적이 없는 사람인데 느닷없이 춤이라니……. 그리고 그녀를 더 어이없게 하는 것은 그의 말이었다. 한 곡 추실까요라니……. 무슨 영화도 아니고 하마터면 웃음을 흘릴 뻔한 그녀였다. 간신히 웃음을 참으며 시현이 대답한다.

"아, 아니요. 전 춤 못 춰요. 한 번도 춰본 적이 없어서……."

하지만 남자는 완강해 보였다.

"괜찮아요. 제가 오늘 가르쳐 드리죠."

기어코 그녀를 끌어내는 데 성공한 남자는 몇몇 춤을 추고 있는 사람들 사이를 지나서 중앙으로 간다. 이런 모습을 보면 당연히 말려줄 줄 알았던 지완은 이제 시현의 모습을 가만 지켜보면서 즐기고 있었다.

원망스러운 시현의 눈길은 이제 거두어지고 자신을 끌어낸 남자에게 기본 자세를 배우고 있었다. 그것을 무슨 쇼프로나 되는 듯이 지켜보는 지완에게 그녀가 자리에서 일어나기를 기다렸다는 듯이 한 친구가 말을 한다.

"네가 죽도록 싫어한다는 피부 관리실에 나온 이유가 저 애였냐?"

지완은 그를 쳐다보지도 않고 시현의 서투른 춤 솜씨에 가끔 웃어 보이면서 고개만 끄덕일 뿐이었다. 하지만 그 친구는 말을 멈출 생각이 없어 보였다.

"솔직히 좀 실망이다. 너를 그 정도로 만들었다기에 어떤 여자인가 굉장히 궁금했는데. 생긴 것도 평범하고 성격도 소심한 거 같고. 게다가 생활 수준도 안 맞는 거 같은데. 저런 애는 어디든지 있잖아."

그는 지완의 안목에 대해서 맹렬히 비판하고 있었다. 그러나 지완은 그런 그의 말에 화를 내기는커녕 자리에서 벌떡 일어나며 웃어 보인다. 그리고는 중앙에 있는 그녀에게로 향하면서 그에게 성의없이 한마디 던진다.

"잘 보고 있어라, 네가 일생을 살아가면서 볼 수 없는 걸 보여줄 테니까 말야. 나에게 감사하라고."

그의 말에 얼빠진 듯 가만 쳐다보는 그들은 아무래도 지완의 머리가 이상해진 것이 아닌지 의심스러워한다. 성큼거리면서 중앙으로 나간 지완은 아까부터 시현을 가르치기 위해서 진땀을 빼고 있는 친구의 어깨를 강하게 잡는다. 놀란 친구가 돌아보자 지완이 싱긋 웃으며,

"이런, 선생이 영~ 엉망인걸."

"엇, 지완아."

"비켜주실까?"

거의 밀어 버리듯이 그를 떼어낸 지완이 이제 자신의 차례라는 듯

이 시현에게 손을 내밀었다. 하지만 시현은 그런 지완의 손을 톡 쳐 버리면서 울상을 짓는다.

"야, 나 집에 갈래. 쪽팔리게 이게 뭐야. 나 왈츠 따위는 배운 적도 없단 말야."

그런 그녀의 말이 지완에게는 사랑스러운 투정으로 들리는지 가볍게 웃어 보이던 지완이 시현의 손을 가볍게 잡아 올렸다. 그리고는 그녀를 다독이듯이 말한다.

"걱정하지 마, 내가 완벽하게 가르쳐 줄 테니까. 저 녀석이 실력이 없어서 그런 거야. 그냥 날 따라오면 되는 거야. 자, 잘 따라와."

시현이 대꾸할 사이도 없이 지완의 스텝은 시작되고 있었다. 곧 음악이 은은한 곡에서 경쾌해지기 시작했고 지완은 능숙하게 그녀를 리드하기 시작했다. 그러자 정말 누군가가 마술이라도 부린 것처럼 시현의 몸이 자연스럽게 그를 따라 움직이기 시작했다. 무언가의 스텝이 필요한 것이 아니라 음악에 몸을 맡겨버리는 것이 중요하다고 말하듯이 그녀는 그렇게 흐르는 듯 움직이고 있었다.

경쾌한 음악이 흐르고 약간 활동적인 왈츠에 시현이 점점 더 매료되어 가고 있었다.

"얼~ 잘 추는데!"

"그래? 내가 좀 하잖아."

지완의 칭찬에 자신도 놀랐지만 당연하다는 듯이 시현이 뻐긴다.

"쯧쯧~ 잘난 척하지 마라. 다 내가 잘 가르쳐서 그런 거니까."

"핏, 그래. 네 잘난 척도 너한테 배워서 그런 거야. 왜?"

"풋~"

둘의 대화는 앞의 시간들과 같이 툭툭 쏘아대는 말들이었지만, 그들의 표정은 사뭇 달랐다. 지완의 친구들은 지완이 자신있어하면서 그녀에 대한 자부심을 꺾지 않자 그것을 확인이라도 하겠다는 듯이 그 둘을 호기심 어린 눈으로 지켜보고 있었다.

그녀의 몸이 좀처럼 굳어서는 움직이지 않을 줄 알았건만 이제 그녀는 능숙한 솜씨로 그들 앞에서 주인공인 것처럼 중앙을 누비며 춤을 추고 있었다. 그의 친구들도 그런 그녀의 경쾌한 스텝에 처음 인상보다는 좋다는 생각을 조금씩 하기 시작했다. 흠~ 하며 그들을 보고 있던 순간 드디어 음악의 클라이맥스가 다가왔고, 그 둘 역시 왈츠의 절정에 다다라 있었다. 리듬에 몸을 싣고 난 후 최고의 기분을 느낄 수 있는 순간이 온 것이다. 그 순간 그들은 지완이 자부하던 그녀의 진가를 볼 수 있었다.

시현의 어색한 스텝이 점차 부드러워지고, 가녀리고 하얀 그녀의 몸은 리듬에 담겨져 흐르듯 움직이기 시작하면서 그녀의 얼굴 표정도 부드러워지며 서서히 웃기 시작했다. 그리고 클라이맥스 부분에서 드디어 얼굴 가득 설레임이 잔뜩 묻어나기 시작했다. 그를 생각할 때만 되면 설레임과 두근거림에 곧잘 떠오르는 입가의 따뜻한 미소가 지금 이 자리에서 그녀의 입가에 번지고 있었다.

턱 하니 목을 박차고 나올 듯한 한숨과 함께 그녀의 얼굴은 금방이라도 환호를 내지를 수 있을 만큼 새하얗고 아름답고 웃고 있었다. 지완이 보고 반해 버렸던 그 새하얀 미소를 그녀가 지금 짓고 있다.

순간 지완의 친구들은 잠시 동안이었지만, 그녀의 새하얀 미소를 본다. 그것은 굳이 미소라고 지칭하기에는 너무 짧은 순간이어서인지 깨달을 수 없었지만, 시현에게서 느껴지는 감정은 이제 단순한 귀여움이 아니라 아~ 하는 탄성을 자아내는 느낌이었다. 아주 순간이었지만 정말 아름다운 여인이라는 생각이 든 그들이었다.

그녀 앞의 지완 역시 행복한 듯이 환하게 웃고 있어서였을까. 두 사람은 그 홀 가운데 가장 빛나는 한 쌍이었다.

음악이 끝나자 모두들 둘을 향해서 박수를 쳐주었고, 시현은 이런 상황에 대처를 못하는지 잠시 머뭇거리다가 얼굴을 가리고는 홀을 나가 버린다. 그런 그녀의 뒤를 다급하게 따라나서는 지완의 뒤로 그의 친구들의 목소리가 들린다.

"잘 봤어. 인정할게!"

그들의 인정을 원한 건 아니었지만, 지완이도 뿌듯한 모양이다. 그들을 향해 유세하는 것도 잊지 않는 그이다.

"돈 주고도 못 보는 거니까 고마워해라. 다음에 보자."

그리고는 다시금 그녀를 따라 홀을 나선다.

한편 이 사실을 꿈에도 상상하지 못하고 열심히 일을 하고 이제야 집으로 향하는 유민은 낮에 시현의 일이 마음에 걸린다. 이내 발걸음을 멈춰 시현의 집으로 전화를 했지만, 그녀의 어머니가 받고는 아직 들어오지 않았음을 그에게 알려주었다. 놀란 표정의 유민이 시계를 보고 이미 10시가 넘은 늦은 시간임에 걱정이 몰려오기 시작했다.

"어딜 간 거야."

그렇게 시현이 먹고 놀면서 왈츠를 배우며 즐거워하는 동안 시간이 그렇게 가버린 것이었다. 유민은 도저히 안 되겠다는 듯이 얼른 택시를 잡고는 시현의 집으로 향하기 시작했다.

시현은 홀에서 뛰어나와서는 얼른 엘리베이터에 올랐다. 숨이 차올랐는지 몰아내 쉬고 있는데 닫히려는 문을 잡아서는 지완이 끼어들어 탄다. 그 역시 헐떡이고 있었다.

"너까지 왜 왔어?"

"장난하냐? 네가 그렇게 가는데 그럼 나 혼자 거기 남아 있으라고?"

지완이 기가 막힌다는 듯이 시현에게 반문했다.

"왜? 그러면 안 돼? 어차피 네 친구들이잖아."

"시끄러. 나도 어차피 일찍 들어갈 생각이었어."

말을 툭 넌진 시완은 이제 입을 다물어 버린다.

시현은 괜스레 자신에게 짜증을 부리는 듯한 지완의 행동에 이해할 수 없다는 듯이 한번 흘겨보고는 입을 닫았다. 이만하면 지완의 마음을 알듯도 한데 역시 둔한 시현이는 그를 향해 투덜거리기만 하니 그는 속이 타서 짜증이 나올 만도 했다.

밖으로 나온 그들은 머뭇거리고 자리에 섰다. 먼저 시현이 지완의 눈치를 살피며 말을 꺼냈다.

"저기… 나 갈게."

"어딜?"

당연히 가야 한다는 시현의 말과 어디를 가겠다는 것인지 모르겠
다는 지완의 말이 부딪쳤다.

"어? 어디긴, 우리 집에 가야지. 지금 10시가 넘었어. 너도 잘 가~"

정말 지완을 이해할 수 없다는 듯이 시현이 어색하게 인사를 하고
돌아서서 가려는데 지완이 다시 그녀의 팔목을 잡아끈다. 놀라 돌아
본 시현의 눈은 그녀를 보내기 싫어하는 지완의 얼굴 표정을 읽어낸
다. 그러나 지완은 왜 표정을 싸가지없이 찡그리고는 그녀에게 쏘
아붙이듯이 말했다.

"장난하냐? 돼지 얼굴 안 보고 잡는 거 몰라? 따라와."

"쟤 도대체 뭐야?"

어이가 없지만, 이대로 자신이 뒤돌아 가더라도 지완이에게 잡힐
것이 뻔한 탓에 그녀는 그의 뒤를 순순히 따라가기로 마음먹었다.

곧 지완이 전화를 했고, 그들 앞으로 하얀색 BMW가 등장했다. 기
사가 내리고 정중하게 문을 열어주며 그런 그들을 바라보는 시현의
눈이 어리둥절하다. 그런 그녀를 향해 어서 타라는 눈짓을 하는 지완
이다. 하지만 시현은 멀뚱멀뚱 차 구경이니 이제 지완이 소리 지를
차례이다.

"아씨, 어서 타! 그래야 갈 거 아냐. 아휴~ 느려 터져 가지고."

"타, 타면 될 거 아냐. 왜 성질이야, 무섭게."

입을 삐죽거리며 울상으로 차에 탄 시현은 언제 그랬냐는 듯이 타
서는 다시금 신기함에 감탄을 금치 못하고 있었다. 차 안은 밖보다
더 좋다면서 이것저것 만져 보고 있는 중인 것이다. 그런 그녀의 모

습을 마냥 귀엽게만 보고 있는 지완은 곁눈질로 그녀를 바라본다.

어느새 집 앞에 도착한 차가 서서히 정지를 했다.

"어? 벌써 도착했어?"

지완은 싸가지없지만 매너는 있는 남자였다. 먼저 내리더니 이내 그녀가 내릴 때까지 기다리고 있어준다. 시현은 자신이 갑자기 공주라도 된 듯한 기분에 혼자 얼굴을 붉히며 다소곳이 차에서 내려본다.

"그럼 조심해서 잘 가."

인사까지 다소곳하게 해 보이는 그녀에게 지완이 꾸러미 하나를 불쑥 내밀었다. 시현이 그를 의아하게 쳐다보자 그는 별것 아니라는 표정으로 자신을 꾸미고 있었다.

"아, 친구 생일에 따라가 준 거 고맙다고 주는 거야. 그럼 조심해서 들어가라."

하고는 그녀의 대답은 듣지도 않은 채 시현의 손에 꾸러미를 들려주고는 차를 타고는 출발해 버린다.

어쩌다 보니 그의 친구 생일에 가고, 어쩌다 보니 차를 얻어타고, 이제는 꾸러미까지…… 왜 이렇게 휘둘려서 하루를 보냈는지 모르겠지만, 그녀는 그저 대수롭지 않게 가방에 그것을 주섬주섬 넣고는 가뿐한 마음으로 대문으로 향했다. 워낙 이리저리 머리를 굴리는 스타일이 아니어서일까, 그녀는 단순한 선물로 생각한 것이다.

한데 그런 그녀의 앞으로 쓱 하고 고개 숙인 그림자가 나타났다. 놀란 시현이 그 자리에서 소리를 지르려 했지만, 이내 그가 유민이라는 사실을 알고는 한도의 한숨으로 그를 맞이했다.

"놀랐잖아~ 유민아, 언제 왔어?"

하지만 유민은 웃음으로 맞이하는 시현의 말에 아무런 대꾸 없이 고개만 아래로 박고 있었다. 그리고 조금 뒤에 고개를 든 그의 눈빛은 무섭게 빛나고 있었고, 그런 그의 눈빛에 겁먹은 시현은 조심스레 유민이를 다시 불러본다.

"유, 유민아."

그녀의 표정이 점점 굳어지면서 곧 울상이 되어버렸다.

지금까지 다 지켜본 유민의 심정이 지금 오죽하겠냐만은 유민은 그녀가 우는 게 자신이 이렇게 힘든 것보다 싫다. 그게 지금 유민의 마음이었다. 유민은 질투에 잠겨 있던 표정을 죽이고는 한없이 슬픈 눈빛으로 천천히 시현이에게 다가갔다.

시현은 갑작스러운 유민의 표정들에 익숙해지지 못하고 영문을 모른 채 다가오는 그를 약간 두려워하고 있었다. 자신도 모르게 뒷걸음질을 치는 시현이었다.

그녀의 그런 행동에 놀란 유민은 더 상처를 받았는지 이마가 살짝 일그러진다. 그가 이제는 금방이라도 터질 듯한 슬픔을 온몸으로 발하면서 시현이에게 손을 내밀고 있었다.

"시현아……."

"……."

"피하지 마. 나 무서워하지 마. 네가 나 그렇게 무서워서 피해 버리면… 난 아마 미쳐 버릴지도 몰라."

약간 떨리고 있는 유민의 말속에는 따뜻한 안타까움과 슬픔이 흐르고 있었다. 시현은 아직까지 그가 왜 이렇게 괴로워하는지 알지는 못했지만 지금의 말들로 그가 자신으로 인해서 이렇게 아파하고 있다는 것을 알 수 있었다. 그의 아픔이 그녀의 가슴에 다가와서 전해지고, 전해진 아픔으로 그녀의 눈에서 눈물이 주르르 흘러내린다.

흐르는 눈물을 신호로 그녀는 바로 유민의 품으로 뛰어들었다. 그런 그녀를 한없이 따뜻하게 안아주고 싶은 그가 가만히 그녀를 감싸 안아본다. 그리고는 이제야 겨우 안도의 한숨을 살짝 내리쉬고 있다. 유민은 아까 보았던 장면들을 다시금 떠올렸다. 지완의 고급 승용차에서 다소곳이 내리는 그녀의 얼굴이 왠지 모르게 행복해 보였던 것은 자신의 착각이었는지……. 그녀의 옆 자리, 그녀가 쉽게 내릴 수 있도록 문을 열어주는 사람은 자신이어야 하는데, 그것은 자신의 자리인데 왠지 오늘따라 유민은 초라한 지기보다는 지완이가 그녀에게 더 어울릴지 모른다는 생각을 하고 있다. 어쩌면 그가 더 시현이를 행복하게 해줄지도 모른다는 생각에 유민의 가슴이 씁쓸하다.

그녀를 행복한 곳으로 보내주고 싶지만… 그렇게 되면 이젠 한시도 숨을 쉴 수 없을 만큼 그녀의 자리가 유민에게는 너무 커져 버렸다. 이렇게 다시 그녀를 꼭 안으면서 절대로 놓아줄 수 없음을 혼자서 다짐하는 그였다. 그리고 그 마음이 확고해지자 그제야 시현이를 살짝 떼어내서는 얼굴을 마주했다.

그런 그의 마음을 전혀 모르는 시현이 약간 홍조를 띠면서 유민을 바라보았다. 유민이 그녀의 눈을 바라보며 웃자 시현이 역시 덩달아 살짝 웃어 보인다.

“쳇. 왜 웃어?”

“유민이가 웃으니까.”

“허~ 참네, 내가 웃으면 웃고 울면 따라 울 건가 보지?”

유민은 아직 마음이 불안하다. 그래서인지 그녀에게 투정을 부리듯 말이 비꼬여서 나간다. 그러나 시현은 그런 유민의 마음을 전혀 모르고는 그의 비꼬움을 진지하게 받아들인다. 그리고는 잠깐 고개를 숙인다.

유민은 괜히 마음 약한 그녀를 건드린 게 아닌가 하는 걱정에 그녀에게 사과를 하려 했지만, 이내 뜻밖의 환한 웃음이 전해져 왔다. 시현은 고개를 번쩍 들고는 유민이를 향해서 웃어 보인 것이다. 잔뜩 부끄러움을 머금고는 그의 시선을 똑바로 보지 못한 채로 그렇게 입을 열었다.

“응. 유민이가 기쁘면 나도 기뻐. 네가 웃으면 나도 행복해져서 덩달아서 웃음이 나고……. 그런데 유민이 네가 오늘같이 그렇게 무섭고, 슬프고, 아픈 눈으로 나를 보면 내 마음도 너무 아파져……. 유민아, 왜 그래? 무슨 일이 있었던 거야? 왜 그렇게 잔뜩 불안한 눈이야? 집에 무슨 일이라도 있던 거야?”

어느새 그녀의 표정은 유민의 걱정으로 가득 차 있었다. 순간 유민은 자신의 불안이 턱없이 바보 같은 생각이었다는 것을 깨달았다. 그녀가 이렇게 자신을 생각하며 사랑해 주고 있다는 게 확연한데 이런 그녀를 의심해서 투덜거린 자신이 부끄러울 지경이었다.

그리고 이렇게 작고 사랑스러운 그녀의 입에서 자신의 이름이 계속 불려질 때마다 유민은 조금씩 가슴에 따뜻한 기운이 채워져 가는 것만 같았다. 유민은 이제 모든 불안을 다 씻어버린 맑은 얼굴로 그녀를 다시 안아보았다. 아무 영문도 모른 채 시현은 다시 그의 품으로 쏙 들어가 버린다.

"유민아, 왜 그래?"

"시현아, 미안. 나 멋대로 너 의심했었어. 정말 미안해."

"내가 뭐 때문에 의심을 받았지? 그럴 일이 없는데……. 엇, 혹시 지완이? 유민아, 그거 그런 게 아니야. 아까 봤나본데 그거 아무것도 아니야. 응?"

서둘러 유민의 말을 해석해 본 시현은 지완이와의 일들을 떠올리면서 애써 그에게 무어라 말하려 하고 있었다.

"응. 알아! 이제 다시는 우리 시현이 의심 안 할게. 약속해. …시현아, 사랑해."

시현은 그의 말에 잠깐 머뭇거린다. 대답을 기다리는 듯한 유민은 절대 그녀를 놓아주지 않고 있다. 그런 그의 마음을 알았는지 아주 조그만 소리로 대답한다.

"……나두."

거의 기어들어 가는 목소리로 작게 시현이가 속삭이자 유민은 역시나 장난기를 버리지 못하고 그녀를 난처하게 한다.

"응? 뭐라고? 잘 안 들려~"

"나도!!"

이젠 제법 큰 소리로 대꾸하는 그녀를 유민이 품속에서 빼어내서는 눈을 동그랗게 뜨고 다시 묻는다.

"뭐? 너도 뭐?"

완전히 어린애가 보채는 것처럼 유민이 말한다. 자기가 듣고 싶은 말을 들을 때까지 이렇게 있을 모양이다.

"김유민, 나빠. 부끄럽단 말야."

"너랑 나밖에 없는데 뭐가 부끄럽단 말이야?"

"사, 사랑한다고. 나도 많이많이 사랑한다고!"

시현의 얼굴은 이제 달궈진 가마솥마냥 시뻘겋게 달아오르고 있었다. 그런 그녀가 너무너무 사랑스럽기만 한 유민은 그녀를 향해 한껏 웃어주면서 다시 한 번 그녀에게 다짐하듯이 말한다.

"응~ 나도 많이 사랑해!!"

그의 표정과 말에 행복한 시현이 웃음을 띠고 그런 시현의 입술에 살며시 굿나잇 키스를 하는 그.

유민이 돌아가는 모습을 보고 집으로 들어온 시현은 자신의 방으로 달려들어 가서는 침대 위에 털썩 하고 누워버렸다. 그리고는 가만히 유민을 떠올리며 자신의 입술에 손을 살며시 대어보곤 부끄러운 듯이 혼자 빨개지더니 배시시 웃는다. 다시 부끄러운 듯이 침대를 구르다가 쿡 하고 자신의 엉덩이를 찌르는 물건에 놀라서는 자리에 앉는다.

자신의 가방은 천이라서 그렇게 모난 것이 없을 건데 하면서 시현은 얼른 가방을 뒤지고 있다. 그리고 가방에서 나온 꾸러미를 보고는 그제야 자신이 지완에게 무언가를 받았던 것을 기억해 낸다. 유민을 본 순간에 지완이와의 오늘 일을 모조리 잊어버렸었는데 이제야 생각이 난 것이다. 시현은 조심스레 포장을 뜯었다. 그런데 이게 뭔가. 그것은 핸드폰이었다.

삐삐의 필요성도 못 느끼던 시현이 졸지에 핸드폰을 가지게 된 것이다. 그녀는 조심스레 핸드폰을 들고 전원을 켜고는 신기한 듯이 가만 쳐다보고 있다. 그때 갑자기 기다렸다는 듯이 핸드폰이 벨렐레~ 하고 울려대기 시작했다.

"악!!"

갑작스런 소리에 놀란 시현이 폰을 떨어뜨리며 소리를 질렀다. 떨어지다가 버튼이 눌러진 것인지 핸드폰이 받아졌다. 그리고 귀에 익은 목소리가 폰을 통해서 나오고 있었다.

[여보세요? 뭐야?]

지완의 목소리였다. 시현은 얼른 폰을 주워서 대답했다.

"어. 시, 시완아."

[뭐야. 왜 대답은 없고 패대기치는 소리가 나냐?]

"아, 아니야. 그런데 이게 선물이었어?"

[왜? 디자인 마음에 안 들어? 다른 걸로 바꾸고 싶으면 말해. 참, 그리고 폰을 왜 이제야 켜는 거야?]

지완은 버럭 화를 내듯 말했다.

"엉? 아, 이제 들어왔어."

[뭐? 왜? 내가 바래다준 지가 언젠데 이제야 집에 들어와?]

시현은 누가 보고 있는 것도 아닌데 실실 웃으면서 대꾸한다.

"응~ 유민이가 와 있었거든. 그래서 잠깐 이야기하느냐고."

연신 웃는 그녀. 그녀의 목소리가 들떠 있는 것이 지완에게도 느껴졌다. 지완은 약간은 상기된 목소리로 묻는다.

[유민이가? 그 자식이 뭐래?]

"응? 뭘? 아~ 그냥 왔대. 집에 전화해 봤는데 내가 아직도 집에 안 들어왔다고 하니 걱정되어서 왔나 봐."

[아니, 그거 말고. 나 못 봤대?]

"아하~ 그거? 걱정 마. 내가 그런 거 아니라고 말했어."

갑자기 그녀의 말에 급속도로 기분이 저하되는 지완이었다. 그런 게 아니라니……

[뭐가 아니란 말인데?]

"응? 유민이가 조금 오해한 거 같더라고. 너랑 내가 데이트라도 한 줄 알고. 그래서 그냥 따라다니다가 온 거라고."

[그랬더니?]

지완의 목소리는 점점 더 굳어지고 있었다.

"응? 헤헤~ 우리 유민이는 나 의심 안 한대. 히히~ 말하고 나니깐 부끄럽네."

계속 얼굴을 붉히면서 즐거워하는 그녀가 지완의 눈에 그려진다. 기분이 너무 나빠진 지완은 더 이상 전화를 하기 싫은 모양이다. 이젠 목소리도 거의 들릴 듯 말 듯했다.

[그래…… 잘 자라. 내일 통화하자.]

시현의 동의도 구하지 않은 채 그는 그렇게 전화를 끊어버렸다. 다급하게 시현이 말해 보지만 이미 전화를 끊겨 버렸다.

"아, 성격 급하기는. 핸드폰 도로 가져가라고 말 못했네. 휴, 난 왜 이렇지."

시현은 하는 수 없이 다음에 보면 꼭 돌려줘야겠다는 마음으로 얼른 잘 준비를 했다. 지금 그녀는 지완이 아닌 온통 유민의 생각으로 너무 행복한 순간이기에 지완의 기분 따위는 이해할 수 없었다.

한편 지완은 전화를 끊고도 아직까지 움직이지 못하고 그 자리에서 굳어버린 것처럼 가만 앉아 있었다. 그리고 시현이가 했던 말들을 되뇌인다.

"의심을 안 하신다고? 훗, 그만큼 믿는다는 말인가? 좋아. 나도 그렇게 쉽게 너희 사이가 멀어질 거라는 건 기대도 안 했어. 그 믿음 내가 친친히 부숴주지."

손끝이 저려올 정도로 섬뜩한 냉소가 그의 얼굴에 떠오르고 그는 그 방을 박차고 나간다.

유민은 아직도 잠을 못 이루고 있었다. 그녀를 늦게 만나기도 했지만 집에 와서도 시현의 생각에 잠을 빨리 이루지 못하는 그였다.

'흠, 여행 경비를 벌려면 한 달은 해야 하는데. 그래, 아무래도 안 되겠다. 시현이랑 같이 있는 시간이 더 중요한 거니까.'

유민은 지금 생각을 정리하는 중이었다. 그동안 같이 여행을 가기 위해서 경비 부담 때문에 아르바이트를 해야 했던 그였다. 하지만 그 탓에 시현이와의 중요한 시간들을 너무 많이 빼앗겼고 그런 일로 인해서 그녀가 혼자 쓸쓸해하는 것을 이제야 생각하게 된 것이다. 그리고 자신이 그렇듯 어딘가로 근사하게 여행을 가는 것보다는 시현이는 자신과 함께 있을 시간을 더 좋아할 것이라는 생각을 한 모양이다. 그리고 근사한 여행은 아니라 하더라도 지금까지 일한 액수라면 그녀와 짧은 여행이라도 할 수 있다는 것을 계산에 넣은 유민은 정리된 생각으로 흐뭇하게 웃음을 띤다. 그리고 내일 그녀와 어디로 갈지 의논할 일을 생각하면서 흐뭇하게 웃으며 잠이 든다.

맑은 아침이 밝아오고 유민은 어느샌가 그녀의 집 앞에 와 있다. 그런 유민의 방문에 가장 좋아하는 것은 시현의 어머니였다. 그녀는 유민은 무척이나 좋아했다. 서글서글한 그의 태도도 태도지만, 무엇보다 그녀의 어머니는 미남 밝힘증이 있는 것이었다.

"어머~ 유민 군, 일찍 왔네? 어쩌지? 우리 시현인 아직도 잠만 퍼질러 자고 있는데."

"아하하~ 그래요?"

"그래, 저게 저래서 어떻게 시집이나 갈지."

걱정하지 말라는 듯 유민의 표정이 밝아지고 있는데 시현의 어머니는 무슨 생각이라도 난 듯이 박수를 탁 하고 치더니 그에게 말한다.

"그래! 유민 군이 가서 깨워주면 되겠네. 그럼 아마 벌떡 일어날 거야~"

천진한 어머니의 대답에 유민은 놀라서 가만 쳐다만 보고 있었다. 아무리 유민이 믿음직스러워도 다 큰 처녀가 자는 방에 남자를 불쑥 들어가라 하는 게 의아했던 것이다.

"네? 아, 저 그게……."

당황해하는 유민이지만, 이왕 이렇게 된 거 은근히 들어가고 싶은 늑대의 본성도 움직이고 있었다. 하지만 그래도 들어가서는 안 된다는 마음이 컸던지 유민이 식은땀을 흘리면서 그녀의 어머니에게 살려달라는 표정으로 삐질삐질 웃어 보였다. 하지만 여전히 생글거리시는 그녀의 어머니는 괜찮다면서 이내 그를 그녀의 방으로 밀어 넣어버렸다.

그녀의 자는 모습을 처음 보는 것도 아닌데 지금 유민의 심장 박동수는 급상승하고 있었고, 몸속의 피들은 모조리 거꾸로 가겠다는 듯이 용을 쓰는 듯했다. 긴장감에 휩싸여 버린 유민은 시현을 향해 돌아서면서 냅다 눈을 감아버렸다.

가만 감은 두 눈앞은 고요했다. 질끈 감았던 눈을 슬며시 뜨는 유민의 시야에 천천히 시현이 보이기 시작했다. 덥기는 하지만 아침의 상쾌한 밝음이 그녀의 방 창문으로 살랑거리며 들어와서는 그녀의 부드러운 머릿결 위에서 춤추듯이 머물러 있었다. 아무렇게나 펼쳐진 그녀의 이불은 그녀의 몸 중 일부 위에 가볍게 놓여 있었고, 아무것도 모른 채 꿈속에 푹 빠진 그녀는 한쪽 하얀 꽃무늬 잠옷을 다 들어내고 엎드려 잠들어 있었다. 무슨 좋은 꿈이라도 꾸는 모양인지 그녀는 보일 듯 말 듯한 미소를 입가에 걸치고 이마에는 작은 땀방울이 송송 맺혀 있었다.

유민의 긴장된 표정은 금세 밝아졌다. 그리고는 사랑스러운 눈빛을 가득 담고서는 잠시 문 앞에 서서 그녀를 쳐다보았다. 마치 건드리면 사라지는 환상 같은 신기루를 느끼듯이 그렇게 환상에 빠져 버린 그였다. 아무래도 콩깍지가 단단히 씌워진 모양이다.

천천히 시현의 곁으로 걸어간 유민은 살짝 그녀의 머리맡에 앉았다. 그리고는 익숙한 그녀의 머릿결 위에 살며시 손을 얹고는 천천히 쓰다듬는다. 그제야 유민이가 안정을 찾은 듯했다. 다정스러운 유민의 음성이 조용히 방 안을 울린다.

"공주님, 일어나실 시간입니다."

"음… 싫어, 유민아. 조금만 더 잘래. ……헉! 유민?"

매끄러운 그의 목소리에 응석을 부리며 이불 속으로 파고들던 시현이 갑작스레 자신을 깨우는 사람이 유민이라는 생각에 깜짝 놀라서는 그 자리에서 박차고 일어섰다.

"꺅~!!"

그녀의 괴성에 덩달아 놀란 유민이 시현이의 손을 끌어 잡으며 묻는다.

"헉, 왜, 왜 그래?"

소리 지르던 것을 멈춘 시현은 입을 다물고는 눈만 껌뻑껌뻑거리고 있었다. 유민이 고개를 갸우뚱하더니 이내 살짝 웃으며 다시 물었다.

"내가 왜 여기 있냐고 묻고 싶은 거야?"

그녀는 그의 물음에 맞다는 듯이 세차게 고개를 끄덕거린다. 그런 그녀의 볼을 살짝 쓰다듬으며 그가 웃는다.

"내가 너 좀 깨우려고 그랬다. 원~ 도대체가 방학이라고 매일 잠이나 퍼질러 자길래 내가 머리를 좀 썼지. 호호호~"

언제 들어오셨는지 시현이의 엄마가 그 둘을 보면서 승리의 기쁨에 웃음을 흘리고 계셨다. 시현과 유민은 얼이 빠진 표정으로 엄마를 쳐다보지만, 그녀의 어머니는 부끄러운 것을 못 느끼시는 분 같았다. 시현은 얼른 자신의 엄마를 밀어내어 본다.

"어머어머어머~ 얘가 왜 이러니? 오호라~ 너희들끼리 있고 싶다고? 호호호~ 내가 좀 알지!"

그녀의 어머니는 아주 능청스럽게 웃으면서 문밖으로 밀려 나가주었다. 그런 어머니가 나가시자 그제야 시현은 땅이 꺼져라 한숨을 내쉬었고, 고개를 들어서는 난처한 듯 유민에게 웃어 보였다.

"미안해. 우리 엄마가 좀……."

"왜? 활발하고 좋으신 분인데."

라는 유민의 말이 떨어지기가 무섭게 다시 그녀의 어머니가 방문을 다시 확 하고 열어젖혔다. 그 덕분에 시현은 그대로 방바닥에 넘어져 버리고 그런 자신의 딸을 향해 한마디 내뱉는 어머니의 말은 무정하다.

"야야! 왜 문에 걸리적거리게 거기 누워서 뒹굴어. 다른 데 가서 뒹굴어!"

시현은 넘어진 채 부끄러워서 일어나지도 못하고 뭉기적거리고 있었다.

"유민 군~ 재미있게 놀다가 가요. 대신!! 이상한 짓들은 하면 안 돼! 호호호~"

그녀의 어머니는 정말 엉뚱한 사람이었다. 혼자 웃다가 혼자 인상을 쓰시더니 이내 다시 웃으며 홍조까지 띠다 나가셨다.

유민은 그래도 잘 보이고 싶었는지 인상 한번 구기지 않고 계속 사람 좋게 머쓱한 웃음만을 띠고 있었다. 시현은 자신의 엄마가 나가고 나서야 인상을 구기며 방바닥에서 몸을 일으켰다.

"구시렁~ 구시렁~"

뭐라고 하는지 혼자 뾰로통해져서 난리가 난 시현이었다. 그런 그녀가 여전히 귀엽기만 한 유민은 침대에서 내려와 그녀의 앞에 바싹 가까이 앉으며 드디어 본론을 꺼냈다.

"시현아, 우리 여행 가자."

한참을 그렇게 구시렁거리던 시현이 유민의 말에 놀라서는 되묻는다.

"응? 여행? 정말? 너 일은 어쩌고?"

그런 시현의 반응이 유민도 좋은 모양이다.

"일 그만둘 거야, 오늘 당장. 너랑 있고 싶은데 계속 시간만 빼앗기고 보수도 그렇고 해서 그만둘 거야. 갈 거지, 여행?"

시현은 어머니 때문에 부끄러워 속상했던 마음이 모두 날아가 버리고 금방이라도 펄쩍펄쩍 뛸 것 같은 얼굴로 기뻐하기 시작했다.

"정말, 정말? 좋아. 너무 좋아! 그럼 오늘부터 일 안 나가고 나랑 놀 수 있는 거야?"

"응."

“와~!”

함박웃음을 띠며 시현이 유민에게 풀썩 안겨왔다. 순간 문이 벌컥 열리면서 그녀의 어머니가 다시 들어왔다. 놀란 둘은 동시에 소리를 지른다.

“악!!”

“헉!”

엉겁결에 서로를 밀치면서 떨어지고, 그녀의 어머니는 그들을 흘기며 한마디 한다.

“쯧! 이것들이 내가 이상한 짓 하지 말랬건만. 딱!! 걸렸다!”

유민은 다급한 얼굴로 무언가를 변명하려고 하지만 그녀의 엄마는 이내 표정이 엉뚱하게 웃으며 밝아지기 시작했다.

“부러워~! 우리 여보야도 빨리 왔으면 좋겠나. 꺄하~”

그렇게 혼자 부끄러워하며 좋아하고는 도로 나가 버리시는 것이 아닌가. 유민은 어이가 없었던지 시현을 쳐다보고 시현은 이미 포기했다는 표정으로 고개를 저어 보이고 있었다. 그제야 그녀의 어머니가 파악된 유민도 그녀를 따라 고개를 끄덕인다.

둘만의 여행이 이렇게 짜여졌고, 장소도 정해졌고, 그날이 되었다. 그런데… 막상 당일인 오늘 기차역에 온 사람은 유민과 시현이뿐만이 아니었다. 시현이를 늑대로부터 지켜야 한다는 의무감에 사로잡힌 주란이가 기어코 따라붙었고, 지완이는 핸드폰을 도로 가져간다는 조건을 내걸어서 기어이 기차역에 나타난 것이었다. 뿐만 아니라

보혜도 나타났다. 그녀는 유민이 일을 그만두자마자 덩달아 일을 그
만두고는 여름 휴가를 한 번도 못 갔으니 자신도 유민을 따라 가겠다
면서 미치도록 그를 조른 것이다. 유민도 처음에는 안 된다면서 강경
했지만, 주란이고 지완이고 혹들이 붙어들기 시작하자 그냥 포기하
고 그녀를 데려가기로 했던 것이다. 그리고 마지막으로 준서가 붙었
다. 남녀 짝을 맞춰서 가야 재미있다면서 빠득빠득 우기던 그가 자신
이 호의를 베풀듯이 참여하겠노라 했던 것이다. 이렇게 되자 자신의
계획에 차질이 생긴 유민만이 기차역에서 기분이 나쁘다는 것을 표
시를 내고 서 있었다.

“오빠~”

보혜가 그런 유민이를 발견하고는 마구 웃음을 날리면서 달려오고
있었다. 그런 그녀를 보자 시현은 기분이 별로 좋지 않다. 주란도 그
런 보혜의 등장을 기가 막혀하며 묻는다.

“저건 뭔 떨거지냐?”

“응, 유민이 알바하던 곳에서 같이 일했던 동생이야.”

“그런데?”

“응? 아, 휴가 못 갔다고 같이 가자고 해서.”

시현의 못마땅한 표정을 보고 벌써 감을 잡은 듯한 주란이 이를 한
번 앙다문다.

“저 기집애, 유민이한테 꼬리치는구나.”

“아… 주란아, 그게 아니야.”

“아니긴 뭐가 아니야. 척 보니 딱이구만. 오냐, 이번 여행에서 완

전히 단념시켜 주마. 킥킥~"

주란이 잔인한 미소를 띠며 보혜를 쳐다보자 보혜는 그녀의 눈빛을 보고는 아주 싸가지없게 그녀 특유의 콧방귀를 주란에게 선사했다. 그리고는 보란 듯이 유민의 등 뒤로 숨는다.

"저, 저 기집애가!!"

주란이 폭발하려 하자 시현이 얼른 그녀의 팔짱을 끼면서 그녀를 제지한다.

"우씨, 저걸 그냥! 저런 건 단념 정도가 아니라 모래사장에 파묻어 버려야 해!!"

오랜만에 그녀는 손을 풀고 있었다.

남해안에 있는 바다로 온 그들은 바다를 보고는 모두들 기분이 상당히 고조되어 있었다. 특히 보혜는 아주 난리가 났다. 유민 옆에 딱 달라붙어서는 좋다고 꺅꺅거리고 파도가 무섭다느니 방정을 떨고 있다.

이번 여행은 둘만의 여행이었던 관계로 여관이나 민박은 잡지 않았다. 그래서 어쩔 수 없이 일행들은 텐트 두 개를 빌렸고 무더위에 텐트를 치기 위해서 땀을 흘리기 시작했다.

남자 셋이 두 개의 텐트를 치는 동안에 여자들은 굶주린 배를 채우기 위해서 밥을 짓는 중이었다. 땡볕에서 두 개의 텐트를 치려니 짜증이 가득 난 지완이 괜스레 주란이를 쳐다보고는 시비를 걸기 시작했다. 만만한 게 그녀였을까.

"젠장. 뚱땡이 넌 텐트 쳐!"

버럭 짜증을 내는 그에게 주란은 지완을 이 기회에 죽여 버릴 거라 생각을 했는지 뜨거운 찌개 냄비를 들어서 부으려는 시늉을 했다. 놀란 시현과 유민이 그녀를 저지했지만 지완은 겁먹지 않은 채 뿌려보라고 소리를 지르고 난리가 났다.

그런 상황이 대충 정리가 되고 두 개의 텐트도 나란히 쳐졌다. 물론 밥도 구수한 냄새를 풍기면서 김치찌개와 함께 그들 앞에 차려져 나왔다.

모두들 짐을 풀고, 배도 채우고 드디어 바다로 뛰어들 준비를 했다. 수영복으로 갈아입기 위해 각자의 텐트로 들어간 그들 중 준서가 맨 처음 나왔다. 그는 언제 준비를 해왔는지 감색 반바지 수영복에 슬리퍼를 끌며 담배 하나를 꼬나물고 있었다. 뒤이어 나온 지완의 수영복이 번쩍거린다. 옷감이 아니라 디자인이며 가격면에서 월등했던지 그렇게 보이고 있었다. 그리고 그런 그의 상반신의 하얀 살결이 햇빛에 반사되어서 반짝거리는 듯했다. 준서가 그의 몸을 보고는 쯧쯧거리며 사내 녀석 몸뚱어리 색깔 보라면서 시비였다. 지완은 그런 준서에게 한판 뜰까라는 눈빛을 보내고 있었고, 이를 말린 것은 여자들의 등장이었다.

먼저 귀여운 원피스 수영복을 입은 보혜가 팔짝거리면서 뛰어나왔다. 동안의 얼굴과는 달리 몸매는 좋은 편이었다. 하지만 올챙이 배가 아직 어린 그녀의 나이를 말해 주고 있었다. 뒤이어 나온 시현은 짧은 핫팬츠에 면으로 된 흰 나시 하나를 입고 부끄러워하면서 조심스레 텐트를 나왔다. 유독 투명한 그녀의 피부가 지완이와 나란히 서니까 연인 같아 보인다. 작품명 하얀 연인!

그때 남자 텐트 안에서 마지막 주자인 우리의 유민이 나왔다. 그는 털 없이 매끈한 다리가 잘 들어난 반바지에 상의는 얇은 긴 팔의 새하얀 셔츠 하나를 걸치고 나타났다. 단추가 하나도 채워지지 않아 바닷바람에 그의 셔츠가 나풀거리자 흰 셔츠와 상반되는 윤기나는 그의 그을린 상체가 매혹적으로 보였다.

순간 보혜와 시현이 둘 다 벙쪄서는 그의 몸매에 매료되어 시선을 고정하고 있었다. 지완이 그런 모습에 불끈 화가 솟았는지 시현의 머리를 탁 쳤다.

"변녀!!"

그의 질투였다. 유민은 팔을 이리저리 돌려대면서 몸을 풀고 있었고, 시현에게 다가오며 생긋 웃어 보였다.

"귀엽다~"

그녀를 감상하는 유민의 표정이 행복하다.

"귀엽긴. 저 몸을 내놓을 생각을 하다니. 돼지, 네 용기를 높이 평가해 주마."

여전히 유민의 몸매에 눌린 지완이 괜스레 투덜대고 있었다.

시현이와 유민이가 사이좋게 서로에게 살짝살짝 스킨십을 주고받을 때 열받은 지완이가 텐트를 향해 버럭 소리를 지른다.

"우씨! 야, 뚱땡이 너 빨리 안 나와?"

아직까지 나오지 않은 주란에게 괜히 화풀이를 하는 것이다. 하지만 그의 싸가지없는 말투에도 불구하고 우리의 주란은 나오지 못하고 있었다. 분명히 열받아서 코뿔소마냥 뛰어나올 줄 알았던 지완은 의외의 그녀의 행동에 말을 잇는다.

“야야!! 뚱땡아, 너 혹시 수영복 입은 건 아니지? 킥킥킥~”

상상이 안 된다면서 키득거리는 지완. 시현은 주란에게 소리쳤다.

“어서 나와, 주란아~ 정말 귀엽다니깐.”

무엇을 입었길래 이렇게 난리인지 너무 궁금해하고 있는 남자들 시야에 드디어 조심스레 텐트의 문 열리는 것이 보였다. 그리고 나타난 우리의 주란. 그녀가 입고 나타난 것은 보혜와 같은 모양의 원피스 수영복이었다. 그녀를 보는 순간 지완과 준서, 그리고 유민은 죽을 듯이 땅을 구르기 시작했다.

“푸헤헤헤헤~ 악~!”

너무 웃겨서 소리를 지르면서 안달하는 유민이였고,

“캬캬캬캬캬캬~ 컥컥.”

웃다가 숨이 넘어갈 뻔한 지완이었으며,

“흐엉엉~”

웃다 웃다 울어버린 준서였다.

그들의 반응에 너무 부끄러워져 버린 불쌍한 주란이 고개도 들지 못하고 육중한 몸을 배배 꼬고 있었다.

“악~ 살려줘, 뚱땡아~”

유민이가 그만 웃기라는 듯이 손을 허공에 마구 저으며 모랫바닥에 쓰러져 버렸다. 준서는 아무 말도 않고 아까부터 땅을 퍽퍽 치고 있었고, 이제는 지완이 웃어대며 한마디 한다.

"캬캬캬캬~ 크크큭. 뚱땡아, 스판 수영복 터지려 한다~ 푸하하하하~"

그녀의 팽팽해진 수영복을 가리키면서 배를 잡고 미친 듯이 웃는다. 가만있던 주란이 부들부들 떨기 시작했다. 시현은 걱정되어서 그녀의 얼굴을 살피더니 이내 그 웃는 세 남자에게 말한다.

"너, 너희들 살고 싶으면 도망가!!"

그녀의 말에 셋은 터져 나오는 웃음을 조금 가라앉히고는 주란을 쳐다보았다. 주란의 얼굴은 험악하게 일그러져 있었고, 이제 그녀의 얼굴에는 부끄러움보다는 셋을 죽여 버리고 말겠다는 굳은 의지와 결의가 담겨져 있었던 것이다. 그제야 아차 싶은 세 남자. 그들은 미친 듯이 바다 쪽으로 향해서 도망하기 시작했고, 주란은 그 몸으로 어디서 그런 스피드를 내는지 그들을 하나하나 쫓기 시작했다.

잠시 후 셋은 그녀를 놀린 것을 후회해야만 했다.

제일 먼저 잡힌 준서는 달리다가 모래사장에 자빠져 버린 것이다. 주란은 이 기회를 놓치지 않고 그의 허리를 우지직 밟아버린다.

"으~악! 사, 살려주시옵소서."

하지만 때는 늦었으니 그녀는 그를 모래에 파묻어 버렸다.

그리고 남은 둘을 향해서 달리기 시작하는 주란은 엄청 빨랐다. 두 번째로 잡힌 유민은 바닷가에서 잡혀 버렸다. 주란은 유민이를 질질 끌어서 무릎까지 오는 바다로 들어가더니 그의 얼굴을 바다에 쑤셔 넣고는 마구마구 들었다가 뺐다가 들었다가 뺐다 하며 물 고문을 행하는 것이 아닌가. 그리고 그녀는 사악하게 웃으며 말했다.

“호호호호~ 네 녀석도 바닷물 먹고 팅팅 불어버렷!!”

아무래도 전에 야영에서의 일까지 복수하려고 하나 보다.

이제 마지막으로 남은 지완은 앞서 둘보다 더 공포에 떨어야 했다. 도망치는 동안 그 둘의 처절한 처형을 지켜보았던 탓에 기분은 더 극으로 치달았던 것이다. 지완은 태어나서 정말 처음으로 열심히 달렸다. 하지만 지금 주란은 물찬 돼지다!! 휭휭~ 하고 날아오더니만은 지완의 수영복을 휙 하고 잡아당겼다.

“헉! 이러지 마. 버, 벗겨진단 말야!”

지완이 당황해하면서 달리던 것을 멈추었고, 주란은 씨익~ 하고 사악하게 웃는다.

“네놈! 물찬 돼지를 얕본 대가를 치르게 해주마!”

그러고는 그의 수영복을 마구마구 아래로 내리는 것이 아닌가. 이제 완전히 주란은 광적인 여자에서 변녀로 둔갑하고 있었다. 아무래도 이곳은 변녀 천국이 아닐지.

그녀의 무자비한 옷 끌어 내리기는 계속되고 있었다. 그런 그녀에게 절대 당할 수 없다는 듯이 끝까지 저항을 하면서 자신의 옷을 끌어 올리고 있는 지완이었다.

“안 돼~!!”

주란은 지완이 저항하면 저항할수록 더욱 광분에 차서는 그의 수영복에 집착하기 시작한다. 한 명은 내려가지 않게 미치도록 올리고 있고, 한 명은 미치도록 내리고 있으니… 그 꼴을 상상해 봐라. 정말 가관이다.

그런 그를 도와줄 생각도 없는 듯이 시현이와 보혜, 그리고 물 먹은 유민과 모래에 매장당할 뻔한 준서는 쳐다만 보고 있었다. 지나가던 사람들도 걸음을 멈추고 그 둘의 짓을 쳐다보고 손가락질을 하며 수군거리기 시작했다.

"변태들인가 봐요."

"그러게 말이에요. 경찰에 알려요."

오늘 지완의 이미지가 왕창 다 뭉개지는 날인 거 같다. 그런데 순간!! 찌익 하고는 커다란 소리가 들렸다.

헐~ 그 소리에 놀란 지완이와 주란이 서로 당기던 힘을 놓는다. 지완이의 수영복이 반쯤 찢어져서는 주란의 두 손아귀에 있는 것이 아닌가. 그녀 덕분에 이제 지완은 완전히 타잔이 되어 있었다. 나머지 애들은 그 꼴을 보고는 숨을 헐떡이면서 웃어 젖혔다.

어느 정도 복수전이 끝나고 주란도 조금은 통쾌했는지 그들을 용서하고는 원래의 주란으로 돌아왔다. 하지만 지완은 아까의 치욕이 머리 속에서 가시지 않는지 다른 옷으로 갈아입고서도 계속 투덜거렸다.

바다에 들어가려 하자 유민은 얼른 시현이를 잡아 세웠다.

"시현아, 이리 와봐."

그러더니 자기가 입고 있던 셔츠를 벗어서는 그녀에게 입혔다.

"넌 피부가 너무 약해서 그렇게 다 내어놓고 놀면 나중에 아파서 고생해. 입고 들어가."

"아이 참~ 불편한데."

"그래도 입어야 해."

아기를 달래기라도 하는 듯한 말투로 그가 말하자 시현은 그의 그런 행동에 불만스럽단 듯이 말하지만 표정은 너무너무 행복하다는 표정이었다.

다른 녀석들과 여자들은 그런 행동을 보고는 웩웩거리면서 팔들을 벅벅 긁는 시늉을 했다. 아랑곳하지 않고 그녀에게 너무 긴 소매를 접어주고 있는 유민은 갑자기 시현이를 확 둘러메고는 바다로 뛰어들었다. 보혜는 그런 그녀가 부러웠던지 물속에서 공놀이를 하는 도중에 계속해서 시현이랑 일부러 부딪치면서 짜증을 냈다.

한참을 바닷가에서 놀던 여섯 명은 해가 질 무렵이 되어서야 바다에서 나왔다. 아주 놀러온 김에 바다를 다 헤집어놓기라도 할 듯이 놀았던 것이다. 모두들 샤워장으로 들어갔다. 시현이는 열심히 샤워를 시작했다. 그런데 갑자기 먼저 다 씻은 보혜가 그녀를 빤히 쳐다본다. 그런 시선을 느낀 시현이 그녀를 보고는 부끄러워서는 얼른 수건을 집어 들어서 자신의 몸을 가렸다. 그러자 보혜가 하는 말이 가관이었다.

"쳇. 완전히 초뻬리 몸이잖아. 어휴~ 유민이 오빠는 정말 뭘 보고 저런데!"

하고는 먼저 홱 하니 샤워장을 빠져나가 버렸다. 시현은 그녀의 말에 얼굴이 화끈 달아올랐다. 말은 바른말이었던 것이다. 시현의 몸매가 여자로 치면 빵점에 가까웠으니 뭐라고 반박도 할 수 없었다. 그때 누군가가 시현의 어깨를 짚었다. 놀라서 돌아본 곳에서는 주란이 보혜가 나간 문을 보면서 눈을 부라리고 있었다.

"주, 주란아, 아냐. 신경 쓰지 마. 사람 좋아하는 건 막을 수 없다는 거 너도 알잖아. 나쁜 것도 아닌데……."

침울한 그녀의 목소리가 한층 더 주란을 화나게 했다. 하지만 시현의 말이 옳기는 했다. 사람을 좋아하는 게 나쁜 건 아니니……. 하지만 저런 식으로 남을 괴롭히면 꼭 그 배만큼 자신이 당하는 법이다.

샤워를 끝낸 그들이 모인 곳은 야외 공연장이었다. 여름 피서객들이 다 모인 듯한 캄캄한 모래사장에 소규모 야외 공연장이 있었고, 그곳에서 행사가 있는 모양이었다. 약간 침울해하는 시현이를 달래주고 싶어서인지 주란이 애들을 모아서는 그 소규모 공연을 하는 곳으로 데리고 온 것이다. 하지만 지완은 빠진 상태였다.

모두들 한참 노래를 듣고, 구경을 하고, 소리를 지르며 아주 난리가 났다. 하지만 소심한 시현은 아직 마음이 덜 풀렸는지 그런 그들을 그저 구경하고만 있었다. 그때 그녀를 보던 주란이 좋은 묘안이 떠올랐는지 유민에게 작게 속삭였다.

"어이~ 시현이 기분이 별로인데 풀어줄 생각 있어?"

그 말에 가만있던 유민이 솔깃해서는 주란을 쳐다봤다. 아까부터 약간 침울해하는 그녀를 보고 걱정이 되던 그였다. 주란이 그의 귀에 뭐라고 속닥거리고, 그녀의 말을 듣던 유민의 표정이 처음에는 약간 난감해하더니 금세 웃어 보이고는 뒤로 조용히 빠져나간다. 시현이는 유민이 빠져나가는 것을 보고는 주란을 바라보지만, 주란은 모른다는 식으로 그녀의 눈빛을 외면해 버린다. 시현이 역시 그냥 공연이 진행되는 곳으로 눈을 다시 돌려놓았다.

그때 갑자기 사회자가 진행 스탭에게 귓속말을 받더니 생긋 웃으며 마이크를 향해 크게 소리쳤다.

"아~ 여러분, 정말 멋진 밤이지요?"

"네!!"

사람들은 한참 들떠 있었다.

"방금 근사한 부탁이 하나 들어왔군요. 오늘 밤 수많은 커플들이 있는 이 소공연장에서 한 남자 분이 사랑하는 여자 친구를 위해서 노래 한 곡을 꼭~ 하고 싶다고 합니다. 모두들 큰 박수로 환영해 주십시오!"

곧 작은 무대가 어두워졌고, 누군가가 무대 위로 올라섰다.

시현은 잘 보이지 않자 눈을 약간 찌푸리며 시선을 집중시켰다. 시현과 달리 보혜는 뭔가 눈치를 챘는지 씩씩거리고는 벌떡 일어나서 텐트 쪽으로 가버렸다. 은은한 작은 조명이 드디어 무대를 밝히고, 이내 그 남자의 모습이 비추어진다.

시현은 그 남자를 보자마자 놀란 토끼 눈이 되어서는 시선을 떼지 못했다. 그곳에는 유민이 마이크를 능숙하게 잡고는 관객들을 향해서 그의 특유의 부드러운 저음으로 말을 하고 있었다.

"음, 우선 이런 시간을 내어주셔서 감사합니다. 놀러오신 분들 재미있게 놀다가세요. 그리고 이 곡을 사랑하는 사람… 시현이에게 바칩니다."

그의 말이 끝나자마자 그의 매력적인 외모와 목소리, 그리고 멋들

어진 사랑 고백에 모든 사람들이 열광하기 시작했다. 시현은 유민을
바라보면서 벌써 한가득 눈물이 고여 있었다.

　서서히 나오는 신승훈의 'I love you' 라는 전주곡이 그녀의 눈시
울을 붉혔던 것이다.

『그대를 사랑하지만 그 말은 할 수 없었죠.

사랑이란 짧은 말로 너를 말하기엔 너는 너무 아름다웠기에.

난 너를 지켜줄 거야. 한 번도 슬프지 않게.

너에게는 슬픔이란 어울리지 않아. 언제나 넌 행복해야만 해.

내겐 아무것도 줄 게 없다는 말 더 이상은 하지 말아요.

함께 있어주는 그것만으로도 난 너에게 고마운 마음뿐인데.

언제라도 내가 보고 싶을 때에는 너의 손끝이 닿는 곳에

내가 있다는 걸 기억해 줘. 그대여, 난 정말 오직 그대를……

I love you.

　　　　　　　　　　　　　　　　—신승훈의 'I love you' 中에서.』

　감미로운 그의 목소리가 공연장을 메우고 밀려오는 파도에 부딪쳐
서 모든 사람들의 귓가를 간질인다. 순간 바닷가와 바다와 이 공간
모두가 따뜻한 온기로 감싸진 듯한 느낌이 스민다. 모두들 그의 노래
가 끝나자 열띤 환호를 보내주었고, 유민은 감사의 인사를 하며 시현
이를 쳐다본다. 그 수많은 사람들 사이에서도 그는 너무도 쉽게 그녀
를 찾아낼 수 있다.

“시현아, 사랑해.”

유민의 따스한 미소와 함께 띄워지는 공개적인 사랑 고백이었다.

시현이는 벌써 온 얼굴이 눈물로 범벅되어 있었고, 그녀의 주위 사람들이 그녀가 주인공임을 알고는 다들 한마디씩 해주었다.

“행복하세요~”

“좋으시겠어요~!!”

“부러워요!”

시현은 아마도 오늘 밤을 영원히 잊을 수가 없을 것만 같다.

유민은 앵콜을 받았지만 극구 사양하고는 무대를 내려왔다. 그리고 시현의 옆으로 가서는 조용히 앉는다. 시현이는 아직까지 눈물을 그칠 줄을 모르고 훌쩍거리며 앉아 있었다. 무대는 다시 연인들을 위한 은은한 노래를 뿜어내고 있었다.

유민도 아직은 쑥스러움이 가시지 않았는지 말없이 조용히 그녀의 옆에 바싹 다가가 앉아 있었다. 주란이 눈치 채고는 준서를 끌고 그곳을 빠져나왔다. 준서를 데리고 가면서 주란은 자신의 변태 행위로 인해 지완이 그녀가 하자는 것은 모두 하지 않아서 다행이라는 생각을 했다. 아마 그가 있었더라면 오늘 이 소공연 행사를 방해했을지도 모른다는 생각이 들었기 때문이다.

공연이 끝나고도 시현은 눈이며 코며 빨갛게 부어올라 있었고, 그녀의 그런 모습이 일렁이는 수면 위의 달빛에 비치자 유민은 싱긋 웃으며 슬며시 그녀의 어깨를 감싸 안아주었다. 시현은 지금 너무 행복해서 두려울 정도였다. 이 행복이 너무 아름다워서 그렇게 오래가지 않을 듯한 막연한 두려움.

저 멀리서 그런 둘을 하염없이 쳐다보는 이가 있었다. 혼자 텐트에 있다가 사람들의 열띤 환호 소리에 호기심차 왔었던 지완이다. 그는 유민이가 시현이를 위해서 부른 노래도 그 큰 바위 뒤에서 모두 들었던 것이다.

"김유민… 정말 멋진 놈이다. 홋, 인정할 건 해야지. 하지만 이대로 쉽게 포기하지는 않아."

그는 지금 둘을 갈라놓는 것은 불가능한 일인 것을 잘 알고 있었다. 하지만 그는 불가능하게만 보이는 현재 상황만을 바라보는 좁은 시야를 버리기라도 하겠다는 듯이 둘의 행복하고 다정하기만 한 뒷모습을 외면한 채 반대쪽 해변으로 발길을 돌렸다.

그런 그를 발견한 것은 보혜였다. 그녀도 대충 짐자은 하고 있었던 것이다. 지완이가 시현이를 좋아한다는 사실을 말이다. 아마 시현이 그녀 혼자 모르고 있으리라. 보혜는 소리를 죽여 지완이의 뒤를 밟았다.

한참을 파도 소리에 귀를 기울이던 그가 그녀의 인기척을 느끼고는 발걸음을 멈추곤 뒤를 돌아보았다. 그곳에서는 차가운 달빛을 받아서인지, 아니면 그런 표정을 지어서인지 구분이 가지 않는 보혜가 야심이 가득한 얼굴로 그가 돌아보기를 기다리기라도 했다는 듯이 우뚝 서 있었다.

"뭐냐?"

지완이는 보혜를 처음 보는 순간부터 마음에 들지 않았다. 순진하고 뭐든지 듣는 대로 믿는 것을 먼저 하는 시현이와는 질적으로 다른 여자라는 것을 그의 본능적인 감으로 느꼈던 것이다. 그래서 그는 적대적인 말투로 툭 쏘아서 말했던 것이다. 그러자 그의 마음을 알기라도 한다는 듯이 보혜는 그를 스쳐 지나가면서 말을 한다.

"알고 있어요, 오빠 마음……."

보혜가 자신의 마음을 알고 있다는 말에 지완은 굉장히 불쾌했는지 살기를 내뿜으며 나쁜 기분을 표하고 있었다.

"뭐라고? 네가 내 마음을 안다고?"

하지만 보혜는 당당해 보였다.

"물론이죠. 오빠도 지금 저와 같은 상황에 처해 있다는 사실을 알고 있어요."

휙 돌아선 그녀가 지완을 당당하게 마주 보았다. 그 눈빛은 마치 자기가 지완이의 허를 찌르기라도 해서 그가 적지 않게 당황할 거라는 계산을 넣은 듯해 보였다. 하지만 지완은 잠시 그녀의 눈을 맞춰주고는 아주 가소롭다는 듯한 표정을 지으며 그녀에게 비웃음으로 대꾸했다. 보혜는 그런 그의 행동에 몹시 불쾌함을 느끼며 물었다.

"뭐죠? 왜요? 허를 찔리니깐 웃음으로 무마시키는 건가요?"

이제 지완은 그녀를 보는 것이 무슨 더러운 벌레를 보는 것처럼 하면서 말을 이었다.

"훗~ 그래 보이나? 그래, 내 마음이 어떤 건데?"

"나랑 같잖아요!"

"닥쳐! 시현이를 내가 혼자 좋아한다. 그래서? 그래서 지금 네가 유민이를 차지하고 내가 시현이를 차지할 방법이라도 내놓겠으니 너랑 손이라도 잡자는 건가?"

"……."

"둘의 사이에 싸움이라도 붙일 자신이 있나? 헤어지게 할 자신 있냐고? 무슨 능력이라도 있어? 아니면 돈이라도? 웃기고 있군. 이봐, 그런 삼류 소설에나 나오는 유치한 발상 좀 하지 않을 수 없어? 너 같은 것들이 제일 재수없다는 거 알아?"

그는 그녀의 생각을 모두 알고 있었고, 그런 그녀의 생각을 가차없이 비웃으며 욕하고 있었다. 그리고는 자신의 마음을 그런 여자의 마음과 같이 취급받았다는 것이 무척이나 기분이 나쁜 모양이었는지 지완은 상당히 거칠어지기 시작했다.

"잘 들어, 멍청한 기집애야. 네가 느끼는 그런 싸구려 감정 따위를 나한테 갖다 붙여서 동일시하게 만들지 마! 재수없어서 속이 다 메스꺼우니까."

"뭐, 뭐라고요?"

"그리고 한 가지 경고하겠는데 네가 유민이 자식한테 뭔 짓을 하고 다니던지 나는 상관할 바가 아니야. 하지만 시현이의 털끝 하나라도 건드렸다가는 네 얼굴을 못 들고 다닐 만큼 끔찍하게 만들어줄 테니까 알아서 처신해라. 내 이름을 걸고 하는 처음이자 마지막 경고다."

무슨 저주라도 내리는 듯이 지완은 보혜를 노려보며 말을 마친다. 그리고는 미련없이 뒤로 홱 돌아서서는 발걸음을 옮겼다.

갑자기 몰려오는 수치스러움에 보혜는 몸을 부들부들 떨었고, 뭔가 반박이라도 해야 한다는 자신의 감정이 순식간에 삼류로 되어버렸다는 것이 억울했다. 다급하게 고개를 든 보혜가 찢어질 듯이 고함을 치기 시작했다.

"그럼 댁은!! 댁은 고귀하게 그 여자를 지켜볼 건가 보죠? 그녀의 행복을 빌어주며? 흥! 그것 참 일류적인 방법이군요. 난 삼류라도 좋아요. 유민이 오빠만 내 옆에 둘 수 있다면!!"

그러자 가던 걸음을 지완이 멈춘다. 하나, 돌아보지는 않고 대꾸했다.

"정말 멍청해. 어떻게 그렇게 멍청할 수 있는 거지? 불쌍하니 한마디 하지. 사람은 어쩔 수 없는 상황이 와서 이별을 맞이하게 되면 자연스레 서로를 잊어가려고 하지. 쿡쿡, 마음이 아픈 것은 천천히 곁에 두고 위로해 주면 되는 거야."

"훗~ 당신도 삼류야. 알아요? 당신도 결국은 당신의 돈이나 지위를 이용해서 둘을 못 만나게 하려는 거잖아요. 그럼 나랑 뭐가 다른 거죠?"

조롱을 참을 수가 없다는 듯이 그녀는 재빠르게 그의 생각을 반박하며 따지듯이 물었다. 이제 지완은 돌아서서 그녀를 무섭게 노려보고 있었다.

"너랑 같이 취급하지 말랬지! 넌 그저 고집스런 너의 감정만을 앞세우다 제풀에 꺾여서 금세 사라질 싸구려야. 아니면 쿡쿡, 유민이 자식에게 호되게 당해서 자살이라도 하던가. 아, 너에게는 그럴 용기도 없겠군."

여전히 그녀를 비웃는 그의 말투와 눈빛, 분위기. 거의 악을 지르듯이 그녀는 울부짖는다.

"재수없어!!"

그녀의 고함을 지완이 무마시킨다.

"입 닥치고 잘 들어. 난 너처럼 그렇게 미련하지도, 어리석지도 않아. 난 지금 행복해하는 시현이를 건드려서 자극을 줄 마음은 없어. 원래 그런 사이는 옆에서 자극을 주면 줄수록 더욱 결속력이 좋아질 뿐이니까. 불난 데 기름을 붓는 격이지."

지완은 무언가 명쾌한 해답이라도 찾은 사람처럼 들떠 보였다.

"난 그저 아주 조금씩 그 녀석과 그녀의 사이에 끼어드는 것뿐이야. 그리고 둘을 아수 자연스럽게 떼어놓을 서아. 아니, 내가 떼어놓는 게 아니지. 큭큭~ 아마도 그때의 상황만 내가 만들어놓으면 둘 중 하나가 먼저 이별을 얘기하게 될 거고 남은 하나는… 그 이별을 받아들여야만 할 거야."

말을 이어가는 지완에게는 이제 섬뜩한 냉기가 흐르기 시작했다.

"그럼 모든 일이 쉬워지는 거야. 난 너처럼 비극적인 결말을 보지 않게 되는 거지. 난 그 상황에 전혀 예측될 수 없는 제삼의 인물로 남아 있을 거니까 말이야."

훈계하는 듯한 어조가 점차 독백의 말투로 바뀌어져 가면서 지완의 말이 끝나고 그는 씁쓸한 입을 축인다. 둘이 헤어질 수밖에 없는 상황. 하나가 먼저 이별을 고하고 남은 하나는 그 이별을 받아들여야만 하는 당위의 바탕에 오려지게 된다는 식의 지완의 선언은 도저히 보혜가 이해할 수 없는 영역이었다.

"당신… 뭔가 꿍꿍이가 있군요."

그녀는 그의 말을 전부 이해하지는 못했지만, 정말로 그는 둘을 어쩔 수 없는 이별로 몰고 갈 수 있다는 생각이 들었다. 그런 생각 때문이었을까, 두려움의 말투가 그녀에게서 배어났다. 그러자 지완인 섬뜩한 웃음을 띠며 다시 말했다.

"처음에는 좀 불안했지만 큭, 아주 이용가치가 높은 게 있더란 말야. 더 알고 싶겠지만 여기까지만 하지. 네가 내 생각보다 끈기가 있다면 그 상황을 구경할 수 있겠지만 뭐, 남든 제풀에 사라지든 알아서 해."

두려움과 오기로 지완을 노려보는 그녀를 두고 그는 유유히 텐트 쪽을 향해 사라져 갔다.

그가 어떤 생각으로 그 둘에게 접근을 하고 있는지 전혀 알지 못하는 유민과 시현은 한껏 밤 바다의 부드러운 분위기에 취해 늦게야 텐트로 돌아왔다. 지완이가 텐트 밖에서 그 둘이 돌아오는 모습을 보고는 시비를 걸었다.

"뭐냐, 아까 그 느끼한 노래는?"

"느끼하다니! 죽고 잡냐? 부러웠으면 그렇다고 할 것이지!"

유민이와 지완이가 또 불꽃을 튀기고 있었다. 그러자 시현이 얼른 둘을 말리고 아옹다옹거리던 셋은 금세 웃으며 화기애애한 분위기로 접어들고 있었다.

그런 세 명의 모습을 텐트로 돌아오던 보혜가 보고는 섬뜩함을 느끝다. 방금까지 자신에게 그 둘을 갈라놓을 치밀한 계획을 내비추던 그가 저 둘과 아무렇지도 않게 웃고 장난을 치고 있다니. 그는 정말이지 몇 겹의 가면을 쓴 것 같은 느낌이 들었다.

벌써 잠이 든 주란이의 곁으로 보혜와 시현이가 살짝 들어간다.

"헉, 텐트가……."

차마 좁다는 말을 하지는 못하고 있는 시현이에게 보혜가 투덜거린다.

"아씨, 뭐야, 이 언니. 언니, 이 언니 저리로 좀 밀어내요."

주란이의 면적이 좀 넓으랴. 겨우 껴 누운 둘이었다. 살포시 잠이 들려고 할 때 갑자기 보혜가 그녀를 불렀다.

"…시현이 언니."

"응?"

"지완이란 오빠랑 친해요?"

"서, 설마. 우린 특기가 친한 척하기야~"

장난으로 얼버무린 시현은 그제야 가만 생각에 잠겼다. 언제부터 그가 이렇게 여행에 같이 갈 정도로 자신과 친해졌는지를 말이다. 하지만 특별한 계기라고는 없었다. 다만 엉뚱한 상황들의 연속이었을 뿐. 그만큼 지완은 아주 치밀하게 조심스럽게 그녀의 삶으로 들어온 것이었다. 보혜는 더 이상 묻지 않고 지완이 했던 말을 다시 떠올리며 잠을 설쳐야만 했다.

다음날, 모두들 늦게 일어나 버렸다. 해는 이미 중천에서 놀고 있었고, 여자들은 밥을 해야 한다는 고전적인 의무감에 같이 식수를 뜨러 가는 중이었다. 그런데 난데없이 나타난 껄렁패들이 겁없이 세 여자에게 다가온 것이다. 한 네댓 명쯤 되어 보이는 숫자로 다가온 그들이 말을 건다.

"어이~ 아가씨들, 놀러왔나? 우리가 심심해서 그런데 파도나 같이 때리지~"

"야, 꺼져라."

주란이 역시 멋지게 되받아친다.

"야, 뚱땡아, 넌 빠져라. 꼭 못생긴 것들이 저런다니까."

저희들끼리 낄낄거리고 난리가 아니었다. 뚱땡이 주란이는 바로 그런 놈의 급소를 그대로 강타해 버렸다. 말을 걸던 녀석은 바로 주저앉아서는 죽는다고 난리가 났고, 다른 녀석들은 그 꼴을 보고는 웃음을 겨우 참으면서 그녀들을 위협하기 시작했다.

"야!! 늬들이 겁대가리를 상실했구나."

"아, 짜증나. 저리 가요!!"

이제는 보혜도 한몫을 거들었다. 하지만 바다의 껄렁패들은 여자고 남자고 안 가리는 법이다. 모두들 조심하기 바란다. 바로 손이 번쩍 들어지더니 따귀라도 한 대 날릴 참이었나 보다. 하지만 그 손을 저지한 그녀들의 왕자님들이 등장해 버렸다. 인상이 무지하게 구겨진 유민과 준서, 그리고 지완이 어느새 그녀들의 앞을 막아서서는 그들을 향해 말했다.

"좋은 말로 할 때 꺼져라."

그들은 순간 셋의 잘 빠진 몸매를 발견하고는 한 발 물러섰다. 쫄았는지 잠시 주춤하더니 이내 그들은 버럭 소리를 지르기 시작한다.

"씨발! 너희들이나 꺼져!!"

겁없이 소리를 지르는 그들을 향해 이제까지 얌전하게 잘살아오던 준서가 그들을 노려보며 다시 한 번 기회를 부여한다.

"살려줄 때 조용히 가거라."

하지만 이 녀석들은 이들이 누군지도 모르는 상황이니 까불기 시작했다. 이 고장 사람이라면 이들이 전문적인 싸움꾼들이라는 것을 알 리가 만무하지 않느냐 말이다.

"헛~ 얘들아, 이것들이 우리를 살려주신단다. 아이구, 고마워라. 씁, 네놈들 오늘 제삿날인 줄 알아!"

멍청한 껄렁패 중 스냅 목걸이를 걸고 있는 녀석이 용감인지 무식인지 크게 주먹을 휘두르면서 달려들었고, 그 주먹에 유민이가 정통으로 맞았다.

"킥킥킥, 이제 좀 알았냐? 아그야, 고만 까불어라."

약간 고개가 돌아가 버린 유민을 보고는 놀란 여자들이 소리를 질러댔다.

으스대던 스냅 찬 녀석이 움직이지도 않고 가만있는 유민을 자세히 본다. 유민은 피식거리면서 웃고 있는 것이었다. 움찔하는 스냅 찬 녀석은 자기 주먹이 아려오는 것을 느끼건만 유민이 웃고 있자 소름이 오소소 돋아나기 시작했다. 이내 피식거리던 유민이 고개를 들었다. 그의 눈에는 지금 불꽃이 이글이글 타오르고 있었다. 완전히 피구왕 통키의 재연인 듯했다.

지완은 그의 뒤에서 조용히 유민을 지켜볼 뿐이었다. 아마도 유민의 실력이 무척이나 궁금한 모양이다. 그런 그의 기다림에 부응이라도 하듯이 유민이 고개를 슬며시 들더니 오른손 안에 있는 지프 라이터를 꽉 쥐고는 칼날같이 선 날카로운 목소리와 말투로 그 스댕 찬 녀석에게 말했다.

"지금 장난하냐? 주먹은 말이야, 이렇게 쓰는 거야!"

말을 끝마치는 순간 유민이 자신의 말에 책임이라도 진다는 듯이 굉장한 스피드와 힘으로 오른 주먹을 그 녀석의 왼뺨에 정확하게 날려 버렸다. 이게 웬일인지 스댕 찬 녀석은 바로 고개가 휙 하고 돌아가고 허리가 턱 하고 젖혀지고 발목이 삐끗한 듯 비틀거리더니 이내 중심을 잃고는 모래사장에 철퍼덕 하고 나가떨어진다. 그러자 놓치지 않고 그의 옆구리를 사정없이 후려차는 무서운 유민이었다. 왕년의 실력이 나오자 구경하던 껄렁패들이 얼빠진 얼굴로 변해서는 날아가서 모래사장에 곤두박질치는 스댕친구를 쳐다보았다.

"꺄~ 멋져요!"

철딱서니없는 보혜는 그저 좋다면서 소리를 지르고 난리였다. 그런 유민의 모습에 준서도 당연한 결과라는 듯이 흡족한 표정으로 고개를 끄덕였다. 하지만 지완은 또 역시나 생트집이었다.

"쳇. 뭘 저 정도 가지고 난리들이야."

그의 활약이 마음에 들지 않았는지 지완이 투덜거렸다.

한편 스댕 녀석이 나가떨어지자 녀석들은 갑자기 십 원짜리 욕들을 남발하면서 한꺼번에 덤벼들기 시작했다. 쫄티 입은 녀석이 먼저 달려와서 유민이의 얼굴을 노리자 이번에는 유민이 맞아줄 수 없다는 듯이 가볍게 뒤로 물러나 피하고는 그놈의 빈틈인 배를 발로 걷어 차 버렸다. 제법 세게 걷어차였는지 쫄티 놈은 일어서지도 못하고 캑하고 꼬구라지더니만은 울어대는 것이 아닌가.

동시에 덤벼들었던 두 녀석은 유민에게 가지도 못하였다. 이유인즉 버려진 막대 하나를 들고 덤비려던 녀석은 준서의 손에 그것을 저지당했다. 준서는 그 막대를 맞잡고는 힘으로 확 하고 당겨서 뺏더니 던져 버렸다.

"쓴, 네 상대는 나다. 치사한 새끼들아."

말이 끝나자마자 그 녀석의 얼굴 정면을 멋지게 주먹으로 찍어버렸다. 그 녀석은 괴성을 지르면서 두 손으로 얼굴을 붙잡고 고꾸라졌다. 하지만 이쯤에서 끝날 준서의 성질머리가 아니었다. 바로 그 녀석의 등판에서부터 시작해서 지근지근 밟기 시작하는 것이다.

"이 자식, 아주 죽어버려. 죽어. 죽어."

그런 그를 지켜보는 사람은 아마 그에게서 악마를 연상했을지도 모른다.

남은 한 녀석은 덩치가 돼지만한 녀석이었다. 산만한 게 갑자기 유민에게 헛스윙 한번 하지도 못하고 팍 자빠져 버렸다. 그 산만한 덩치에 가려진 지완이가 있었던 것이다. 뒤에서 지완이가 그 돼지를 걷어찬 것이었다. 돼지 녀석은 눈을 부라리면서 지완에게 치사하다고 외치지만, 이내 듣기 싫다는 듯이 신경질을 부리며 지완이 그놈의 얼굴을 냅다 차버렸다. 순간 피가 마구 튀었다. 계속 돼지 몸에 발길질을 하던 지완이 대뜸 한마디 한다.

"쓰바, 싸움에 치사한 게 어딨어. 멍청한 새끼. 이기면 장땡이지."

지완이는 당당하게도 웃어 젖히면서 그 녀석을 밟고 있는 것을 즐기고 있었고, 그 모습 역시 준서에게 뒤지지 않는 악마로다.

껄렁패 패거리들은 모두가 쓰러져서 악마패(?)들에게 지근지근 밟히고 있을 때쯤 지완이가 유민이에게 자기가 생명을 구해줬으니 고마워하라고 소리를 질렀다. 유민은 그런 지완을 빤히 쳐다보더니,

"엿먹어."

라며 제스처를 취했다. 유민의 행동에 이성을 잃은 듯이 소리를 지른 지완. 아무래도 싸움이 엉뚱하게 둘의 싸움이 될 듯했다. 놀란 여자들이 그 둘을 말리기 시작했다.

"너희들 뭐야. 갑자기 둘이서 왜 그래."

그러나 도저히 뜯어말릴 수 없을 정도로 둘은 흥분해 가고 있었다. 왜냐, 껄렁패들이 너무 싱거워서 그 둘은 약간의 워밍업밖에 하지 못했기 때문에 흥분은 가라앉지 않았고 힘은 남아돌았기 때문이다. 그러나 둘은 곧 그 마음을 접어야 했다. 구경꾼 중에 누군가가 신고를 한 모양인지 해양 파출소 경찰들이 호각을 불면서 달려오고 있는 것이 보였기 때문이다.

놀란 악마들과 세 여자들은 사람들이 많이 몰린 바다 쪽으로 걸음아 나 살려라를 외치며 달리기 시작했고, 달리던 걸음을 멈춘 주란은 자신의 슬리퍼를 벗더니 뚱땡이라고 한 녀석에게 다가가서 그 와중

에도 냅따 뒤통수를 갈기고는 다시 친구들 뒤를 따라 달렸다. 아직도 맞아서 아파하고 있던 껄렁패들은 그 자리에서 모두 잡혀 버렸다.

남은 경찰들이 그들을 쫓아왔고, 모두들 미친 듯이 도망치는 짓을 한 지 2시간이 지난 후 그제야 그들은 자신들의 텐트 앞에서 만날 수 있었다. 모두 숨을 고르고 있는데 보혜가 보이지 않았다.

"야, 보혜는 어딨어?"

유민이 다급하게 묻자 시현과 주란은 고개를 절레절레 흔들 뿐이었다. 그때 지완이 아무렇지도 않은 듯이 말을 던졌다.

"경찰한테 잡혀갔어."

모두 놀란 눈으로 그를 쳐다보자 그는 짜증스럽다는 듯 덧붙였다.

"아까 바다에 들어가는데 그년 자빠져 가지고 질질 끌려가더라고. 껫껫~ 안 끌려가려고 악을 지르더라. 완전히 광년이가 따로 없더라니까. 푸헤~"

철없이 웃어 젖히는 그를 한심스런 듯 혀를 차며 바라보는 넷. 그런 그들의 시선을 받은 지완이 분위기를 파악하고는 웃음을 멈추고 성질을 낸다.

"아, 왜? 그년이 잡혀가든 말든. 아, 알았어. 파출소 가서 찾아오면 되잖아. 아씨, 짜증나."

일말의 양심은 있었는지 지완이 앞장서서 걷기 시작했다. 결국 다섯 명은 뒤가 빠지게 도망친 보람도 없이 순순히 자신의 발로 해양파출소로 들어가야 했다.

다섯 명이 안으로 들어서자 그곳에는 잡혀온 껄렁패들과 자빠져서 무릎이 다 까진 보혜가 악을 쓰며 울고 있었다. 그들을 보자마자 스댕 녀석이 치사하게 경찰에게 일러바치기 시작했다.

"앗! 경찰 아저씨, 저것들이에요. 저것들이 우릴 이렇게 때렸다고요!"

그러나 우리의 경찰 아저씨는 그 녀석의 머리를 두꺼운 파일 묶음으로 퍽퍽 때리더니,

"시끄러!"

하고 고함을 친다. 조심스레 악마 셋이 대빵으로 보이는 경찰에게 다가갔고, 시현와 주란이가 보혜에게 다가갔다.

"늬들이냐, 저 녀석들 저 꼬락서니로 만든 게?"

경찰 대장이 눈을 치켜뜨며 그들을 노려보았다. 셋은 잠시 그 껄렁패들에게 눈길을 옮겼다. 그들 형색은 이제 안 웃고 보기 힘들 정도였다.

스댕 찬 녀석은 입술에 피가 터져 말라붙어 있었고, 왼쪽 볼이 통통 부어올라 있는 얼굴로 계속 옆구리가 쑤시는지 연신 주무르며 아프다고 난리를 떨고 있었다. 쫄티 녀석은 아예 웃통을 벗어 던지고 자기가 맞아 부어오른 배를 경찰에게 울며불며 설명하고 등판의 피멍이 들린 자국들도 보여주려 하고 있었다. 몽둥이를 들려다가 준서에게 맞은 녀석은 준서를 가리키며 악마라고 경찰에게 살려달라고 애원하기까지 하고 있었다. 마지막으로 지완이에게 호되게 당한 돼지 녀석은 차인 얼굴이 피로 색칠공부를 하고 있었고, 빠진 이빨을 들고는 미친놈처럼 멍하니 그것을 가만 쳐다보고 있었다. 한숨을 푹

내쉬던 셋은 다시 경찰에게로 시선을 옮기고는 변명을 시작했다.

"먼저 시비를 걸어온 건 저쪽입니다."

"그래요. 저희는 정당방위였습니다. 그리고 저희 쪽에서 먼저 한 대 맞았구요."

유민의 말에 준서가 맞장구를 쳤다. 그러나 경찰은 싸늘한 표정을 띠면서 욕지거리를 내뱉었다.

"정당방위? 정당방위 좋아하네. 야, 이 대가리에 피도 안 마른 놈들아. 놀러왔으면 조용히 있다가 갈 것이지 왜 싸움질이야? 엉? 그리고 누가 맞았는데? 누가?"

유민이 살짝 고개를 들자 그 경찰은 유민을 유심히 살폈다.

"어딜 맞았다는 거야?"

"얼굴요."

굳어진 유민이 짧게 대답하자 그 경찰이 다시 살펴보지만 아무런 흔적이 없자 아까 스댕 찬 녀석을 때린 파일로 유민의 얼굴을 확 내려쳤다.

"꺅! 아저씨, 뭐 하시는 거예요!"

시현이 너무 놀라서는 눈물이 가득 오른 눈으로 유민이 앞에서 경찰을 막으며 소리쳤다.

"이 기집애는 또 뭐야? 너도 맞고 싶어? 어? 기집애들이 벌써부터 남자랑 놀러나 다니고, 너 뭐 하는 애야!! 늬들 가출한 거 아니야?"

시현에게 욕을 내뱉자 드디어 굳어 있던 유민의 표정이 싸늘하게 바뀌어 버렸다. 그리고 뒤에 있던 지완의 얼굴 또한 이루 형용할 수 없을 정도로 싸하게 변하고 있었다.

"어라~ 이 새끼들 봐라. 너희들이 째려보면 어쩔 거야? 어?"

둘의 표정에 움찔하던 경찰 대장에게 유민이 먼저 말을 꺼냈다.

"우리가 싸웠지 여자애들은 아무 잘못 없습니다. 그리고 우리 시현이한테 함부로 말하지 말아주십시오. 한 번만 더 그런 식으로 말하시면 저 더는 못 참습니다."

협박에 가까운 유민의 말투에 그 경찰은 어이없다는 듯 큰 소리를 탕탕 쳐댔다.

"허~ 우리 시현이? 놀고 있네. 야, 이놈아, 네까짓 놈이 못 참으면? 못 참으면 어쩔 거야?"

"아저씨, 그만 하세요! 우리가 싸운 건 잘못했지만, 그래도 이건 너무하시잖아요."

시현이가 울면서 그 경찰의 말에 대꾸했다.

"너 저리 안 비켜!!"

버릇대로 경찰의 손이 올라왔다. 바로 유민은 시현을 자신의 몸으로 감싸고 보호했지만, 유민이 맞기도 전에 누군가가 경찰의 치켜든 손을 꽉 잡아버린다. 지완이었다. 시현이를 건드리려고 하자 드디어 그가 폭발해 버린 것이었다.

"아, 아니, 이놈 봐라. 이거 안 놔!"

"죽고 싶냐? 감히 어디에 손을 대! 오늘 네 모가지를 날려 버릴 테다."

그 경찰을 죽일 듯한 눈으로 지완은 노려보고 있더니 잡고 있던 손을 집어 던지듯이 홱 놓아버린다. 그 결에 경찰이 뒤뚱거리면서 밀려 났고 다른 경찰들이 그를 잡아주었다.

"이, 이 자식들 다 유치장에 처넣어 버려!"

경찰의 말에 놀란 그들 사이에서 지완의 비웃음 실린 말이 이어졌다.

"그래? 마음대로 해보시지."

갑자기 지완은 어디론가 전화를 하기 시작했다.

"아, 김 비서? 남해군 쪽에 경찰 대가리 지금 당장 XX 해양 파출소로 오라고 해. 씨발, 다 잘라 버릴 거야. 왜?"

그러더니 팍 하고 전화를 끊어버렸다. 잠시 그의 행동에 파출소에 있던 사람들은 넋을 잃고 그를 쳐다보고 있었다. 아직 사태의 파악이 다 안 된 모양이었나.

그러나 얼마 지나지 않아서 지완의 말대로 헐레벌떡 뛰어들어 온 한 경찰을 보고는 모두들 경악을 금하지 못했다. 그 사람은 들어서자 마자 지완이를 알아보고는 연신 굽신거리기 시작했다. 지완은 그런 그를 향해서 마구 소리를 질렀고 이번에 그는 자신보다 어린 학생에게 죄송하다고 난리가 난 것이다.

"그럼 우린 가도 되는 거지?"

"아, 그럼요. 네네, 어서 가십시오. 그리고 저기… 아버님은 잘 계시는지……."

"잘 있어. 한번 이야기 드려보지. 저것들 다 집어넣어 버리고 특히 저놈!"

지완이 가리킨 곳에는 아까 시현이에게 위협을 가하던 경찰이 있었다.

"저놈은 잘라 버려!"

라며 먼저 파출소를 나서는 그였다. 다른 다섯 명도 얼떨떨해하면서 그의 뒤를 따라 나갔고, 나가는 지완을 향해서 연신 굽신거리는 그들이었다.

모두가 나가자 얼빠져 있던 경찰들을 향해서 그 대가리 직위의 아저씨는 소리치기 시작했다.

"이런, 너희들 모두 잘리고 싶어? 누구를 건드린 거야? 알지 못하면 조용히나 있지, 저분은 절대로 건드리지 마. 명심들 해. 그리고 자넨 해고네."

하고 말한 그도 이제 재빠르게 파출소를 나가 버렸고, 순식간에 해고통지를 받은 경찰은 얼이 빠져 버렸다.

도대체 지완이 누구의 자식이길래 모든 일이 이렇게 쉽게 해결이 되어버리는 것인지 이제 모두가 궁금해 죽을 지경이었다. 파출소를 나온 유민은 어두운 표정으로 지완의 앞을 가로막고 섰다.

"뭐야?"

지완이는 아까의 화가 아직 덜 풀렸는지 가로막은 유민을 향해서 띠껍게 말했다. 하지만 유민은 눈 하나 깜짝 하지 않고 그를 노려보며 묻는다.

"너, 누구냐?"

지완은 그런 유민을 잠시 바라보고는 우습다는 듯이 피식거리면서 말을 했다.

"왜? 알고 싶냐? 큭~ 알면 놀랄 텐데."

그의 거만한 말투에 재수없다는 눈빛을 마구 날리면서 유민이 다시 묻는다.

"장난하냐? 왜? 대통령 친척이라도 되나 보지?"

비아냥거리는 유민의 말을 지완이 받아친다. 그리고 그의 말에 모두 눈만 껌벅거리면서 놀랄 수 밖에 없었다.

"대통령? 쳇, 장난하냐? 우리 나라 대통령은 급에도 안 쳐줘."

대통령을 무슨 단물 빠진 껌처럼 이야기하는 지완의 말이 이어졌다.

"그냥… 음, 늬들이 뭐라고 해야 알아들을지 모르겠군. 아, 그래. 이렇게 생각하면 쉬우려나? 각 나라의 돈줄이 있는데 그 돈줄을 쥐고 있는 세계 단위의 돈줄이 있다고 생각해 봐. 큰 단위로 10개 정도의 기업이 세계적으로 인정을 받았다고 치자. 그럼 거기에서 세 손가락 안에 드는 곳이라고 생각하면 될 거야. SS, 즉 우리 아버지 기업이지. 세계적인 돈줄 대열에서 3번째 가락에 드는 사람에게 꼴랑 대통령이랑 비교한다면 기분이 안 나쁘겠냐? 겨우 한국 대통령 해먹으면서 우리한테 밉 보이면 괴롭지, 아마도."

그는 자신이 너무 쉽게 풀이해서 설명해 준 것이 아닌가 하는 자아도취에 빠져서는 흐뭇하게 웃어보이기까지 했다. 그러나 남은 다섯 명은 입을 다물지 못하고 그런 그를 바라보고만 있다.

"SS? 너 진짜 SS 아들이야?"

"그럼 내가 지금 여기서 늬들이랑 농담 따먹기 할까?"

준서의 말에 지완이 기분이 나쁘다는 듯이 투덜거리자 이번에는 시현이가 고개를 흔들어대면서 말을 이어갔다.

"진짜구나. SS라는 기업이 본사가 비록 캐나다 쪽에 있어도 실상으론 우리 나라 사람의 소유라는 소문을 들은 적이 있긴 했었거든. 그런데 관련된 사람이 이렇게나 가까이 있을 줄이야."

모두들 시현이의 말에 동의한다는 듯이 고개를 끄덕거렸다. 그들이 그저 고개만 끄덕거리고 있을 정도로 그가 말한 SS라는 기업은 무시할 수 없는 힘을 가진 기업이었다. 굳이 지완이 쉽게 풀이해서 그들에게 말해 주지 않았어도 그냥 SS라는 말만 했어도 그들은 곧 알아들었을 것이다.

자부심이 가득 채워진 지완이 앞장서서 당당하게 텐트 쪽으로 향했다. 그 뒤를 다섯 명이 따라가면서 아직까지 SS에 관해서 이야기를 해댄다. 지완의 신분을 알게 된 주란은 무척 신기해하면서 계속해서 그의 일상생활에 대해서 물어보기 시작했다.

"야야! 너 그러면 캐나다에 가봤겠네? 너희 집은 비싼 것도 되게 많겠다. 앗! 참, 그럼 너 뭐 먹고 살아? 우리처럼 밥 먹고 살진 않을 거 아니야. 혹시…… 금 쟁반에 곰발바닥 먹는다던 뉴스가 너희 집 보고 한 소리 아니었어?"

그녀의 무작스러운 난동에 지완은 짜증이 났는지 이제 아예 귀를 틀어막고 소리쳤다.

"뚱땡아, 조용히 좀 해. 하루 종일 꿀꿀거릴 거야? 젠장. 그리고 누가 곰발바닥같이 밍글거리는 걸 먹어. 너나 먹어~”

은근히 곰발바닥 음식을 싸구려 취급하면서 자랑하는 그에게 주란은 얄밉다는 듯이 주먹을 휘두르는 시늉을 한다. 한참 그렇게 텐트가 시끄럽자 덩달아 시현이도 기분이 업되어가고 있었다. 둘의 난잡스러운 말과 장난스러운 행동을 쳐다만 보고 있어도 웃음이 터져 나왔다. 그때 웃고 있는 시현이의 어깨를 톡톡 쳤다. 잔뜩 웃음을 머금은 채 돌아본 곳에서는 유민이 뭐가 그렇게 재미있냐는 듯이 그녀를 쳐다보고 있었다.

“히히~ 쟤들 너무 웃겨. 둘이 똑같아~”

그러자 유민도 그들을 한번 쓱 보고는 입술에 집게손가락을 대어 보이며 조용히 하라는 신호를 했다. 그녀는 웃음을 멈추고 눈을 동그랗게 뜨고는 왜냐는 눈빛을 보내자 그는 방긋 웃어 보이면서 슬쩍 해변을 가리키기 시작했다. 그가 가리킨 곳은 해가 질 무렵이라 뉘엇뉘엇 붉은 기운이 바다 위로 뻗히면서 아름다운 광경을 만들고 있었다.

“조금 있다가 저기로 와. 애들 몰래 와야 해.”

살짝 그녀에게 속삭여 주고 유민은 딴청을 부리다가 먼저 자리를 슬쩍 떴다.

이제 어느 정도 주위가 어스름한 시간이 되었고, 시현은 유민이 지시한 대로 화장실을 간다고 하면서 혼자 몰래 바다를 향했다.

“너 이 기집애, 화장실이 남해 바다냐? 그래, 부디 오염 안 되길 빈다. 너무 닭살 떨어서 바다를 울리지는 마라.”

주란은 그런 시현을 조금 따라나서더니 눈치를 채고는 약간은 부러운 듯한 말투로 쓸데없는 소리를 늘어놓았다. 시현은 그런 그녀에게 살짝 웃어 보이고는 깡충거리며 바다를 향해서 달려간다.

유민이 손으로 가리킨 곳으로 다가가자 멀리서는 보이지 않던 바위 하나가 있었다. 그곳에는 유민이가 언제부터 앉아 있었는지 자리를 잡고 있었고, 그런 그의 얼굴 위로 마냥 행복한 표정이 떠올라 있다. 시현은 그런 유민에게 바로 다가가지 않고 잠시 해가 사라지는 모습을 보는 유민을 바라보고 있다. 그녀도 지금 이 순간이 너무 행복하다는 듯하다.

조금 지체한 시현은 슬그머니 유민의 뒤로 다가가기 시작했다. 아무래도 유치한 놀이를 시작하려나 보다. '누구게' 라는 소리는 안 했으면 좋으련만. 늘 우리는 다른 커플들의 닭살스러움을 지켜보아야만 한다. 오호, 통제라~!

"누구게?"

유민은 이런 유치한 놀이도 재미있는지 입가에 잔뜩 미소가 번졌다. 두 손을 올려서 자신의 눈을 가린 조그만한 그녀의 손을 잡아보았다. 시현은 그의 손길이 닿자 새빨갛게 얼굴이 달아오른다. 아직도 그와 닿는다는 느낌은 그녀를 많이 설레게 하는가 보다.

"어? 왜 대답이 없어? 얼른 말해. 안 그러면 안 놓아줄 거야."

바다여서인지, 단둘만이어서인지 시현은 평소에 너무 없던 애교라는 것을 떨기 시작했다. 그런 그녀의 말투가 듣기 좋았던지 유민은 마냥 허허 웃고만 있었다.

"어라~ 그래도 말 안 해?"

시현이 으름장을 놓자 이번에는 유민이 시현의 손을 잡고 있던 손
을 내리고서는 뒤에 있는 그녀를 확 끌어당겨 버렸다. 힘없이 그의
손에 이끌려 앞으로 딸려 와버린 시현은 어느새 유민의 두 다리 위에
그대로 풀썩 앉혀져 있었다. 순식간에 일어난 일이어서 당황한 시현
은 일어서지도 못하고 그대로 유민의 품에 안겨진 채로 그를 쳐다보
고 있었다.

"킥~ 네가 나한테 장난을 걸어서 성공하려면 100년은 더 걸려."

짓궂은 유민의 말에 시현이 약이 올랐는지 이제야 그의 품 안에서
버둥거리면서 일어나려고 했다. 그러나 유민은 그런 그녀를 조금 더
골려줄 작정인가 보다. 버둥거리면서 일어나려는 그녀의 이마를 꾹
하고 눌러 버렸다. 그러자 힘없이 원위치로 밀려서는 벌러덩 하고 그
의 두 다리 위에 뻗어버리는 꼴이 된다.

"어딜 일어나려고?"

"저, 저기 유민아, 이… 포즈 좀 그렇잖아. 놔줘."

"어? 뭐가? 난 네 얼굴 자세히 볼 수 있어서 더 좋은걸. 이햐, 이것
봐. 콧구멍도 이렇게 잘 보이는걸~"

그의 장난기 가득한 모습에 반항을 하고 싶지만, 이제 더 이상 퍼
덕거리지 않고 단념해 버리는 시현이다. 그런데 더 장난을 칠 것 같
던 유민이 조용해져 있었다. 아픈 목을 조금 들어서는 시현이 유민을
쳐다본다. 어느새 눈빛에 장난만 가득했던 유민은 온데간데없고 연
인을 바라보는 진지한 눈빛으로 가득한 그가 되어 있었다. 갑작스런
분위기 변화에 적응이 쉽지 않은지 시현이 재빠르게 그의 시선을 피

했다. 하지만 이미 두근거리고 있는 마음은 그렇게 쉽게 숨길 수가 없는지 그녀의 얼굴도 많이 붉어져 있다. 그런 그녀를 살짝 일으키는 유민의 입가에 웃음이 흐른다. 바닷바람에 쓸려 내려온 그녀의 머리카락을 살짝 걷어 올려주고 이윽고 가까워지는 그의 살갗에 이내 시현의 맑은 눈이 눈꺼풀 속으로 서서히 잠기기 시작한다. 그리고 촉촉한 그의 입술이 붉게 달아오른 그녀의 입술에 조용히 부대낀다.

부드럽고 달콤하며 진한 저녁 바다 연인의 키스는 깊어만 가고 어느새 해도 바다 아래로 깊숙이 사라져 버렸다. 마지막으로 시현의 도톰한 아랫입술에서 아쉬운 듯 자신의 입술을 떼어내는 그이다. 그런 그의 감미로운 키스에서 헤어 나오지 못한 것인지, 아니면 부끄러움에 눈을 뜨지 못하는 것인지 그녀의 눈은 떠지지 않고 있었다. 그런 사랑스러운 시현을 보고 있던 유민은 그녀의 얼굴이 폭 잠길 정도로 안아준다.

"헉! 유, 유민아, 숨 막혀."

"너무 예쁜 표정을 하고 있어서 놔주기 싫어."

"그, 그래, 내가 좀 그렇긴 해."

"저런."

시현의 농담에 그제야 그녀를 풀어준 유민이 싱긋 웃는다.

"그런데 왜 이리로 오라고 한 거야?"

"뽀뽀하려고."

솔직한 것인지, 당당한 것인지 크게도 대답하는 유민의 대답에 시현이 식은땀을 흘리면서 그를 가만 쳐다본다. 그런 그녀의 머리카락을 가볍게 헝클면서 그가 다시 입을 열었다.

"농담이야, 농담. 시현아, 손 줘봐."

시현은 그의 말에 순순히 손바닥을 펴서는 그의 손 위에 놓는다.

"왜? 손금이라도 봐주려고?"

"하~ 너 단순해서 좋아하는 거지만 정말 너무하다."

"뭐?? 단순? 누가 단순해!!"

단순하다는 말에 시현이 버럭 성질을 내자 유민은 급하게 그녀의 입을 틀어막아 버리고는 얼른 자기 말을 이어갔다.

"자, 실은 이거 주고 싶어서 오라고 했어."

그녀의 손을 살짝 끌어다가 조그마한 반지 하나를 약지에 끼우는 유민이었다. 쏙 들어가는 반지를 발견하고는 시현은 놀란 눈으로 유민을 들여다본다.

"왜? 마음에 안 들어? 이거 산다고 3시간 넘게 돌아다녔는데……. 그러니 안 예쁘더라도 봐주라."

유민이 지레 놀라서는 시현이에게 말한다. 하지만 그런 그를 보는 시현의 눈에는 또 눈물이 글썽거린다.

"유민아……."

"야, 왜 울어? 마음에 안 드는 건 아니지?"

"아니, 아니. 너무 좋아."

"그래. 그럼 울지 말고 나도 끼워줘야지. 자!"

내미는 유민의 손에는 시현이의 반지와 크기만 다른 커플링 반짝이고 있었다. 얼른 그의 손에서 반지를 받아다가 조심스레 끼워주며 시현이 말한다.

"미안해. 난 아무것도 준비 못했어. 매번 받기만 하고 응석이나 부리고……."

미안한 표정이 가득한 그녀의 모습마저 사랑스러운지 촉촉이 눈가가 젖은 그녀를 다시 한 번 끌어안은 유민이 그녀의 등을 다독거리면서 말했다.

"괜찮아. 어제 노래 가사에도 있었듯이 넌 그냥 내 곁에 있어주는 것만으로도 너무 고마운 사람이야. 넌 내가 받은 제일 크고 행복한 선물이잖아."

선물에 이어 감동스러운 말까지 선사하는 그에게 더욱 미안해지는 시현이었다.

"그래도……. 나도 유민이한테 선물 많이 하고 싶어. 너무 미안해."

안긴 시현이 유민의 가슴에 파고들면서 미안하다고 연발을 하자 유민이 갑자기 그런 시현을 팍 하고 떼어낸다. 놀란 시현이 나오던 눈물을 후딱 들이키면서 그를 쳐다보았다. 그는 또 다시 장난기가 오른 눈빛으로 그녀를 내려다보고 있었다.

"미안해?"

"응."

"그러면 너도 내가 해달라는 거 다 해줄 거야?"

"어? 그럼! 뭐 가지고 싶어? 말만 해. 우리 엄마 돈 훔쳐서라도 다 해줄게."

　비장한 결심이라도 하듯이 시현이 말하자 유민은 엉뚱한 그녀의 말에 식은땀을 흘리며 대꾸한다.

　"아, 아니. 그럴 것까지는 없고. 그냥 여기다가 뽀뽀해 줘."

　자신의 입술을 가리키면서 유민이 장난스럽게 눈가를 찡긋해 보인다. 그런 그에게 난처한 듯한 시현이 머뭇거리며…….

　"저기…… 아까 뽀뽀했잖아."

　"그래서? 안 해주겠다는 거야? 그래, 뭐 어차피 나야 그런 거 욕심도 없고……."

　모든 것이 다 허무하다는 듯 유민의 표정이 변해 곧 삐친 빛이 역력했다. 이번에는 피할 수 없는 분위기구나 싶었는지 쉽게 시현이 먼저 포기를 하고 나섰다.

　"아, 일있어."

　그의 제안이 받아들여지자 놀란 것은 유민이었다. 이렇게 쉽게 그녀가 자신의 제안을 받아들이다니 하는 감격으로 눈이 동그랗다.

　바위 위에 걸터앉아 있는 유민의 앞에서 무릎을 세워 앉은 시현은 천천히 유민에게로 다가온다. 그런 그녀의 행동에 유민은 따뜻한 눈빛으로 그녀를 향해 웃어주더니 이내 조용히 두 눈을 지그시 감았다. 그렇게 그녀를 기다리고 시현은 발그스레해진 얼굴을 어둠으로 감추면서 조금씩 조금씩 그에게로 다가갔다. 그렇게 어둑어둑해져 버린 여름의 밤 바다. 많은 별들이 쏟아질 듯한 해변에서 처음으로 시현, 그녀의 사랑이 표현되어 가고 있었다.

다음날이 되었고, 모두들 2박3일간의 여행에 지친 몸을 이끌고 집으로 돌아가기 위해서 열차에 올랐다. 짧은 여행이었지만 많은 일이 있어서인지 피곤한 기색이 역력했다. 모두들 잠이 들었고, 유민과 시현도 역시 서로에게 기댄 채 깊은 잠에 빠져 있다. 그런 둘의 기대어진 어깨 아래로 꽉 쥐어진 두 손은 더운 날씨에도 떼어질 줄을 모른다. 그리고 그 두 손에서 반짝이고 있는 앙증맞은 커플링이 빛을 발하고 있었다.

아직은 깊게 잠이 들지 않았던 지완이 잠시 눈을 떴다가 어젯밤부터 눈에 거슬리는 그들의 커플링을 한참 바라보았다. 그리고 이내 신경질적인 인상으로 변하더니 눈을 감아버린다.

역에 도착한 그들은 모두의 짐을 챙기고는 각자의 집으로 돌아가려 하고 있었다. 그때 갑작스레 보혜가 유민을 부른다.

"오빠."

"응?"

왠지 진지해 보이는 보혜의 표정에 유민이 들고 있던 시현의 짐을 잠시 그녀에게 다시 내밀었다.

"할 말이 있어."

"응. 시현아, 잠시만 기다릴래?"

"어."

시현이도 무언가 이상하다는 것을 알아챘는지 자신의 가방과 유민의 가방을 받아 들고는 주란을 따라 먼저 발길을 옮겼다. 그런 그녀의 뒷모습을 확인하더니 보혜가 유민을 다시 바라봤다.

"왜 그래?"

"오빠, 나 오빠 포기한 거 아니에요."

"보혜야."

"괜찮아요, 다른 말 안 해도. 그거 커플링이죠? 억지라는 거 알아요. 그래도 오빠 좋아하는 건 포기 안 할 거예요."

"……"

유민은 더 이상 해줄 말이 없다.

"내가 시현이 언니 괴롭히면 오빠 화 많이 내겠지요?"

갑자기 유민의 눈이 번뜩이면서 보혜를 노려보기 시작했다. 그런 그의 표정에 너무 속이 상했는지 그녀가 눈을 내리깔고는 씁쓸하게 웃었다.

"오빠는 산인해요. 그래서 좋았지만… 나한테 잔인한 사람은 싫어요. 그래도 좋아하는 건 포기 안 해요. 내가 오빠 싫어지면 그때 포기할래요. 그러니까… 나 너무 구박하지 마요."

"보혜야."

"좋아하는 건 어쩔 수 없잖아. 알잖아요. 가끔 전화는 해도 되죠?"

보혜는 어느새 지완과 함께 나누던 말들은 다 잊은 것처럼 유민에게 말하고 있었다. 지완이 겁이 났던 것인지 그도 아니면 그들의 여행에 동참해서 그들의 사랑을 보니 갈라놓을 용기가 없었던 것인지…… 그렇게 천천히 물러나려 하는 듯 보였다.

"그럼, 당연하지. 귀여운 동생인걸."

"핏, 그 딴 거 싫은데. 오빠, 저 남자 조심해요. 그럼… 갈게요."

　지완을 한번 쳐다보던 보혜가 더 이상 미련을 남기고 싶지 않았던 지 그대로 뒤돌아 뛰어가 버린다. 그런 그녀의 뒷모습을 한참 쳐다보던 유민이 길게 한숨을 내쉬더니 이내 뒤돌아 섰다. 그리고 자신의 기다리고 있는 시현에게 가뿐한 발걸음으로 달려가기 시작했다. 그렇게 그들의 여행은 끝이 나고 있었다.

　지완은 집으로 돌아오자마자 지친 듯이 가방을 홱 던졌다. 어느새 옆에는 시중을 들어주는 여자 한 명이 와 있었다.

　"필요없어. 나가고 김 비서 불러와."

　그는 여행이 그렇게 즐겁지만은 않았으리라. 시현은 유민의 옆에서 떨어질 줄을 몰랐고, 그저 좋아서는 방긋방긋 그를 향해 웃기만 했으니 속이 좋을 리가 만무하리라.

　"부르셨습니까, 도련님?"

　잠시 후 더운 날씨인데도 검은색 정장 차림을 입고 꽤나 중후하게 생긴 중년 남자가 지완의 방문을 통해 들어섰다. 피곤한 듯이 의자에 몸을 기대어 한 손으로 이마를 짚고는 눈을 감고 있던 지완이 서서히 무거운 눈꺼풀을 들어 올리고 힘겨운 듯이 김 비서라는 사람을 올려다본다.

　"아, 어제 일은 덕분에 잘 해결됐어. 고마워."

　그를 보고서야 어제의 파출소에서 일이 해결된 것을 떠올린 그가 늦은 인사를 전했다.

　"아닙니다. 언제든지 도련님께서 필요하시다면 전화 주십시오."

　딱딱한 말투와 변화없는 표정이지만, 그 중년의 신사에게서는 신뢰감이 잔뜩 묻어나고 있었다. 그런 그의 분위기 때문인지 지완은 꽤나 진지한 표정으로 그에게 말했다.

"그래서 말인데… 내가 전에 알아보라고 한 건 어떻게 됐나?"

"아, 네. 김유민이라는 학생에 대해서 출생부터 집안 내력이며 뭐든 알아봐 달라고 하셨던 것 말씀이시지요?"

그는 아무도 몰래 유민의 모든 것을 알아내고 있었던 것이다.

"응, 그래. 그때 송진아라고 했던가? 그 여자에 관한 이야기를 다시 한 번 해봐."

진아… 그녀의 이야기가 다시 한 번 지완이의 입을 통해서 흘러나오고 있었다. 김 비서는 메모리를 이것저것 뒤져서는 지완에게 보고하기 시작했다.

"이름은 송진아. 나이 19살입니다. 시금 캐나다 XX주에 거주하고 있습니다. 중학교 2학년 때 김유민과 만났으며 2년을 교제한 것으로 조사되었습니다. 그리고 중학교 3학년 말에 김유민을 추종하던 무리에게 집단 구타를 당했습니다."

"집단 구타라……."

지완의 입가에 웃음이 번진다.

"네. 그리고 집단 구타를 행했던 무리에 남자도 섞여 있었던 것으로 확실한 것은 아니나 성폭행을 당했다는 이야기도 있습니다."

"확실한 건가?"

"100% 진실인지는 확인할 수 없었습니다. 워낙 조용하게 해결된 일이어서요."

고개를 갸웃거리던 지완이 다시 시작하라고 말하며 귀를 기울인
다.

"김유민이 송진아의 일을 알게 되고, 이후 구타를 가했던 집단의
학생들 중에서 5명을 폭행한 일이 일어났습니다. 가담했던 모든 여
학생의 오른손을 망치로 내리찍는 등 심한 폭행을 휘둘렀다고 조사
되었습니다. 그러나 일어난 일에 비해서 김유민에 대한 처분은 의외
로 굉장히 관대하게 처리되었습니다."

조용히 듣고 있던 지완이 김 비서의 말을 다시 끊었다.

"왜지?"

"아마도 송진아 쪽에서 그 일을 덮으려고 손을 쓴 듯했습니다. 그
래서 조사를 하는 것도 어려웠습니다."

의아하다는 듯한 표정이 다시 지완의 얼굴에 떠올랐다.

"송진아 쪽에서? 송진아가 그럴 만한 능력이 있는 집안의 사람인
가?"

"네. 송진덕 회장의 외동딸이었습니다. 저희 쪽에서는 별로 신경
을 쓰지 않는 대상이었지만, 그 당시 한국 검찰 쪽은 상당한 대우를
해주던 집안이었습니다. 그리고 그 송진아라는 여학생이 김유민의
보복이 있은 후에 학교에서 자살을 행했다고 합니다."

"뭐?"

"뛰어내린 송진아는 하반신 불구가 되었다고 합니다. 해서 그때
문제를 더 복잡하게 만들 필요가 없다면서 송진덕 회장이 직접 검찰
로 나갔었다고 합니다."

"직접?"

"네. 그리고 송진아는 바로 캐나다로 유학 수속을 밟은 것으로 조사되었습니다."

어이가 없는지 지완의 표정이 계속 떨떠름했다.

"그 뒤의 김유민은 어떻게 되었지?"

"아주 모범적이었습니다. 알아본 바로는 송진아가 그의 뒷생활을 보장해 주면서 부탁을 했었다고 하더군요. 뭐, 그 당시 같은 학교의 동급생에게서 조사한 내용이라서 확실한 것은 아닙니다만……."

"뭐라고 했지?"

"모범적인 길을 걷도록 부탁을 했던 모양입니다. 송진아에 대한 죄책감 때문이었는지 그 후의 김유민의 생활은 정말로 완벽하게 조사되었습니다. 다만… 얼마 전부터 도련님과 부딪치는 일이 있기까지는 말이지요."

김 비서의 말에 이제야 구미가 당기는지 지완이 웃어 보였다.

"훗~ 그래?"

"……."

갑작스레 지완이 자리에서 일어나서는 김 비서에게 재미있다는 듯이 물어본다.

"당신은 그가 모범적인 모습으로 변한 것이 죄책감 때문이었다고 생각하나?"

"네?"

지완의 날카로운 웃음이 번지고 김 비서는 그런 그의 표정에서 아무엇도 읽어낼 수 없다는 듯이 어리둥절한 표정을 보인다.

"김유민 말이야, 그 송진아라는 여자에 대한 죄책감 때문에 그렇게 변한 것일까?"

"글쎄요. 제가 판단하기로는⋯⋯."

"난 그렇게 생각하지 않아서 말야. 망치를 겁없이 휘두를 정도로 이성을 잃었다라고 나에게 말하지 않았나? 그게 그 여자 때문에 그랬다. 큭큭, 그렇다면 그것은 그녀를 향한 그의 애정이라고도 볼 수 있지 않을까?"

자신에게 희망이 커져 간다는 듯이 지완이 김 비서를 보며 싸하게 다시 웃어 보였다. 그러나 김 비서는 아직까지도 지완의 뜻을 이해하지 못하고 대답을 머뭇거리고 있었다.

"푸하하하. 아니야, 아니야. 자네는 몰라도 돼. 지금부터 당장 캐나다 본사로 연락을 해서 송진덕 회장이 캐나다 쪽으로 뻗힌 사업들을 물색해 봐. 그리고 우리 SS와 관련이 되는 것들이 있으면 당장 내게로 연락을 해. 내가 직접 그 사람을 만나야겠어. 그리고 송진아라는 여자도 말야."

그의 말에 이해되지 않는 점이 많은 김 비서였지만, 그는 충실한 사람이었다. 금방 그의 말에 복종이라도 하겠다는 듯이 약간 고개를 숙이고는 말없이 그 방을 나선다.

"후후~ 좋아. 김유민, 네 결정이 궁금해지는군. 너로 인해 상처받았던 과거의 사랑했던 여자와 지금 사랑하는 여자. 자, 선택해 보라고. 시간은 얼마든지 주지."

아주 잔인한 미소를 띤 그는 그제야 피로가 풀린 듯한 표정으로 조용히 샤워실로 향한다.

얼마 동안은 여독을 푸느라고 유민도, 시현도 집 밖으로 잘 나가지 않았다. 하지만 여행 후에 더 깊어진 애정으로 낮이면 낮마다 밤이면 밤마다 전화를 붙잡고 사는 둘이었다. 지금도 역시 둘은 통화 중이다.

"오늘도 집에서 뒹굴 거야?"

[응~ 할 일이 없는걸.]

"그래. 앗! 시현아, 우리 집에 놀러와!"

[엉? 너희 부모님 다 계시잖아. 부끄러워서 싫어.]

"에이~ 나도 너희 어머니 뵈었는데 뭐 어때. 그리고 우리 부모님도 너 보면 무지하게 좋아하실 거야."

[앗, 싫어. 그래도 부끄럽단 말이야.]

"엇! 안 오면 가서 들쳐 업고 온다!"

[나, 나빠!]

학교가 멀리 있어서 늘 기숙사에서 생활하던 그들이기에 서로의 집에 가보기는 유민도 그때가 처음이었고, 시현은 한 번도 없었던 것이다.

이렇게 다툼 끝에 시현은 못 이기는 척하고는 어느새 유민의 집 앞에 서 있게 되었다. 조심스레 초인종 앞에 선 시현은 지금 초긴장 상태가 되어버렸다. 만약 벨을 눌러서 유민이가 아니라 다른 사람이 누

구냐고 물어본다면 그것이야말로 시현을 제일 당황스럽게 하는 순간
이 되리라.

"후~ 시현인데요라고 하자니 내 이름 모르시면… 그렇다고 유민
이 여자 친구라고 할 수도 없잖아. 흠, 어째야 되는 거야."

이리도 굴리고 저리도 굴리고 열심히 생각을 해봤지만 유민이 인
터폰을 받지 않는 이상 곤란한 상황을 벗어날 수가 없다. 마른침을
꿀꺽 삼키면서 시현은 굳은 결심을 한 얼굴로 초인종을 누른다.

띵동~

[누구세요?]

역시 우려했던 대로 들려오는 목소리의 주인은 유민이가 아니었
다. 유민이보다는 약간 코맹맹이 소리가 나는 남자의 목소리였다. 그
녀의 이마로 땀이 찔찔 흐른다.

"저, 저기… 유민이 친구 시현이라고 하는데요."

결국 친구라는 호칭을 겨우 생각해 낸 시현이 한참 쫄아서는 상대
방의 말을 기다리고 있었는데 그런 그녀를 상대방은 더욱 당황하게
했다.

[시현? …아, 정시현! 엄마~ 아빠~ 유하 형~ 유표 형~ 형수님
오셨어!]

웬 형이 그리도 많고, 또 웬 형수님이란 말인지……. 아무튼 이렇
게 말한 이상 그는 유민의 동생이라는 결론을 내렸다. 안에서는 인터
폰으로 난리가 난 상황이 다 들려오고 있었다.

[뭐? 뭐라고? 우리 며느리가 왔다고?]

굵직한 음성이 들려왔고, 이어서 여자 분의 목소리도 들려왔다.

[어머~ 어머~ 어머~ 벌써 왔어? 이를 어쩌니. 나 화장도 다 안 했단 말야.]

그리고 다시 들려오는 남자들의 목소리.

[어디~ 어디~ 엇, 잘 안 보여~ 왜 입밖에 안 보이냐?]

[비켜봐. 나도 좀 보자. 아씨~ 비켜~]

문은 언제 열리는 것인지 몰라 지금 시현은 문 앞에서 긴장하고 있을 수밖에 없었다. 그때 반가운 유민의 목소리가 인터폰을 통해서 들려왔다.

[지금 뭐 하는 거예요, 시현이 밖에 세워두고!!]

유민의 말이 끝나자마자 모두들 다시 마구마구 떠들어대면서 허둥대더니 띵 하고 그제야 대문이 열렸다. 시현은 조심스레 대문을 통과해서는 현관으로 갔고, 유민이 그런 그녀를 웃으며 맞이해 주었다. 그리고 현관문이 열리기 전에 그녀에게 당부한다.

"저기…… 우리 가족들이 좀 많이 별나거든. 네가 이해해 줘."

그리고 현관문을 열자 그곳에는 무슨 동물원에 구경 온 사람들처럼 모두가 호기심에 가득 찬 얼굴로 그녀를 맞이했다. 유민이 아버지부터 시작해서, 어머니, 두 형, 마지막으로 귀여운 동생이 반짝반짝 눈을 뜨고는 시현을 보고 있었다. 그리고 모두들 동시에 숨을 한번 크게 들이쉬고는 버럭 외쳤다.

"어서 와요~!"

시현은 그들의 소리에 깜짝 놀라서는 움찔 뒷걸음질쳐야만 했다.

그런 그녀를 보고 유민이 다시 버럭 소리를 지른다.

"지금 뭐 하는 거예요. 시현이 놀라잖아. 어서 비켜요. 어서 오라면서 길도 안 비키는 사람들이 어딨어!"

그의 투덜거림에 다시금 그들이 분주하게 이리저리 움직이더니 이내 모두가 거실의 소파에 정렬하듯이 앉는다. 적응하기 힘이 든지 시현이 어설프게 웃음을 띠고는 그 집으로 발을 내디뎠다.

"아… 저기, 안녕하세요."

그러자 또 모두들 방긋 웃으면서 어서 의자에 앉으라는 손짓들을 하기 시작했다. 유민은 그런 가족을 보면서 고개를 흔들면서 한숨을 내쉰다. 시현이 조심스레 유민의 옆 자리에 자리를 잡고 앉자 모두들 다시 눈을 동그랗게 뜨고는 그녀를 요리조리 뜯어보고는 자기들끼리 수군거리기 시작했다. 정말 적응이 힘든 듯한 시현의 마음을 엿보기라도 한 듯이 유민이 가족들에게 또 한마디 한다.

"그만들 봐요. 시현이 땀 흘리는 것 안 보여? 안 그래도 긴장한 애한테 왜들 그래."

"아하하하~ 미안하구나, 너무 반갑다 보니. 우리 인사가 늦었구나. 난 유민이 아빠란다."

아주 인자하게 생기신 분이 서글서글 웃으시면서 시현이에게 말했다. 시현은 이제야 약간 풀린 얼굴 근육으로 작게 인사하며 웃었다.

"그래, 반가워~ 난 징그러운 아들 놈만 있어서 시현이가 너무 반가운 손님이구나. 자주자주 놀러오렴!"

유민이가 아마도 어머니를 닮았나 보다. 그의 어머니가 웃어 보이자 그의 예쁜 미소가 그대로 그의 어머니에게 그대로 떠올랐다. 덩달아 살짝 웃어 보이는 그녀이다.

"안녕~ 저 자식 의외로 보는 눈이 있네. 잘 왔어."

굉장히 큰 키에 많이 마른 몸. 샤프한 얼굴에 은테를 걸친 남자가 먼저 인사를 했다. 그녀가 약간의 목례만 하자 유민이 짜증난다는 표정을 지으며 시현에게 얘기를 해준다.

"신경 꺼도 돼. 큰형인데 별로 인생에 도움이 안 돼."

그러자 그의 큰형이 그를 향해서 인상을 쓰면서 얼른 대꾸했다.

"김유민! 많이 컸다. 놀아달라고 졸졸 따라다닐 때는 언제고. 엉?"

그의 말에 욱한 그는 유하였다. 그 둘의 말을 거의 무시하고는 아버지를 많이 닮아서 너무 부드럽게 생긴 둘째형인 유표가 인사를 건넸다.

"잘 왔어. 안 그래도 유민이 녀석이 시현이 시현이 하길래 한번 보고 싶었는데. 반가워."

웃는 모습이 아주 녹아내려 버릴 만큼 부드러웠다.

"유표 형도 눈웃음 그만 치시지? 그런다고 시현이가 넘어갈 것 같아? 시현아, 조심해. S대 김유표 하면 모르는 사람이 없는 바람둥이라고."

이제는 둘째형도 유민이를 향해서 으름장을 놓는다.

"김유민, 너 진짜 오늘 매를 번다. 시현이 가면 보자!"

어느새 유민이 집에서 시현이는 낯선 사람이 아니었다.

"안녕하세요~"

다시 들리는 코맹맹이 소리. 아마도 유민의 유일한 동생인 모양이었다. 약간 살찐 볼이 너무 귀여운, 아마도 볼 살이 빠지면 유민이 만큼이나 멋있어질 남자 아이였다.

"아, 안녕."

시현이 동생을 볼 때서야 비로소 얼굴이 활짝 피어났다. 그녀의 밝은 미소가 스스럼없이 나오자 가족들이 모두 흐뭇한지 고개를 끄덕거렸다.

"김유진이에요. 막내고요. 유민이 형이 많이 괴롭혀서 전 유민이 형을 별로 안 좋아한답니다. 그래도 시현이 형수님은 좋아요~"

깜찍하게 시현에게 인사를 하는 그는 유민이가 괴롭힌다고 일러주는 귀여움을 잊지 않고 발휘하고 있었다. 시현은 웃음을 터뜨렸고, 유민은 자신이 언제 괴롭혔냐고 마구 난리를 친다. 이런 따뜻한 집에서 왜 그렇게 유민이 난폭했었는지…….

더 이상 가족들과 같이 있었다가는 무슨 일을 당할지 모른다는 생각이 들었는지 유민이 시현이를 얼른 끌고는 자기 방으로 가버렸다.

마구 웃어대는 시현은 그의 방에 들어가서도 웃음을 멈추지 못했다.

"뭐야? 계속 웃을 거야?"

"아… 미안, 미안. 그래도 너무 재미있는걸. 너무 좋은 가족들이야. 형제 많다. 왜 그동안 한 번도 이야기 안 해준 거야? 유민인 어머니를 많이 닮았구나."

그러자 잠깐 슬픈 듯한 표정이 보이던 유민이 금세 밝게 웃는다.

"그래?"

"응. 특히 네 동생 너무 귀여워. 유진이라고 했던가?"

한참을 가족 이야기로 웃던 시현이에게 유민이가 갑자기 그녀를 끌어본다.

"시현아, 이리 와봐~"

시현이 웃음을 멈추고 그를 쳐다본다. 그가 침대 부근에 앉아서는 손짓을 하고 있었다.

"왜?"

"얼른 와보라니까."

계속 부르는 그의 재촉에 시현이 조심스럽게 긴장하면서 그의 앞으로 다가간다. 그녀가 다가가서 유민의 바로 앞에 자리를 잡고 앉자 유민이 말한다.

"이제 눈 감아봐."

그의 주문에 더욱 긴장이 되기 시작하는 시현이는 냅다 눈을 꼭 감는다. 그리고 초긴장으로 입술에 꽉 힘을 주었다. 그런데 그녀의 엉뚱한 예상과는 다르게 유민은 그런 그녀에게 헤드폰을 하나 씌우는 것이 아닌가. 그녀가 눈을 크게 뜨자 유민이 그녀의 눈을 자신의 손으로 천천히 쓸어 내리며 눈을 감겨준다. 곧 헤드폰으로 잔잔한 멜로디가 들려오고 유민의 말소리가 들린다.

"내가 제일 좋아하는 곡이야. 딴 건 들으면 다 자는데 이 팝송은 안 그래. 너무 좋아."

가만히 들어보는 시현의 귀로 들리는 음악은 감정이 듬뿍 들어간

격렬한 여자의 목소리. 제시카였다. 제시카의 굿바이. 시현은 눈을 꼭 감은 채 곡을 알아듣고는 배시시 웃음을 띠자 그녀를 지켜보고 있던 유민이 그런 그녀를 꼭 껴안아준다. 시현도 따뜻한 유민의 품이 느껴지고 따뜻한 음악이 들리자 자신도 모르게 흠뻑 취해서는 그의 품에 투정을 부드럽게 부비며 파고들었다. 이윽고 분위기에 한껏 취해 버리는 그녀였다.

그런 와중에 그만 잠이 들어버렸나 보다. 시현이 눈을 뜨자 유민의 방이었고, 그는 옆에 없었다. 제시카의 노래도 이미 끝이 난 후였다. 시현은 조심스레 유민의 방문을 열고 거실로 나왔다.

그러나 아무도 보이지 않았고, 부엌에서 달그락거리는 소리만 들려왔다. 그녀는 천천히 그곳으로 가보았고, 그곳에는 그의 어머니가 설거지를 하고 있었다.

"저, 저기……."

그녀가 더듬거리자 그의 어머니가 얼른 돌아보고는 그녀를 향해 활짝 웃어주었다.

"일어났어? 유민이가 너 깊이 잠들었다고 깨우지 말라고 해서. 아, 유민이 찾는구나."

"네……."

부끄러운 듯이 시현이 고개를 끄덕이며 대답한다.

"응. 형들이랑 아빠랑 유진이랑 뒷산에 약수터에 갔어. 너도 데리고 가라고 했더니 피곤해해서 안 된다고 필사적으로 말리더라. 나쁜 녀석이야. 지 어미한테는 물통 작은 거 든다고 만날 구박하면서 말야."

투덜대는 그의 어머니는 나이에 맞지 않게 귀여움이 잔뜩 묻어났다. 시현이 어정쩡한 자세로 웃으며 서 있자 그녀의 어머니가 무언가 생각이 난 듯이 설거지를 그만두고는 그녀를 이끌었다.

"그래, 그래. 심심하지? 이리 와봐. 내가 우리 유민이 앨범 보여줄 테니까."

어느새 그녀와 친해져 버린 그의 어머니는 그녀의 손을 친근하게 잡고는 앨범을 꺼내 폈다. 그곳에는 유진이와 많이 닮은 유민이의 어린 모습이 한가득 찍혀 있었다. 어렸을 때도 장난꾸러기였는지 온몸이 흙투성이인 사진이 많았다. 옆에서 그의 어머니는 신나서는 연신 사진을 설명해 주며 떠들어대고 있었다.

그런데 아무리 찾아봐도 그의 앨범에는 중학교 이상의 사진은 보이지 않았다. 그리고 맨 마지막 장에는 아주 젊은 여자와 어린 유민이가 단둘이서만 찍은 사진이 있었다. 그 젊은 여자는 너무도 유민이랑 닮아서 아마도 유민이가 여자로 태어났더라면 이런 사람이지 않을까 하는 생각이 들기까지 했다. 시현은 그 사진을 뚫어져라 쳐다보더니 누군지를 묻기 위해서 그의 어머니를 올려다봤다. 그런데 어머니는 어느새 활짝 웃던 모습이 사라지고, 금세 얼굴에 슬픔이 차 있었다. 그리고는 묻지도 않았는데 먼저 말을 시작해 주신다.

"훗, 참 예쁘지? 이 사람이 유민이… 친엄마셔."

"……."

시현은 순간 너무 놀라서 입을 다물지도 못했다. 지금 자신 옆에 있는 여자를 많이 닮은 유민이의 진짜 어머니는 따로 있다니…….

"놀랐지? 나 계모야. 후후, 동화에 나오는 계모. 실은 유진이만 내 아이고, 위에 셋은 이분의 아들들이야. 이분… 정말 고우신 분이셨어. 유민이가 초등학교 끝날 무렵에 돌아가셨을 거야. 교통사고로 말야."

시현이는 조용히 그의 어머니 이야기에 심취해 가고 있었다.

"유민이가 엄마를 참 많이 좋아했었나 봐. 아주아주 착한 아이였었대. 그런데 그런 엄마가 돌아가신 후에 너무 달라져 버린 거야. 잘 웃지도 않고, 말도 없어지고. 그런 그 아이한테 더 모진 일이 일어났었지. …지금의 내가 엄마로 들어온 거야. 우리 유민이 방황도 많이 했었어. 나 동화 속에 나오는 그런 나쁜 계모 같은 사람 아닌데 날 아주 싫어하더라고."

그녀의 눈에는 지나간 상처들을 되새기면서 아파하는 듯한 눈물이 고였다.

"그런데 날 싫어할 수밖에 없었어. 그때 유민인 어렸고… 그리고 내가 자기 엄마를 많이 닮았고… 마지막으로 유민이의 엄마를 차로 친 게 바로… 바로 나거든."

그녀의 고백은 시현이에게 너무도 강하게 와 닿았다. 시현은 뭐라고 할 말을 잃었기에 아무 말 없이 그저 그녀의 말을 듣고 있을 수밖에 없었다.

"후후, 이상하게도 그 사실을 가장 속 깊은 유민이가 알아버린 거야. 우리 착한 유민이 아무 말 없이 결혼식에 와주었고, 다른 형들에게도 입을 닫아버리더구나. 그런데 이 녀석이 엄마 속을 썩이더라고.

내가 집에 들어오자 자기는 집을 안 들어오고… 학교에서 싸움이나
하고…….”

  유민이도 많이 힘이 들었으리란 생각이 드는 시현은 어느새 눈에
눈물이 한가득 고여 있었다.

  “그런데 고등학교 올라가면서 우리 유민이가 날 엄마라고 불러줬
던 거야. 진아… 아, 아는 누나가 우리 유민이를 좋은 길로 인도해 주
고 집으로 다시 돌려보내 준 거야. 난 진아가 내 은인 같아.”

  진아라는 말에 약간 흔들리던 그의 어머니가 다시 웃으며 그녀에
대한 감사를 표했다.

  “진아요?”

  “응, 유민이가 따르던 누나가 있었어. 우리랑도 잘 알고 지내던 사
이었고. 시금은 한국에 없어.”

  잘 얼버무려 버리는 그의 어머니. 이때까지 시현은 진아라는 존재
를 그냥 흘려듣는다.

  “우리 유민이가 진아 도움도 받았지만, 지금은 시현이 때문에 더
밝아지고 더 착해진 거 같아서 난 시현이한테도 정말 고마워~ 자주
자주 놀러와.”

  “네~”

  그녀의 상처… 유민이의 상처. 시현은 항상 밝은 양지에서만 살아
서 전혀 느껴보지 못했지만, 둘 다 많이 아팠으리라는 생각이 들었
다. 살짝 귀여운 유민이의 어렸을 때 사진을 주머니에 넣은 시현은
약수터에서 돌아온 유민에게 전보다도 훨씬 더 많이 사랑이 묻어나

는 미소로 그를 반겨주었다.

　다리가 아프다면서 투덜거리는 유민이 침대에 털썩 주저앉았다. 그러자 시현이 쪼르르 달려가서는 그를 자신의 품에 포근하게 꼬옥 안아주었다. 시현은 그의 아픈 과거를 들출 생각이 없었다. 그저 이렇게 말없이 그를 지켜주고 싶은 마음이 더 커졌을 뿐이다. 그녀의 행동에 놀란 유민이지만 이내 뭐든 시현이 하는 것은 다 좋다는 식으로 덩달아 그녀를 안아주는 유민이었다.

〈2권에 계속… 〉